读客中国史入门文库

顺着文库编号读历史,中国史来龙去脉无比清晰!

梁山无好汉

楚阳冬 著

江苏凤凰文艺出版社

图书在版编目（CIP）数据

梁山无好汉 / 楚阳冬著 . —— 南京：江苏凤凰文艺出版社，2024.1（2024.6重印）
ISBN 978-7-5594-8031-6

Ⅰ.①梁… Ⅱ.①楚… Ⅲ.①《水浒》研究 Ⅳ.① I207.412

中国国家版本馆 CIP 数据核字 (2023) 第 191505 号

梁山无好汉

楚阳冬　著

责任编辑	丁小卉
特约编辑	刘芷绮　郑慧鑫　孙雪纯
封面设计	陈　晨
封面插画	陈　晨　张　遥
责任印制	杨　丹
出版发行	江苏凤凰文艺出版社
	南京市中央路 165 号，邮编：210009
网　　址	http://www.jswenyi.com
印　　刷	河北中科印刷科技发展有限公司
开　　本	880 毫米 ×1230 毫米　1/32
印　　张	8.5
字　　数	190 千字
版　　次	2024 年 1 月第 1 版
印　　次	2024 年 6 月第 3 次印刷
标准书号	ISBN 978-7-5594-8031-6
定　　价	39.90 元

江苏凤凰文艺版图书凡印刷、装订错误，可向出版社调换，联系电话：010-87681002。

序　言

"水浒"二字,最早出现于《诗经》中的《大雅·绵》:"古公亶父,来朝走马。率西水浒,至于岐下。"亶父是周文王的祖父,为了躲避戎狄侵扰,他带领族人来到岐山脚下,在水边建立起反抗殷商的根据地,最终推翻了殷商的残暴统治。

《水浒传》的故事也发生在水边,反抗精神却有很大不同。乍看上去,梁山众好汉手刃奸恶、占州县、杀贪官,也做过许多大事,但这些斗争要么为了私仇,要么为了钱粮,要么为了招安搏些筹码,再无更高的追求。直到招安之后征辽平乱为国效力,才在统治阶级的立场上产生了积极的社会意义。

书中角色见面呼"英雄",拱手称"好汉",英雄好汉本是稀罕物事,在《水浒传》中却成了最寻常的称呼,是梁山上人人都是好汉,还是好汉的标准降低了呢?回到原著中寻找答案,我们会发现,《水浒传》中判定"好汉"的标准可谓人多嘴杂、各执一词。

武艺高强的是好汉,仗义疏财的是好汉,杀人放火的是好汉,山贼盗匪是好汉,就连拿人心下酒的王矮虎、开黑店谋财害命的张青、斧劈四岁顽童的李逵也是好汉……由此可见,水浒世界的"好汉"和智勇仁义全无干系。这里的"好汉"可以没本事,可以没道德底线,甚至可以无恶不作,只要得到黑道同人的认可,就是好汉!

任何年代都有生存在灰色地带的群体,清明的社会环境下,灰色难以遁形,易变成白色;世道混浊的失序社会中,灰色就会向黑色转变。《水浒传》写的就是这样一群人,他们由白而灰,由灰而黑,又绞尽脑汁想褪去这浸透骨髓的黑。

上梁山是为了活着,被招安是为了活得滋润。好汉们自以为找到了乱世的规则:越是循规蹈矩、安分守己,就过得越惨。然而,当他们用暴力搏出一线光明后,才发现眼前依旧是死路一条。

《水浒传》一直赞颂和鼓励反抗精神,作者用精妙的行文和高超的语言将"造反者"塑造成读者同情的对象。当林冲经历了含冤发配、野猪林惊魂、风雪山神庙,最后来到梁山时,我们也会为他松口气;当晁盖等人火烧庄园投奔梁山时,我们也期待他们能有好的归宿;当梁山被朝廷派兵征讨时,我们希望官兵铩羽而归。为了宣扬"造反有理","造反者"甚至创造了自己的话语体系,如"好汉""聚义""不义之财取之何碍""替天行道"等。这对后世的影响是巨大的,明末农民大起义中,水浒英雄的口号被广泛应用在各支起义军挥舞的大旗上。"大碗酒、大块肉""兄弟一家"之类的思想,为后世起义军提供了现成的精神源泉,哥老会、大刀会、义和团、太平天国,无不如此。

于是,在造反成为正义一方的前提下,"招安"就成了巨大的反讽。显而易见,当"乱自上作"时,下层阶级若没有掀翻天的力量和改天换日的气魄，注定无所作为。统治阶级的权力秩序是铁铸的牢笼，所谓"招安"，就是自缚双手走入牢笼之中，任人摆布。

难道梁山好汉们甘愿飞蛾扑火吗？当然不是。"水浒"一书，乍看仿佛宿命，细看全是现实，梁山好汉既无法颠覆政权，又不能原地解散，只能将希望寄托于招安，哪怕北宋末年的社会秩序已经接近崩溃，他们也没有更好的选择。

造反不彻底，不如彻底不造反。《水浒传》一书，前半部是造反书，后半部成了投降书。弥足珍贵的反抗精神在招安那一刻烟消云散，一山好汉都成了大宋官员。曾经杀官造反、劫富济贫、快意恩仇的好汉们突然就领了朝廷俸禄，上了无形枷锁，卖了自家性命。

所以说，梁山无好汉，只有愚忠假义者、奔逐名利者、政治投机者、心死遁世者……结果呢，丢了好汉名头，做了朝廷炮灰。作者腹有乾坤、大笔如椽，敢于用全员悲剧揭示主旨，这才使《水浒传》获得了巨大成功。

四大名著中，《西游记》写神仙妖怪，《红楼梦》写富贵名门，《三国演义》写帝王将相，唯独"水浒"不从社会的主导力量下笔，而是以边缘人为主角，这些边缘人就是被主流社会鄙夷摒弃的游民。

游民被排除于士农工商之外，又被平民百姓憎恶惧怕，成为无正当职业、无稳定收入、无固定住所的"三无人士"。因其特殊性，游民只能游走在社会的灰色地带，依靠独特的行事逻辑和生存方式，组成一个错综复杂、弱肉强食的游民江湖，并成为宗族社会中最不安定的一股势力。

游民江湖像一只附在健康躯体上的水蛭，有着极强的吸血能力，但凡沾上这张江湖大网的，想挣脱是千难万难，只能越陷越深。《水浒传》中，朱仝、秦明、卢俊义等人正是被游民群体看中，以致走上这条不归路，诸如宋江、武松、鲁智深、柴进、林冲……都曾是主流社会中的一员，却从统治阶级的门槛上无声滑落，轻而易举跌入这张大网中。

没人愿意做山贼草寇，谁都想活得光鲜体面，被人唤作"押司""都头""提辖""官人""教头"……总比"贼首""大王""好汉"受用得多。无奈奸佞横行、世道沦落，不管你是顺民还是刁民，是铁骨铮铮还是含垢忍辱，是惹是生非还是安分守己，乱世中的明枪暗箭都会使你遍体鳞伤。

这世道乱到何种地步呢？在"柴进失陷高唐州"一回中，柴进准备和高唐州知府的小舅子打官司，柴进道："这里和他理论不得，须是京师也有大似他的，放着明明的条例，和他打官司。"李逵道："条例，条例！若还依得，天下不乱了！"

"条例"是什么？是一个国家的法律法规，连不容更改的法律法规都靠不住，天下岂能不乱？作者借李逵之口说出这句话，就是要告诉读者，人人都知晓这是乱世！然而，上至庙堂，下至庶民，无一人想为这乱世做出丝毫改变，都在其中煎熬挣扎，被滚滚浊流裹挟着奔向灭亡。

名著之所以流芳百世，唯"深刻"二字。"水浒"一书，写尽世间高低贵贱、画遍红尘奸恶良善，句句入骨、字字诛心，因其看得透、抓得稳，才有一张张狰狞鲜活的面孔、一具具赤条条毫无遮掩的躯壳。凭借着众多经久不衰的人物形象和大量脍炙人口的经典故事，《水浒传》在读者心中烙印下一个又一个国民流行语，这是无比宝贵的精神遗产。

当然，《水浒传》的艺术价值还不止于此，从谋篇布局到行文用字，从变化万端的情节到曲折入微的技巧，都让人拍案叫绝。

书中善用"比较"技法，每每将相似之人事写出大不同来，从对比中彰显人物的性格迥异。例如，"王进避祸"比"林冲受难"，"武松杀嫂"比"石秀杀嫂"，"江州劫法场"比"大名府劫法场"，再如"潘金莲偷西门庆、潘巧云偷裴如海、阎婆惜偷张文远、贾氏偷李固"，几人偷情各有各的偷法；又如"没羽箭张清飞石连打十三将"，各有各的打法，各有各的反应，堪称绝妙。

《水浒传》更打动人的是细节，是人情世故，是伏脉千里，是真实到骨子里的众生相。作者毫不吝惜笔墨，描写了低级官吏和底层人物的生活状态，无论提辖、都头、押司、管营、教头、牢头、保正，还是泼皮、庄客、帮闲、娼妓、屠户、杂役、小二，人人都是老戏骨。每个人物都恪守着此身份该做的事、该说的话，绝无僭越出格。在虚构类文学创作中能做到这点，是非常难得的。

《水浒传》用近乎纪实的锋锐笔触将个中隐秘一刀刀镌刻，如同一张巨大的浮世绘，其上只有两种颜色：黑是墨黑，红是血红。整部作品弥漫着阴郁、狂躁的气息，众多好汉身上充斥着原始野性的暴力冲动，恣意挥洒血勇，视人命如草芥。

被逼上梁山本是不幸之事，可为什么我们的同情转眼即逝？只因杀虎者成了猛虎，屠龙者变为恶龙。梁山好汉的刀斧一次次落在普通百姓头上，仿佛在告诉凡间众生，你不加入黑暗，就会被黑暗吞噬。让人毛骨悚然的是，综观"水浒"全书，盗匪山贼之恶只是小恶，在肌肤腠理，在一肢半节，真正的大恶在朝廷、在相府、在公门，那才是敲骨吸髓、铺天盖地之恶，令人无处藏躲，北宋正是亡于自身滋生出的毒瘤。

《水浒传》结束的时间点十分耐人寻味，宋江身亡于宣和六年，宣和七年女真入侵中原，紧接着就是"靖康之难"。众所周知，女真人铁蹄经过的地方，鲜花着锦的富庶与繁荣一碰就碎，东京城的繁华胜景成了一片瓦砾，歌台鸾笙凤管，舞榭象板银筝，都化作喊杀声、呼救声、悲鸣声……并且将在这片土地上持续十余年。念及此处，不禁有些怀念那群被招安的血性汉子，倘若举国皆有血性，女真人敢觊觎这片土地吗？

水泊梁山不只是好汉们的乌托邦，同样也是读者的桃花源，在这漆黑如墨的世道中，梁山的起义大旗曾经熠熠放光，人们正期待它大放光芒时，杏黄大旗摇身一变，成了遮天蔽日的"黑"的一部分。

鲁迅先生说：悲剧将人生有价值的东西毁灭给人看。当一个个"纸上的生命"轰然倒下时，的确能听到有什么破碎了的声音。这种"倒下"不是某个个体生命的终结，而是"林教头风雪山神庙"，是"武行者夜走蜈蚣岭"，是"鲁智深、杨志夺取二龙山"，是"陈桥驿挥泪斩小卒"。

至此，《水浒传》一书的本质也就呼之欲出：将封建王朝颓败腐朽的真面目二维化展开，供人细观；巨细无遗地描述一切祸乱、荒谬、丑恶的根源与过程；揭露普通人不可求，不可得，不可信的残酷现实。

普通人，是任何一个时代的土壤与脊梁，但在《水浒传》

中，普通人没有半点儿存在感。作为一个普通人，躲得过十字坡行走，躲得过张横的渡船，躲得过江州法场的热闹，难道还躲得过城池被破，躲得过金人的屠刀？

用现代人的审美和价值观细品《水浒传》，是需要一些耐受力的，其中对待生命的态度、对女性命运的处理方式都太过残酷，读得，说得，学不得。个中意义在于，只有回首过去时，我们才知道自己在文明这条路上走出了多远。

目　录

第一人：洪信 —— 遇洪而开的隐喻　　002

第二人：王进 —— 点题的隐者　　008
乱自上作　　009
良人难活　　010
安身之法　　013

第三人：宋江 —— 笃志的儒生　　016
宋江的收入来源　　017
胥吏是个什么样的存在？　　019
宋江的扬名之道　　022
宋江的分段人生　　025

第四人：史进 —— 至死是少年　　031
清白家世　　032
从白到黑　　033
简单思维　　036

第五人：鲁智深 —— 磊落的真佛　　　　　　**040**
　侠骨天生　　　　　　　　　　　　　　　041
　仁心不易　　　　　　　　　　　　　　　051
　江湖路远　　　　　　　　　　　　　　　054
　赤条条来去无牵挂　　　　　　　　　　　060
　注：《水浒传》中的度牒是什么？　　　　065

第六人：武松 —— 谨守的天神　　　　　　**068**
　智武双全　　　　　　　　　　　　　　　069
　冰火铸心　　　　　　　　　　　　　　　075
　天伤之殇　　　　　　　　　　　　　　　086

第七人：柴进 —— 迟醒的皇胄　　　　　　**101**
　败者有因　　　　　　　　　　　　　　　102
　文韬武略　　　　　　　　　　　　　　　113

第八人：林冲 —— 含冤的良人　　　　　　**120**
　第一怕，怕失去锦绣前程　　　　　　　　123
　第二怕，怕毁了正常生活　　　　　　　　127
　第三怕，怕没有安身之所　　　　　　　　130
　有志难酬　　　　　　　　　　　　　　　137
　注：风雪山神庙中的八种道具　　　　　　145

第九人：杨志 —— 负重的独狼 **154**
性格缺陷 155
"智取生辰纲"之妙 165
黯然离场 177

第十人：吴用 —— 冷酷的智囊 **182**
乱世之心、鼎革之才 183
目光如炬、审势相机 196
足智多谋、机巧心灵 210

第十一人：君昏臣奸，官狼吏虎 —— 万恶之源 **219**
朽木为官，禽兽食禄 219
快活林：吏吏相争只为利 224
《水浒传》中的司法与牢狱 230

梁山排座次，一场权力的游戏 **242**

每一个腐朽黑暗的政权都是后知后觉的，像一个垂死的巨人，四肢、身躯都已溃烂，头脑还茫然无知。因此在北宋末年，中、底层人群已经极度缺乏安全感了，而庙堂之上依旧莺歌燕舞、穷奢极欲。《水浒传》就是一部展现中、底层人群生活状态的纪录片，他们搏命似的奋力上跃，有人尊严尽失、丑态毕露，也有人坚守节操、仁义不改。世情冷暖、人性明暗，在逐利争名的过程中暴露无遗。

《水浒传》中人物近千，有名有姓的就有五百多人，大多有形有骨，如立于面前。品读水浒人物不是难事，随意拣选都可说出名堂，但无足轻重者说之无益，关联甚密者又恐积迭，因此只择十一人详述，其余人物并非不紧要，只是不够出奇而已。

第一人：
洪信——遇洪而开的隐喻

《水浒传》是一本将魔幻主义与现实主义相结合的作品，书中有霹雳大仙（赵匡胤）、赤脚大仙（宋仁宗），有九天玄女、天师真人，有魔君星宿、法术高人，有隐语谶语、鬼魂托梦……将超现实的力量融入现实之中，虚实相间，真假难辨，仿佛在一栋庄严肃穆、构造严谨的恢宏巨殿上罩了一层流金溢彩的氤氲宝光，增添了空灵虚幻的神秘魅力。

小说以一场瘟疫场景开头。嘉祐三年三月，天下瘟疫盛行，宋仁宗派殿前太尉洪信去江西龙虎山，宣请嗣汉天师张真人星夜临朝，祈禳瘟疫。

洪信心不诚、志不坚，没请到天师，却在游山玩水时惹出一场大祸。他凭借权势强逼龙虎山道人打开龙虎山伏魔殿，发现殿内只有一座石碑。

"前面都是龙章凤篆，天书符箓，人皆不识；照那碑后时却有四个真字大书，凿着'遇洪而开'。却不是一来天罡星合当出世，二来宋朝必显忠良，三来凑巧遇着洪信，岂不是天数！洪太尉看了这四个字，大喜，便对真人说道：'你等阻挡我，却怎地数百年前已注我姓字在此？"遇洪而开"，分明是教我开看，却何妨！'"

在"遇洪而开"四字的鼓舞下，洪信命人掘开石碑，掀开石板，只见一道黑气，从穴里滚将起来，掀塌了半个殿角。那道黑气直冲上半天里，在空中散作百十道金光，往四面八方去了。这百十道金光正是三十六员天罡星，七十二座地煞星，共一百单八个魔君。

自来无事多生事，本为禳灾却惹灾。"遇洪而开"是《水浒传》中的第一个谶言，一百单八个魔君被封数百年，就等着一个姓洪的人来为他们解封。似乎一切皆是定数，实际上，作者在这里布下了一层迷雾，洪信只是一个幌子，真正的"洪"，是洪信这一类刚愎自用、软弱无能的奸刁官员；是黄河三次改道以致产生让民生凋敝的泛滥洪灾；是上位者洪水猛兽般一言而决的严苛政令。

洪信是一个什么样的官员？从他上山前后的言行就看得出来。

奉皇帝旨意来请张天师下山，龙虎山上清宫真人说："如若心不志诚，空走一遭，亦难得见。"洪信道："俺从京师食素到此，如何心不志诚！"

洪信上了山，先见猛虎吃了一惊，口里叹了数口气，怨道："皇帝御限，差俺来这里，教我受这场惊恐！"又见大蛇再吃一惊，口里骂那道士："叵耐无礼，戏弄下官，教俺受这般惊恐！若山上寻不见天师，下去和他别有话说。"

洪信当面遇到张天师却有眼不识泰山，倨傲道："你从哪里来？认得我么？"他被张天师略一劝退，欲待再上山去，方才惊唬的苦,争些儿送了性命,不如下山去罢。

下山第一句话便是:"我是朝廷中贵官,如何教俺走得山路,吃了这般辛苦……"次日,道众并提点执事人等请太尉游山。太尉大喜。

来到"伏魔之殿",上清宫道人说尽利害,洪信只是要开门。太尉大怒,指着道众说道:"你等不开与我看,回到朝廷,先奏你们众道士阻挡宣诏,违别圣旨,不令我见天师的罪犯;后奏你等私设此殿,假称锁镇魔王,煽惑军民百姓。把你都追了度牒,刺配远恶军州受苦。"

得知自己放出了妖魔,浑身冷汗,捉颤不住,急急收拾行李,引了从人,下山回京。在路上分付从人,教把走妖魔一节,休说与外人知道,恐天子知而见责。

综观洪信此人,基本就是一个意志薄弱、滥用职权、不负责任、欺上瞒下的官员。这还是在政治相对清明的宋仁宗年间,到了宋徽宗时,朝堂的混乱程度更是可想而知。大宋江山并非因洪信而亡,好汉落草也并非因洪信作乱,但庙堂之中洪信之流的掌权者数不胜数,他们最擅长的事就是用权力打败原则,从而为宋朝的衰败推波助澜。

说此"洪"为洪水,这和梁山八百里水泊的产生过程有关,它是由古代的大野泽和黄河泛滥共同形成的。

大野泽之名由来已久,早在《尚书·禹贡》中就有"大野既猪(潴),东原底平"的记载,在大禹治水时就已经存在。又据《辞海》,"故址在今山东巨野北"。汶水、济水、濮水流经巨野以北,在低洼处汇聚成湖泊,便有了大野泽。

后来的几千年中,黄河多次泛滥改道,泥沙在大野泽南淤积成平原，导致湖面向北移动，成了闻名天下的梁山泊。

据《资治通鉴》记载，公元944年，"滑州河决，浸汴、曹、单、濮、郓五州之境，环梁山而合于汶"。这是梁山泊水面较大的一次扩张。公元1019年、1077年，黄河又有两次溃决，洪水注入，梁山周围水泊变得更加广阔，《水浒传》中所说的八百里梁山水泊正是北宋中后期的景象。

在众多历史记载中，黄河的流向一直都遵循自然规律，虽有泛滥也非大灾大难，但总有人低估黄河的治理难度，如北宋，就先后用人力使黄河三次改道，导致黄河泛滥更甚，民不聊生。洪水不仅为梁山好汉打造了天然的地理屏障，还毁了许多富饶良田，伤国根本。

《水浒传》中记载的嘉祐三年并没有瘟疫，却发生了另一件事。《宋史》记载：三年春正月戊戌，凿永通河（永济河）。此次开凿并没有成功防治黄河洪灾，1077年，黄河在濮阳一带决口，舍弃北流而向南改道，梁山泊成了黄河主流，形成了历史上最大的水泊。

洪灾是北宋时期的主要灾害，看似天灾实为人祸。1077年的决口"坏郡县四十五，官亭、民舍数三十八万家，田三十万顷"，徽宗政和七年（1117年）的瀛洲、沧州决口更是造成了"民死者百余万"的恶果。

除了官员和洪灾，另一个祸国殃民的物事就是国家政令。

宋徽宗赵佶本来就是个爱好甚广但能力不足的皇帝，偏偏又好大喜功爱折腾，做过的荒唐事不计其数，像宠幸奸臣、逛青楼都算不得什么，他倡导的另外三件事才是祸及社稷，使得北宋末年乱象丛生。

第一，花石纲。宋徽宗崇宁元年（1102年），置造作局于苏州、杭州，制造宫廷所用珍巧器物。四年（1105年）又置应奉局于苏州，搜罗东南各地奇花异石、名木佳果，由水路运送京师，称之为花石纲。在赵佶看来，"花石纲"既能满足自己的爱好，又能帮助百姓就业，有利无害。实际上，官员以"花石纲"为名在江南犯下的罪恶罄竹难书。凡是应奉局看上的一石一木、一花一草，皆以黄纸封之，收归公有。稍有不从，便以"大不敬"的罪名捉进监牢，等待重金赎人。许多人家都因此倾家荡产，到处逃难。为了运输花石纲，拆房毁桥、凿坏城郭是常有的事，应奉局负责人朱勔甚至大量强征漕运粮食的船只和民间商船，严重破坏与国计民生有重大关系的漕运。

第二，崇尚道教。赵佶对道教的痴迷无可救药，他仿照官制，专门为道教设立26级官阶，给天下道士授以职衔，发放俸禄。在蔡京、林灵素等奸邪的蛊惑下，给每一处道观拨了大量田地，修建的道观不计其数，耗费的人力、物力难以估量。在1077年，全国道士女冠不到两万人，到了宋徽宗宣和年间，道士女冠的数量竟达百万人之多。开展崇道活动，必然需要大肆搜刮民间财富，这也为北宋衰败埋下了伏笔。

第三，大赦天下。大赦在封建社会是很流行的手段，用来巩固统治，缓解社会矛盾，树立仁君形象。尤其是社会动荡不安时，这就会出现盛世大赦少、乱世大赦多的状况。大宋国祚319年，大赦203次，平均1.57年大赦一次。而宋徽宗当政的25年中，竟有26次大赦。频繁的大赦并没有让北宋复兴，反而让犯法者有恃无恐，律法形同虚设，宋徽宗凭着一己之力，使大赦不再是仁政，反而成了放纵犯罪、残害平民的帮凶。

"伏魔之殿"中镇压的石碑就是北宋的潘多拉之盒,洪信打开魔盒并非无心之失,而是统治阶级罔顾社稷苍生、肆意妄为的恶果,其也终将自食其果。

第二人：
王进——点题的隐者

《水浒传》开篇，先写太尉洪信放出一百零八个魔头，又写高俅上位。两个太尉，一个刚愎自用，一个睚眦必报。本以为终于要写好汉了，却又不写，偏偏添一个王进做引线，才牵出第一个魔君"九纹龙"史进。史进既出，又扯出朱武、陈达、杨春，紧接着遇到鲁达、李忠，氛围一下子热闹起来。

在明清小说中这种开篇很是常见，以龙套人物为引子诱出主要人物来，就像进了一所大宅，客人第一眼见的一定不是主人家的宅院厅堂，总要有个影壁方显庄重肃穆，这是东方特有的含蓄美学。然而，同为影壁也有高下之分，王进则是顶级的那种，好比黄琉璃瓦庑殿式顶、汉白玉石须弥座的故宫九龙壁。

王进是全书的点题人物，他的出现，点出乱自上作，点出良人难活，点出安身之法。以一龙套人物透彻主题，作者胆魄笔力都惊煞人。

乱自上作

金圣叹评《水浒传》:"不写一百八人,先写高俅,则是乱自上作也。"

高俅的发家史堪称奇迹,从过街老鼠般的东京帮闲到殿帅府太尉,即使坐火箭也没这么快。这其中固然有机遇和运气的因素,却也必须承认,高俅本身的确有过人之处,或者说,高俅的人设简直太精准了。

高俅是东京城"一个浮浪破落户子弟",既是"破落户",祖上自然阔绰过,因此高俅这一代虽落魄,却是有见识的,故能"吹弹歌舞,刺枪使棒,相扑顽耍,颇能诗书词赋"。瘦死的骆驼比马大,即使家道中落,高俅的眼界与习好也非穷苦人可比,除这些外,高俅还有一项绝技,"最是踢得好脚气毬"。

任何一样技能想练得出类拔萃都不容易,高俅能得如此评价,必定是下了苦功夫的。作为一个投机钻营的人精,在高俅混迹的圈子里,这些本事是受追捧的,并且有机会博得上流社会关注。唯有如此,才让他有足够的动力熬得下练球的苦。

后来,高俅"因帮了一个生铁王员外儿子使钱",被人家告到开封府,断了四十脊杖,赶出东京。"生铁"这个典故源自后唐时期发生的"潞王之乱"事件。闵帝李从厚(小字菩萨奴)重赏禁军军士,并许诺平乱后每人再加赏钱二百贯,军士们却纷纷投降潞王李从珂。但李从珂称帝后封赏极少,于是军士后悔说:"除去菩萨,扶立生铁。"意指潞王是一只铁公鸡。

三年后,高俅借着天下大赦的机会回到了东京,依附之人依次为:临淮州开赌坊的柳世权、东京开生药铺的董将士、小苏学士、驸马王晋卿、后来做皇帝的端王，自此飞黄腾达。这个过程看似寻常，却道出了一张不寻常的关系网。

现代的六度分割理论是，你至多只需要通过六个人，就能认识世界上任何一个人。高俅通过五个人就认识了下一任皇帝，既科学又合理。值得玩味的是，董将士和小苏学士鄙视高俅为人，对诣媚的陪玩毫无兴趣，才将他转荐出去，驸马王晋卿却欣然接受。书中原文说："自此高俅遭际在王都尉府中，出入如同家人一般。"等到了端王府，高俅更是如鱼得水。可见当时风气，越是处于上层阶级的人物，越是轻佻浪荡，耽于玩乐。

这件事的罪魁祸首当然是端王赵佶，即后来的"天下第一富贵闲人"宋徽宗，但在高俅发迹的过程中，柳世权、董将士、小苏学士也都给了他很大的助力，正是这种盘根错节的亲缘关系为帮闲子弟提供了上升渠道。在人才选拔制度早已成熟的北宋时期，帮闲子弟的上升渠道竟比科举还优质靠谱，可见统治阶层的腐败已到了不可收拾的地步，这也是"乱自上作"的本意。

良人难活

综观全书，花费在王进身上的笔墨不多，不仅比不上大名鼎鼎的鲁十回、武十回、宋十回、林十回，比起石秀、燕青、史进都远远不如，但在这不足半章的文字当中，王进已经展现出了非比寻常的优良品性。

王进对国家忠诚。当年的仇家成了顶头上司，铁定要报复自己，换做普通人，很有可能会恨屋及乌，而王进的选择是：继续为国家效力。原文道："延安府老种经略相公镇守边庭……那里是用人去处，足可安身立命。"一句"那里是用人之处"便可以看出，王进不甘心埋没了自己这身本事，仍要发光散热。

王进是有能力的。原文中王进说："……他手下军官，多有曾到京师，爱儿子使枪棒的极多，何不逃去投奔他们？"老种经略相公镇守边疆，手下军官都是靠着真刀真枪博取功名，连他们都推崇王进，可见王进是有真本事的。后来王进一棍放倒史进，又花了半年时间将史进的武力提升到梁山八骠骑的水平，也足以证明他的业务能力。

王进是个孝顺儿子。遇事先和母亲商量，拖着病体侍奉老母，母亲骑马他走路，一路艰辛自不必说。书中提及王进母子共有十九处之多，这样的母慈子孝场景在《水浒传》中十分罕见。而王进的母亲也是明事理、有主见之人，遭此大劫，她毫不眷恋东京家园，立刻说出"三十六着，走为上着"，又提醒儿子已被高俅监视，可见其勇气与睿智。这样优秀的母亲才能教育出王进这样的好儿子。

王进是智慧的。王进的出逃过程行云流水，将风险降到了最低，堪称教科书式的做法。第一，立刻行动，在高俅采取行动之前离开。王进知道，高俅绝不会放过自己，双方地位悬殊，等待对方发难就是坐以待毙，此刻离开是唯一的机会。第二，先后支开两名监视者，借口合情合理，并且先后安排二人做同一件事（岳庙中烧一炷头香），避免对方生疑。第三，锁好前后门。真正的出逃者是不会在意锁不锁门的，按照正常逻辑，只要锁了门，人就会回来，这个小举动为母子二人争取了近两天的宝贵时间。上面这三件事做错一件，王进逃生的概率都极小。另外，高俅喝令左右棒打王进时，"众多牙将都是和王进好的"，纷纷出言求情，能在京城混到如此好人缘，可见王进的情商也不低。

王进知恩图报。因母亲犯了心疼病，母子二人来到史家庄投宿，出于谨慎，王进先报了假名，后来见史太公为人厚道，这才敢说出真实身份，显露本事。王进传史进武艺，并非因为史进是可教之才，纯粹是出于报恩，史进的学艺机会，完全是史太公帮他争取来的。原文中，史进说道："师父，只在此间过了。小弟奉养你母子二人，以终天年，多少是好！"王进道："贤弟，多蒙你好心，在此十分之好。只恐高太尉追捕到来，负累了你……"

史进口称"师父"，王进回的却是"贤弟"，这个称呼值得玩味。作为禁军教头，王进教过的人不计其数，史进也只是其中一个，他根本就没把史进当作徒弟。但史进对王进是有真感情的，后来特地到延安府寻找王进，两个人玩了一场躲猫猫游戏，结果史进输了。

综观王进为人处世，即使不是完人，也算得上是良人。这种忠、孝、义、礼、智、艺全能的六边形人才，在任何朝代都应该是统治阶级拉拢的对象，在徽宗年间却混不下去，为什么？一个正常人没有立足之地，只能说明周围的环境太不正常。

高俅因早年学棒时被王进父亲打翻，恨上了王进一家。按理来说，打翻一个混混也算不得什么大事，在宋朝，像高俅这样不读书的人想咸鱼翻身，概率基本为零。但谁都想不到，一条隐秘的非正常升迁通道将高俅送到了一个不务正业的皇帝身边，混混出现在了不该在的位置，这才导致能人王进远走他乡。

封建社会时期，每逢昏君主政，便会有祸国殃民的奸佞之臣青云直上，忠臣、能臣则被排挤，出现"劣币驱逐良币"的执政陷阱，与王进生活年代相近的就有李纲、宗泽、岳飞等，王进虽然官职不高，但也算受害者之一。

因此，"乱自上作"的墨渍虽泼在高俅身上，笔锋却直指宋徽宗赵佶，朝廷的烂是从根烂起的。高俅之所以恶，是因为大环境适合恶人生存，整个社会已经呈现畸态的混乱，这才使得良人难活。

安身之法

无论是现实还是虚构作品中，从来就没有一帆风顺的英雄。《水浒传》用人物的命运波折演绎时代的大主题，困境则是众多好汉必须要过的坎儿，压力之下，人物做出的艰难抉择最能暴露本性。

《水浒传》中，绝大多数人都是保守主义的代言人，逢着三分灾祸，只出三分半力气便想将灾祸消弭于无形，说穿了不过是恋栈之情。如豹子头林冲，他在娘子被调戏时忍让，再被调戏时妄想与高太尉说和，在野猪林又险些丧命，却仍对正常生活心存幻想。如杨志，丢了花石纲后逃走，待天下大赦后散尽家财打通门路，无奈没能过得了高俅这一关。后来到大名府被梁中书赏识，为得上官抬举，又尽心竭力押送生辰纲去。如宋江、武松、朱仝，初次犯案后都心甘情愿服法，这时的他们还想做一个良民，并没有采取过激行为，更谈不上造反。

对做过官的人来说，背离主流社会与死了一次也差不多。因此作者狠了狠心，在这些好汉背后又猛地推了一把，彻底断了他们的念想，全都推上了梁山。即便如此，这些做过官吏的好汉也是后来倡导梁山招安的主力军，只少数几人除外。

《水浒传》里常出现"安身立命"一词：鲁智深大闹五台山后，智真长老要他离开，鲁智深道："师父教弟子那里去安身立命？"林冲风雪山神庙之后二次来到柴进庄院，柴进为他推荐去处，林冲道："若得大官人如此周济，教小人安身立命，只不知投何处去？"杨志得知二龙山后，对曹正道："既有这个去处，何不去夺来安身立命！"类似的话，菜园子张青对武松说过，宋江对武松说过，杨雄对石秀也说过，可见"安身立命"是好汉们关心的大事。

在没有身份证、没有监控的年代，安身不是什么难事，难的是立命，是有所作为。所以说，安身立命不只要保障基础生活，还要满足精神世界的要求。

大多数人都向往着稳定、长久的安身立命之所，并义无反顾地奔赴，然而越是努力追逐，离目标就越远，只有少数人勘破世情，看透当下，从这张黑暗之网中解脱出来。

梁山一百零八名好汉，真正获得解脱的只有鲁智深、武松、燕青、李俊等少数人，他们的解脱，是经历了尸山血海与世态炎凉后的解脱，是被现实迎头痛击后的解脱，即便如此也殊为不易。

早在全书开头，已经有一个智者找到了"安身立命"的标准答案，这个人就是王进。有人会问，难道标准答案就是离开争斗旋涡，去边军中为国效力吗？是，也不是，王进的确去了边军，但边军并不是王进的最终归宿。原文中鲁达和史进的两段对话足以证实。

二人在潘家酒楼偶遇时，鲁达道："你要寻王教头，莫不是在东京恶了高太尉的王进？"史进道："正是那人。"鲁达道："俺也闻他名字。那个阿哥不在这里。洒家听得说，他在延安府老种经略相公处勾当。俺这渭州，却是小种经略相公镇守。"

后来二人在瓦罐寺相遇，史进道："……小弟也便离了渭州，寻师父王进。直到延州，又寻不着。"

前文中，王进打算投奔老种经略相公，这话是当着母亲说的，自然不会有假，而且据鲁达所言，王进的确就在那里。为什么史进没找到王进呢？史进从华阴县走了半个月来到渭州，又不远千里从渭州（今甘肃平凉）到延州（今陕西延安），肯定会尽心竭力寻找，没找到，只能说明王进离开了。王进没有必要躲着史进，他离开的原因也不必深究，但大致猜得到，王进在边军过得并不自在。

"安身立命"的首选之地并不成功，以王进之机警果断，自然不会久留，至于他是小隐于野还是大隐于市，都不重要了，以王进的本领，"安身"不难，"立命"却不能。这就是王进给出的标准答案，这乱糟糟的世道只可安身，无法立命。

王进的选择是明智的，但凡换一种做法，王进都会成为林冲或者杨志，仇难报，志难酬。他没有对官场心心念念，选择直线远遁而不是曲线迂回，这已是最善的结局了。

读完王进再读林冲、杨志等人，不禁总让人回望、比较，甚至忍不住出言提醒："你们错了！错了！又错了！"

第三人：
宋江——笃志的儒生

宋江是《水浒传》的第一主角，也是梁山好汉的首领，是三十六天罡、七十二地煞的星魁。

同时，宋江也是全书中争议最大、挨骂最多的人物，有人说他是"投降派"，是"窝囊废"，是"奴才相"。这种攻击甚至上升到了质疑作者的地步，说宋江胆小如鼠又名满江湖，胸怀大志却蝇营狗苟，是典型的"性格分裂"，人物塑造并不成功。这种说法当然不成立，从故事结构来说，宋江是《水浒传》一书的筋骨，筋骨立得牢稳，作品才能经久不衰；从因果关系来说，是宋江之完满成就《水浒传》之经典，而非先有经典《水浒传》后知有宋江。

要想读懂水浒，先要读懂宋江，这话一点儿都不为过。

宋江是一个十分复杂的人物，许多看似拧巴其实合理的表现集于一人之身，才塑造出一个有血有肉的经典形象，同时也给读者留下了许多疑问。比如说，宋江身为郓城县押司，区区一个小吏，为什么有花不完的钱？

宋江的收入来源

宋江有三个绰号，呼保义、孝义黑三郎、及时雨，尤以"及时雨"最为著名。书中介绍宋江出场时，说他"平生只好结识江湖上好汉，但有人来投奔他的，若高若低，无有不纳，便留在庄上馆谷，终日追陪，并无厌倦；若要起身，尽力资助，端的是挥霍，视金似土。人问他求钱物，亦不推托。且好做方便，每每排难解纷，只是周全人性命。如常散施棺材药饵，济人贫苦，周人之急，扶人之困。以此山东、河北闻名，都称他做及时雨"。

这段文字阐述了两个主题：一、宋江喜欢结交好汉；二、宋江为人慷慨，乐意资助他人、扶困济危。之所以如此做派，虽是性格使然，却也需要雄厚的经济实力，毕竟拿出去的都是真金白银，小门小户哪禁得起这样折腾？

宋江的确有钱，这是做不得假的，他的收入主要有两个来路，第一个是啃老，第二个是灰色收入。

宋家是农户出身，"祖居郓城县宋家村人氏"，父亲和弟弟都在"村中务农，守些田园过活"，但宋家不是普通农户，宋江杀死阎婆惜后，朱仝、雷横奉命捉拿他，光是围住宋家庄院就用了三四十人，可想宅院之大。待朱、雷二人离开，宋太公随手就送出二十两银子，如此阔绰的举动也非普通人家所能为。后来宋江、宋清离家潜逃，"宋江、宋清却分付大小庄客：'小心看家，早晚殷勤伏侍太公，休教饮食有缺。'"看似不起眼的"庄客"二字，一下子暴露了宋家的实力。

说到庄客，需要介绍一下宋朝的三个户籍等级。一等是"官户"，这部分人大多是科举做官的士大夫，地位很高，只纳税，免服役；二等是拥有田地产业，需要纳税服役的"主户"，顾名思义，拥有生产资料就算得上是主人了；三等是"客户"，他们没有土地，有的甚至没有居所，只能被人盘剥奴役，用劳力换取生存所需。

"客户"又分为"地户""佃户"和"浮户"，"地户"基本等同于奴仆，世代隶属于"主户"，是最底层的人群；"佃户"就是《水浒传》中经常出现的庄客了，无论是东方还是西方，封建地主制经济下租种地主土地的农民都被称为"佃户"；"浮户"就是无户籍、无固定居所的流民。"客户"在宋朝的人口构成中占有较高比率，北宋初年时甚至达到了惊人的40%。曾有无名氏作《沁园春·道过江南》曰："……述某州某县，某乡某里，住何人地，佃何人田。气象萧条，生灵憔悴……"直抒了对客户制度和当权者的不满。

"庄客"一词，在书中的华阴县史家庄、桃花村桃花庄都曾提到，那些庄客对史太公和刘太公言听计从。由此可见，宋太公和史太公、刘太公处于同等阶层，都是地主级别的大佬，宋家庄园或许比不上祝家庄、扈家庄这样的庞然大物，但在当地也是不折不扣的大户。所以，虽然《水浒传》中对宋江的家底没有明说，我们也能推断出，他和史进一样，是不折不扣的富二代。

富二代有不同于寻常百姓子女的教育方式，史进专爱舞枪弄棒，史太公就不停地为儿子请教师爷；宋江则习文修武，才能得到"刀笔精通，吏道纯熟，爱习枪棒，学得武艺多般"的评价，从宋江写的诗词来看，他的确是有深厚文学功底的；至于武艺，或许宋江比不上五虎八彪一类猛将，至少也强过常人，还收了孔明、孔亮两个徒弟。

宋太公只有两个儿子，但凡老头智商正常，都看得出哪个更有出息，凭着长子地位和押司身份，宋江在家中应是予取予求，满足社交需求绰绰有余。

当然，家资富足只是宋江的底气，凭他的本事，还真未必用得上家里的钱，因为他的身份特殊，他是一个胥吏——宋朝的胥吏。

胥吏是个什么样的存在？

胥吏自古有之，早在西周时就有关于胥吏的记载，后世胥吏都以造字的仓颉为祖师爷，到明清时，祖师爷又换成了"汉初三杰"中的萧何。作为统治阶级的一部分，早年的胥吏风评没有这么坏，从宋代开始，胥吏才逐渐演变成"奸诈"的代名词，这和当时的官吏制度有着很大关系。

宋代重文轻武，文官集团势大，为了防止文官在地方做大，朝廷规定官员任期最多两三年，任满后不得连任。新到官员由于不熟悉地方衙门的刑名、税赋、钱谷等政务，只能依赖前任留下来的胥吏，还没等他摸清当地情况，一纸调令颁下，又奔赴下一个州县。而当地的胥吏一做就是数十年，甚至还可以世袭，在地方上的人脉和威望非同小可。"铁打的胥吏流水的官"，胥吏利用盘根错节的关系和欺上瞒下的手段，常常架空官员成为当地真正的主事人，造成"吏强官弱"的现象。

同时，宋朝重视商业，又规定官不从商、商不从官。一些商人没办法与官员打交道，便将目光落在胥吏的身上，地方豪强与胥吏勾结，组成更大的利益集团，使胥吏的根基更加稳固。

《水浒传》中，很多好汉都做过胥吏，也都有滥用职权、作奸犯科的黑历史。比如宋江，利用职权便利拖延缉捕使臣何涛见知县，抢先为晁盖通风报信；比如朱仝、雷横，先后放走宋江、晁盖两名通缉犯，朱仝后来又放跑了杀人的雷横；比如明目张胆要常例钱、滥用私刑的戴宗；比如两头拿好处的大名府押狱蔡福；比如纠集团伙劫取生辰纲的保正晁盖……凡此种种，胥吏将手中职权几乎用到了极致，却大都是满足人情私欲。

宋江身为押司，只是经办案牍、狱讼、文书的九品小吏，却能博得"刀笔精通、吏道纯熟"的名声，可见他颠倒黑白的手段已经炉火纯青。

古人书写都用毛笔写在竹简上，若有谬误便用利刃刮去墨迹，因此"刀笔"是个中性词，但用在胥吏身上，便与篡改、歪曲、矫饰脱不开干系了，宋江就是做这个工作的。那么，做一个"刀笔精通"的押司，能左右何事，又会有哪些灰色收入呢？

林冲被高俅陷害后，开封府孔目孙定一句话，便将"手执利刃，故入节堂"改成了"腰悬利刃，误入节堂"，死罪也就成了"脊杖二十，刺配远恶军州"；杨志杀死牛二，在开封府推司的帮助下，"把款状都改得轻了。三推六问，却招做一时斗殴杀伤，误伤人命"；武松被张都监陷害偷盗，投入死囚牢，孟州的叶孔目却"已知武松是个好汉，亦自有心周全他，已把那文案做得活着"。这里的孔目、推司都是胥吏，判词中改上几个字便可活人性命，若是反过来，杀人当然也不是难事。《水浒传》中并没有展示宋江的业务能力，但可想而知，他和推司、孔目做的事大致相仿，有一言决人生死的能力，因此宋江是不可能缺钱的。

有钱人分很多种，有人一毛不拔，有人豪爽阔气，有人视钱如命，有人只把金钱当成工具。宋江就是最后一种，他认为世界上有比钱更重要的东西，那就是名声。用俗不可耐的阿堵物能换来好名声，简直是一本万利之事。

胥吏这个身份给宋江带来了很多好处，使他在当地有地位、有很多隐性收入，这是求之不得的美差。但宋江对胥吏这份工作并不满意，因为胥吏的名声太差了，这恰好和宋江追求的好名声相悖。

徽宗年间的权力寻租十分恐怖，胥吏夹在官员和百姓之间，上嫌下恶，名声是极差的。阎婆惜和宋江吵架时，一句话道出胥吏本质，"常言道：公人见钱，如蝇子见血。他使人送金子与你，你岂有推了转去的？这话却似放屁！做公人的，哪个猫儿不吃腥？阎罗王面前须没放回的鬼，你待瞒谁？"可想而知，宋江听到这番话时，他本来就黑的脸色怕是已经赛过锅底了。

胥吏眼中，人情利益比什么国家法度都重要得多，要想在这个圈子里混，谁都做不到"举世皆浊我独清"，要么同流合污，要么被排挤出去。宋江胸怀大志，他需要摆脱胥吏这个身份带来的恶劣影响，于是，在他的苦心经营下，他的绰号越来越多，名声越来越响，江湖地位也越来越高。

《水浒传》中，宋江常常自称"小吏"，却无人敢以"小吏"呼他，等到"江州劫法场"一事后，连"宋押司"这称呼都销声匿迹了，取而代之的是"公明哥哥""宋头领"。无疑，宋江的经营是十分成功的。

宋江的扬名之道

梁山一百多名好汉，若按照出身高贵、武艺高强、通透豁达、家产丰厚排名，怎么都轮不到宋江做老大，可偏偏就是他成为众星魁首。仔细想来，这并不让人意外，宋江有两样东西远超他人，这两样东西看不见、摸不着，却如两盏耀眼明灯，照亮好汉们前行的道路。

第一样东西就是"义名"，有了义名，宋江才能多次化险为夷，贼首匪霸才能闻名便拜。毫不夸张地说，宋江能拥有后来的成就，义名是最坚实的根基，为他提供了最多的助力。而宋江的义名，看上去是靠钱买来的，事实上又不单纯是靠钱买来的。

在河清海晏的太平盛世，游民与好汉是难有作为的，但在乱世中，他们都是难以估量的资源。《水浒传》中，有三个人颇具慧眼，刻意结交好汉，壮大声威与实力，这三个人就是柴进、晁盖和宋江。

俗话说："花钱容易挣钱难。"其实，把钱花到实处、不花冤枉钱也是件难事。原文对三人的介绍已初露端倪：柴进是"专一招接天下往来的好汉，三五十个养在家中"；晁盖是"但有人来投奔他的，不论好歹，便留在庄上住"；宋江则是"济人贫苦，周人之急，扶人之困"。

这么一比较就有差别了，都是"平生仗义疏财，专爱结识好汉"，宋江在帮人的时机、对象和手段上显然高明许多。

首先，县衙小吏是看得见摸得着的身份，地位相差没那么大，就算初次相见也没有排斥感；其次，宋江最喜欢救急，无论是江湖好汉还是平民百姓都一视同仁，从不区别对待；最后，宋江不止付出金钱，也付出感情。一旦用了心，恩情就成了友情，友情能将两个人绑定在一起。凡此种种，书中都有实例为证。

《水浒传》第二十一回，王婆引着阎婆相求，宋江闻听对方要为阎公讨一副棺材，道："你两个跟我来，去巷口酒店里借笔砚写个帖子与你，去县东陈三郎家取具棺材。"本来直接掏银子就可以解决的事，偏要多些曲折，如此一来，宋江乐善好施之名又经"巷口酒店""县东陈三郎家"之口传播，宣传效果倍增。

《水浒传》第三十六回，病大虫薛永在揭阳镇卖艺，几番央求，"众人都白着眼看，又没一个出钱赏他"，只有宋江掏出了五两银子。此时的薛永已走投无路，宋江的行为好比"热中送扇、雪中送炭"，薛永感激涕零道："……这五两银子强似别的五十两，自家拜揖，愿求恩官高姓大名，使小人天下传扬！"一两银子能花出十两的效果，你可以说宋江刻意为之，但这何尝不是对他行善的回报呢？

宋江对真正的好汉毫不吝惜投入，送的是真金白银，付出的是真情实感。之所以这样做，是因为宋江对人心有敏锐的洞察力。什么人最容易陷于危难之中？什么人最在乎"义气"二字？不是平民百姓，不是贩夫走卒，而是陷入困境的江湖游民、虎落平阳的草莽豪杰。在他们落魄时拉一把，说几句暖心话，帮助他们摆脱窘迫与不安，远比好吃好喝重要，也更让人刻骨铭心。

初见武松时，宋江慧眼识英雄，先说"江湖上多闻说武二郎名字，不期今日却在这里相会。多幸，多幸"，然后"携住武松的手，一同到后堂席上。柴进便邀武松坐地。宋江连忙让他一同在上面坐"。此时的柴进还是分出尊卑，想让武松坐在下首，宋江则请武松上坐。

第三人：宋江——笃志的儒生 023

"酒罢，宋江就留武松在西轩下做一处安歇。""宋江将出些银两来与武松做衣裳。""却得宋江每日带挈他一处，饮酒相陪，武松的前病都不发了。"喝完酒，宋江与武松抵足而眠，又拿出钱给武松做衣裳，每天陪着武松解闷。吃柴进的，喝柴进的，而武松感激的却只有宋江。待到武松离开时，宋江一送再送，又拿出银子相赠，最后二人结拜为兄弟。

宋江在江州遇到李逵，见面先送十两银子；李逵拿去赌钱，输光后夺银打人，宋江出面息事宁人；李逵与张顺打斗，宋江拿出张横家书劝和；李逵点晕卖唱女，宋江又拿二十两银子摆平。李逵只管惹事，宋江尽数解决，只是初次相见，李逵便对宋江心悦诚服，从此忠心不二。宋江的付出立刻得到了回报，他被黄文炳陷害打入大牢，从始至终只有李逵服侍，法场问斩时，又多亏李逵第一个现身相救，才保全性命。

宋江的"义名"既是护身符，也是信誉满满的金字招牌，理当小心翼翼地珍惜呵护。金钱可以买来人情和名声，用人情和名声来敛财却是亏本买卖。宋江深谙"财散人聚"的道理，有人却不懂。在夺取梁山后，晁盖立刻派刘唐送来一百两黄金，以感谢宋江通风报信的恩情。宋江轻而易举抵制住诱惑，只象征性地拿了一条（一两）黄金，这就相当于告诉晁盖：用钱报恩是行不通的。倘若宋江见钱眼开全都收下，非但人情没了，于名声也有碍。

金钱、人情、名声，在宋江眼中都是壮大自身实力的资源，既然是资源，就是用来交换的，只要有合适的筹码，随时可以舍弃，甚至连宋江极为珍视的义气，也不是非卖品。那么，什么才是宋江想要的，他的终极目标到底是什么呢？

一部作品之所以伟大，很大程度在于，文字表达极为精到。比如，现实生活中，我们很容易用几个词汇来概括一个人的性格，哪怕不十分精准，也大致不差；但好的虚构作品中，其主要人物往往是一个多面体，每一面都折射出深刻的人性与极致的情感，如曹操、王熙凤、哈姆雷特、宋江，要描述出他们的特征，非只言片语能做到。

宋江身上既有异姓一家、情同手足的江湖义气，也有铲除奸佞、顺天护国的忠君思想；既有仗义疏财、雪中送炭的笼络本事，也有揣摩人心、精于算计的权谋手段；既有建功立业、出将入相的宏大志向，也有怯懦虚伪、自私狠辣的卑劣人格……

如此丰富、完整、诡谲的人物，在小说类作品中实属罕见。决定并成就宋江的，一是他的阶段性人生，二是作者的隐藏性叙述。阶段性人生，指宋江的演变与进化，做押司时、做逃犯时、做囚犯时、做匪首时、做官员时……宋江从白到灰、从灰到黑，黑到极致时又摇身一变，成为极致的白。不同的阶段、不同的角色，一步步揭开宋江的多重面具，直到魂归蓼儿洼才盖棺论定。隐藏性叙述是宋江从始至终都以"仁义"为衣冠，掩盖自己的卑劣行为，借以满足其藏在骨髓中的欲望。搞清楚这两点，揭开宋江的真相也就不难了。

宋江的分段人生

《水浒传》主要展现了宋江一生中的四个阶段，依次为：为吏、为囚、为匪、为官。其实在少年阶段，宋江还有潜心"为学"的人生阶段。江州浔阳楼上宋江题诗,开头两句便是:"自幼曾攻经史,长成亦有权谋。"

人生阶段不同,宋江的心态也不一样,但他"出将入相,忠君报国"的梦想却矢志不渝,因为这是他少年时立下的志向。笃志不移,这就是宋江"义名"之外的第二样特别之处。

古代文人喜欢用诗词直抒胸臆,宋江也不例外。除了耳熟能详的"他时若遂凌云志,敢笑黄巢不丈夫",宋江在招安之前写下的"中心愿,平虏保民安国。日月常悬忠烈胆,风尘障却奸邪目",写给李师师的"义胆包天,忠肝盖地,四海无人识",都是披肝沥胆的赤诚之语。

从宋江对官身的热衷可以看出,他应该和"白衣秀士"王伦差不多,是落第的儒生。儒生的追求是什么?"修身、齐家、治国、平天下",换种说法就是"仁爱、孝父、忠君、做大官"。

宋江科举失败,但他并未放弃,做郓城县押司这一阶段,他严于律己,将"仁爱""孝父"贯彻到底,因此博得"孝义黑三郎"和"及时雨"的名号。但"仁孝"有机会做大官吗?没有。宋朝重文轻武,根本不缺读书人,所有的官员岗位都已饱和,就连保义郎这样的九品小官都可望而不可及。

正因不可及,宋江才取了"呼保义"这个绰号。宋江最为人熟知的绰号虽然是"及时雨",但实际上,在一百零八名好汉排定座次后,"及时雨"这个绰号就没再用过了。天降石碣上刻的是"天魁星呼保义宋江",忠义堂前帅旗上绣的是"山东呼保义",征辽班师后朝廷加封宋江为"保义郎"。因此,宋江一生贯穿始终的不是"孝义黑三郎",不是"及时雨",而是"呼保义"。

北宋政和六年（1116年），宋徽宗将武职官阶重新划分，共五十二阶，原"右殿班直"改称为"保义郎"，列第五十阶。后来，朝廷常用保义郎的空头官衔来笼络义军首领。宋江用"呼保义"这个绰号，既表现出对官身的渴望，也坦陈自己忠心为国的志向。

在"为吏"这个阶段，宋江没有找到等级跃迁的机会，一个胥吏想要"做大官"长伴君侧，简直难如登天。然后，宋江十分不情愿地来到了人生的第一个转折点——杀死阎婆惜。

宋江杀惜，杀得仓促、杀得鲁莽，以宋江的心智，本不该用如此粗暴的手段解决问题，但当时他真的慌了。宋江不在乎阎婆惜出轨，不在乎一百两金子，却最怕担上通匪的罪名，一旦坐实，就会断送他的前程！

为了躲避官司，宋江开始了江湖逃难的日子。从沧州柴进庄园到孔家庄，从清风山、清风寨到揭阳镇、江州，宋江开启了一段崭新的人生，他惊喜地发现，自己的名号俨然成了"义"之象征，在江湖上比之柴家的免死金牌也不遑多让。连燕顺、王英、张横、穆弘、李俊这样的黑道大佬都尊之敬之。自有江湖以来，没有一个江湖人敢站在"义"的对面，宋江很清楚，这些人尊敬的不是自己，而是一个"义"字，但这又有什么区别呢？

这是一段惊险又刺激的经历，不出意外的话，宋江会在江州以囚犯的身份逍遥几年（宋朝大赦多，几乎一年一次），然后便如刺配时所说"日后归来复农时，也得早晚伏侍父亲终身"，安安生生做一个富家翁。就在这时，宋江人生的第二个转折点出现了，浔阳楼醉酒题诗被通判黄文炳看到，诬为反诗，直接将其打入死牢。此时此刻，在宋江的心中，黄文炳的可恨程度绝对超过

第三人：宋江——笃志的儒生　027

了阎婆惜。阎婆惜拿着晁盖的信要挟宋江，宋江尚有生路，但黄文炳不同，他是六品通判，是大宋官员，他说宋江是反贼，宋江就是反贼！按理来说，一个死囚犯想翻盘是不可能的事，但宋江毕竟是主角，"义名"再次显灵，数十名好汉杀散法场，硬是把一只脚迈进阎罗殿的宋江拖了回来。

宋江活了，同时也崩溃了：他十分清楚，从这一刻开始，自己就是贼寇了！做囚犯至少是合法的，而现在他彻底站在了朝廷的对立面。为了接近"出将入相"的理想，宋江一直以儒生的标准要求自己，他兢兢业业、一丝不苟，却活成了自己最不希望成为的那种人。宋江杀黄文炳的原因或许不止一个，但最强的驱动力一定是"你毁了我，我也要毁了你"。

为吏、为囚，走过这两段人生经历，从理想层面来说，宋江陷入了人生的最低谷，这是他距离梦想最远的时刻。但宋江不是普通人，他所受过的教育不允许他永远做一个贼寇。只要梦想仍在，就算彻底黑化也要想办法洗白，于是，他想到了达成梦想的另一条路——招安。

表面上看，"为匪"的日子十分风光，于宋江而言，风光的背后却是一次又一次的良心泯灭。宋江想招安，但这件事的阻力很大，梁山上有几个好汉早看透了这漆黑一片的世道，对官府恨之入骨，如鲁智深、武松、李逵、阮小七等人，始终坚决反对招安。面对这些性情刚烈的兄弟，宋江没法用强，他用的方法是——多数压倒少数，只要赞同招安的人数足够多，反对的声音自然式微。

山上的兄弟是有限的，山下的兄弟是无限的，于是，宋江开始谋划"赚人上山"的大计。成为首领后，他用尽各种办法招降将领和公门中人，并且他们排名都靠前，就是能让招安派在梁山占据主导地位。只有做过官的人才知道做官的好处，为了重返富贵，他们一定是赞同招安的。从结果来看，宋江又成功了，但在此过程中，宋江不择手段，罔顾兄弟情义与江湖道义，做了许多欺人昧心之事，名为"公明"，其实"私暗"。

没有做官机会时，宋江是有仁义之心的，但在追逐梦想的路上，因其盯得太狠、用心太毒，已经忘记"修身"才是为人之根本。行文至此，"及时雨"和"孝义黑三郎"都消失了，只剩下一个摇尾乞怜的"呼保义"。

征辽是宋江人生的大高潮，真正满足了他在《满江红》中的期望："统豼虎，御边幅。号令明，军威肃。中心愿，平房保民安国。"征辽之顺遂，比如今的爽文还离谱，如此铺垫，正是为了与接下来的正戏——征讨方腊做对比，从一将未损到死伤大半，悲剧感一下子营造出来了。但更大的悲剧不是死了多少人，而是方腊与宋江的身份。实际上，方腊就是拒绝招安的宋江，宋江就是招安后的方腊，被招安的造反者征讨不被招安的造反者，这无异于自相残杀。再想想方腊义军和梁山义军的结局，不被招安就会被剿灭，被招安就要充当炮灰，真让人毛骨悚然。

即使宋江知道结局，他也必须去征讨方腊，因为方腊是他的投名状！整部《水浒传》中，宋江是最了解"投名状"的人，收服秦明时，青州城下数百名百姓的性命就是投名状；对燕顺、王英、郑天寿、黄信来说，秦明又是投名状；赚朱仝上山时，小衙内的尸身是投名状；收服张顺、李俊、穆弘等人时，吞一块黄文炳的肉就是投名状……真是天理循环，报应不爽，宋江也有不得不交投名状的时候，想证明自己不是反贼，那就去杀反贼吧！

第三人：宋江——笃志的儒生 029

为了这份投名状，葬送了五十九条好汉性命，物伤其类，秋鸣也悲，宋江江南之行，怕是眼泪都要流干了。然而悲剧并未结束，千里之外还有一杯毒酒等着他。

当李逵得知宋江饮了毒酒，大叫一声："哥哥，反了罢！"宋江道："兄弟，军马尽都没了，兄弟们又各分散，如何反得成？"

这才是宋江一生最悲凉、最后悔的时刻，他为了"忠"，弃了"义"，到最后才发现，只有"义"才是他的护身符，失去了"义"，他一无所有。

回顾宋江一生，想安分度日时被迫杀人，想好好改造时被逼上梁山，想招安时朝廷大军征讨，想为国效力时被当成弃子。在一个黑白颠倒、忠奸难辨的王朝末世，一切都撕心裂肺地拧着来。

宋江成功了，也失败了，总之，一切不从他愿。

第四人：
史进 —— 至死是少年

梁山一百零八名好汉，如果说哪一个有资格安安分分过活、无须落草为寇的话，这人非史进莫属。别人要么天生草莽气，要么走投无路被迫落草，唯有史进一副天胡牌打得稀烂，自己抛弃了主流社会的身份，懵懵懂懂跃入社会边缘人的江湖。

于是，家财万贯的史太公之子，一度沦落为剪径小贼；曾纠集庄客对抗山贼的一方保甲，成为最大造反势力的天罡将领；本该顺遂一生、出身清白的少年，最终横死战场。

史进身上有侠气，知礼守义，他不是坏人，也不是笨人，引领他走上歧途的，是从未更改的少年意气。就像校园里学生对社会的憧憬，有了叛逆心气后，说什么也要学一回古惑仔。

常言道："少不读水浒。"我倒觉得，少年人应该好好读一读水浒，尤其多读读史进身上的故事，以之为前车之鉴。

清白家世

乍出场时,史进是一个颇为自负的文身后生,被王进一棒打翻后口服心服,寥寥几笔,少年气就被写出来了。但要塑造一个丰满、完整的人物,这还远远不够,于是,作者借史太公之口将史进的性格彻底暴露。

王进与史进比试前,心中颇多顾忌,史太公道:"若是打折了手脚,也是他自作自受。"知子莫若父,一句"自作自受",能看出史太公对史进是很不满的。因何不满?史太公很快给出了答案:"老汉的儿子从小不务农业,只爱刺枪使棒。母亲说他不得,呕气死了。"

为了学武艺,居然将母亲气死了,失去老伴的史太公当然记恨。记恨儿子的史太公是怎么做的呢?

"老汉只得随他性子,不知使了多少钱财,投师父教他。又请高手匠人,与他刺了这身花绣,肩臂胸膛总有九条龙……"

现在我们知道史进的骄纵性子从何而来了,史太公老来得子,当然视若珍宝,导致史进从小到大都万事顺心。年轻人不缺钱花,又无人管教,势必要寻求更大的刺激。

那个年代不能飙车,不能蹦迪、开派对,去哪里找刺激?史进将目光投向了向往已久的神秘地带——江湖。

按照地理环境,史进的活动范围大致局限于史家庄与华阴县,最远也就是华州,这与他心目中的江湖相去甚远,为了向江湖靠拢,他想了两个办法:练武、文身。

练武是跻身江湖的必备技能,文身则是时髦玩意,对传播名声有帮助,此时的史进已经为进入江湖做好了准备。在他看来,江湖，是一个快意恩仇，豪气干云的美好世界，可以相逢意气为君饮，结交天下英与雄；可以一诺千金重，立谈生死同。至于江湖水多深、风波多险恶，史进根本没想过，而这种幼稚，伴随他一生。

史太公去世后，史进的人生已经稳定下来。家资丰厚、武艺高超，敢组织庄客与山贼相抗，如果他能守住家业，相信会比爹爹史太公做得更好。

可惜，史进志不在此。王进走后，他"每日只是打熬气力，亦且壮年，又没老小，半夜三更起来演习武艺，白日里只在庄后射弓走马"。

不到半年，史太公去世。"史进家自此无人管业，史进又不肯务农，只要寻人使家生，较量枪棒。"

这时的史进虽荒废家业，却维持着清白出身，他不做犯法事，不结交匪类。不出意外的话，用不了多久，会有媒人上门提亲，然后娶一个媳妇在史家庄结婚生子，好好管理佃户与农田，成为华州的顶流乡绅。

在漫威世界里，能力越大责任越大；在水浒世界里，能力越大坎坷越多，宋江、林冲、武松、卢俊义……无一例外。作者特意安排王进提升了史进的武力，当然不会让他安稳度过一生。

于是，少华山贼人来了，不怀好意地来了。

从白到黑

史进是鄙视山贼的，他纯净的江湖梦中从来没有山贼的容身之地，因此，当他擒下陈达，朱武和杨春为救陈达跪地请死时，史进猝不及防。

自己苦苦追寻的东西，怎么会在山贼身上出现？于是心中暗道："他们直恁义气！我若拿他去解官请赏时，反教天下好汉们耻笑我不英雄。"

江湖义气是少年的软肋，有了欣赏之意，史进立刻忘记了身份，模糊了立场。就这么一个不该有的念头，改变了史进的一生，从这一刻起，他再不是护佑一方平安的义士，而是勾结匪首的强贼！史进，浑然不觉地站在了官府的对立面。

江湖人士是有段位之分的，这与武力、地位关系不大，拼的是算计与心术。如果说宋江、吴用等人是王者，朱武能混个钻石的称号，而史进连青铜都算不上。[1]在神机军师朱武面前，他只有被人玩死的份儿。

当华阴县官差围住史家庄时，相信史进是发蒙的，我和朋友喝酒聊天，怎么就犯法了？此时的他还没有意识到，从他饶过朱武三人那一刻起，自己的清白身份已经被染上了黑色。

这世上有黑有白，还有黑白混淆的灰。能在两种势力间游走自如的，整本《水浒传》也没几个。柴进柴大官人算一个，人家是天潢贵胄，谁人能比？宋江宋押司算一个，那是天赋异禀，无人能及。这两人之外或许还有，却绝不会是史进。

眼见史进没了主意，朱武再度跪倒，放出了必杀技："哥哥，你是干净的人，休为我等连累了。大郎可把索来绑缚我三个出去请赏，免得负累了你不好看。"

---

[1] 编者注：文中"王者""钻石""青铜"皆引用网络游戏中游戏玩家的等级。

史进果然中计，道："如何使得！恁地时，是我赚你们来捉你请赏，枉惹天下人笑我。若是死时，与你们同死，活时同活。"

这是最后的机会了，倘若史进迷途知返，捉住三人献给官府，他还是那个逍遥自在的史大郎。然而义气如他，当然不会这么做。

接下来，杀散官差、放火烧庄、逃离故土，史家几代积攒下来的祖业毁于一旦。

有趣的是，刚刚提刀杀了两个人的史进仍是懵懂，铁定成为官府的通缉犯，他还觉得自己是清白的。面对朱武邀他入伙的提议，史进丝毫不给面子："我是个清白好汉，如何肯把父母遗体来点污了？你劝我落草，再也休题！"

史进想得很简单，我和你们交往，是被你们的义气所感，但想让我成为你们其中的一员，我耻于为之！可想而知朱武等人听了这话的反应，大抵是又气又笑，你都进了贼窝，还想立一个忠孝节义的牌坊？再说，清白不清白，由得你自己做主吗？

史进口不择言，语出伤人，这就等于指着朱武三人的鼻子骂："你们落草为寇，有辱先祖！"说这话时，史进认为自己是有退路的，这源于王进的一句话："我一心要去延安府，投着在老种经略处勾当。那里是镇守边庭，用人之际，足可安身立命。"

于是史进乐观得像个傻子："我今去寻师父，也要那里讨个出身，求半世快乐。"而他绝对预料不到，自己很快就会被打脸，数月之后，他将亲口说出："我如今只得再回少华山，去投奔朱武等三人入了伙。"

普通人都知道，在家千般好，出门万事难，金窝银窝不如自己的狗窝。而在史进看来，世上无难事，普天之下都是史家庄。

第四人：史进——至死是少年　035

直到现在他都没意识到，刚刚烧掉的，是他在世上唯一的安身立命之所，再也找不到第二个了。

史进是真心想追随王进的，他丧了老父，失了家园，又是少年心性，正处在人生的迷茫期，需要有人指引人生方向，王进就是唯一能指点他的人。可惜人生不如意十之八九，没找到王进，史进唯一的退路也被堵死。

这也是史进最大的弱点——把一切都想得太简单。

简单思维

从严词拒绝到主动投靠，这中间发生了什么，是什么改变了史进的初衷？

首先，是残酷的境遇，是无路可退的现实。史家庄的日子，衣来伸手饭来张口，如今才知少吃一顿会饿肚子，身上无钱寸步难行。

其次，是鲁达对史进的认可。在渭州与鲁达相识，史进惊喜地发现，这位提辖居然听过自己的名字！因何听说？论武艺，史进的本事还达不到名扬州府；论文身，高手匠人哪里都有，别说九条龙，只要钱给得足够多，十八条龙也能刺出来。能让鲁达另眼相看的，无非是为了救朱武三人放火烧庄、不惜亡命天涯这种义气事。

这场意外相遇让史进豁然开朗，什么是江湖？离开史家庄就是了！什么是江湖人？自己现在就是了！而朱武、陈达、杨春，他们早就是了！

把"贼人"的概念在心里换成"江湖人",史进上山入伙,再也没有之前的心理负担了。

其实,这种心理的转变也源于身份的改变:坐镇史家庄时,少华山就是贼窝;成了流落江湖的游民,少华山就是自己的庇护所。

吃尽了苦头之后,拦路抢劫的史进与饿着肚子的鲁智深再次相遇,回想初见时把酒言欢的情景,恍如隔世。

作者在此处隐藏了一个细节,按理说,鲁智深从提辖变成和尚,与从前容貌迥异,而二人相斗十数合,却是史进先认出了鲁智深,为何?

答案很快揭晓,鲁智深、史进二人又来到瓦罐寺,找崔道成和丘小乙算账。原文写道,"这边史进见了,便从树林子里跳将出来,大喝一声:'都不要走!'"掀起笠儿,挺着朴刀,来战丘小乙。怪不得鲁智深没认出史进,原来史进一直戴着斗笠,直到现在才掀开!

拦路抢劫,戴斗笠肯定不方便,而史进的目的,是不想别人看到自己的脸。他不是以剪径为生的惯犯,甚至很可能是初犯,一顶斗笠,遮住的不只是脸,还有他的羞耻心。

命运弄人,打劫居然遇上了熟人,可想而知史进有多难为情。让他稍感欣慰的是,鲁智深好像比他还惨,连肚子都没填饱。

如果能预知后事,史进会感谢这次相遇的,他和鲁智深在这次战斗中结下了深厚的战友情谊,他们是梁山一百零八名好汉中为数不多的有侠气的人,自然意气相投。而在史进的有生之年,鲁智深也是唯一一个真心对待史进的人。

虽是一样侠气，二人脾性又有不同。鲁智深虽鲁直粗莽，做事却知轻重、有分寸；而史进则不管不顾，过于理想化，是少年迈不过去的坎儿。

史进始终不是安生的人，仰仗着胸中的一腔热血，他总想有所作为。

听说华州太守强夺玉娇枝为妾，史进独自入华州刺杀太守，结果被擒；梁山讨伐芒砀山，史进主动请缨，险些被飞刀射中，大败而归；梁山讨伐东平府，史进仗着自己与城内娼妓有瓜葛，入城做内应，结果被人出卖，差点儿丢了性命……

史进屡屡受挫，却从无退缩胆怯，他叛逆、任性、自负，他总是看不清形势。如此少年任侠，书中独此一例，每每见他被现实撞得头破血流，实在让人有些心疼。

江湖老手见了陷阱自然避开，史进根本连陷阱都看不到，他犯下的那些错，在书中都有完美的解决方案。

与少华山贼人结交，史进对朱武送来的赃物照单全收，多次回礼，全无"涉黑"的顾虑。而宋江也遇过类似的事，晁盖夺了梁山泊，派刘唐送来百两黄金相谢，宋江只取一两，又携住刘唐的手，吩咐道："贤弟保重，再不可来！此间做公的多，不是要处。"当然，宋江也为掩盖涉黑而被迫杀死阎婆惜，惹上了一场官司，但他的处置手法已经足够谨慎老道，这是史进永远学不会的。

攻打东平府时，吴用听说史进进城做了细作，一眼看出这计策行不通，连夜来见宋江道："常言道：娼妓之家，讳'者扯丐漏走'五个字。得便熟闲，迎新送旧，陷了多少才人。更兼水性，无定准之意，纵有恩情，也难出虔婆之手。此人今去，必然吃亏。"

所谓"者扯丐漏走",说的是嫖娼时最忌讳的五件事。者,指的是轻狂,虚假,不老实;扯,漫无边际的谈话;丐,对娼妓低头,如乞丐一样求人垂怜,妄想用情感打动娼妓;漏,指对娼妓泄密,将性命干系交由人手;走,指远走高飞,根基不在此地。

史进就是犯了其中"漏"和"走"两个忌讳。他将自己充当细作的军事机密说给了娼妓李瑞兰,这举动简直如同儿戏,一个娼妓怎能担当州府兴亡的大事,为了避免被牵连,势必会报官;另外,史进虽曾是熟客,现在却已上了梁山,照顾生意的机会渺茫,人家何苦担风险卖你情面呢?

对史进来说,这些算计太复杂了,他学不会,也不想学,因此他始终是迷茫的。从小到大,父母给他的帮助和教导实在有限,他的老师只教武艺,从没教过他做人的道理。史进不会明白,父亲为他找来武师教头,又寻高手匠人刺绣,从来都没有鼓励的意味,只是出于爱。

"天微星""九纹龙"史进,第一个在书中露面,却从第六回"九纹龙剪径赤松林"时消失,一直到五十八回"三山聚义打青州众虎同心归水泊"再度出现,整整隐身了五十二回。《说文解字》中,"微"有"隐行"之意,这就是"天微星"称号的由来。或许也有另一种解释:在这个黑白颠倒、腐朽颓败的王朝末世时代,侠义、热血都无用武之地,甚至微不足道。

第五人：
鲁智深——磊落的真佛

鲁智深是《水浒传》第一奇人。

光明侠义第一。鲁智深是水浒世界最亮的光，这世界越是黑暗，他就越是光芒万丈。

救危扶难，鲁智深永远占据主动地位。三拳打死镇关西，桃花村假扮新娘戏弄小霸王周通，路见不平火烧瓦罐寺，野猪林救林冲，他从不许事主求助，甚至比事主想得更周到。如他自己所说，"杀人须见血，救人须救彻"。"路见不平一声吼，该出手时就出手"这句歌词，仿佛专为鲁智深而作。

智慧通透第一。鲁智深活得赤条条无牵挂，他想了便做，做了便走，不自满不邀功，又知避险，又懂急流勇退。征讨方腊，鲁智深居功至伟，面对宋江"还俗为官，荫子封妻，光耀祖宗"的诱惑，只说了句"都不要，要多也无用。只得个囫囵尸首，便是强了"。真正做到了功名利禄于我如浮云，放眼梁山泊，无人能及。

宿命感第一。丢了官身，入了江湖，鲁智深的命运一直被两篇偈子引领，直至在钱塘江畔六和寺圆寂，这种宿命感极大地提升了《水浒传》一书的艺术感。

离开五台山时,智真长老送他四句偈言:"遇林而起,遇山而富,遇水而兴,遇江而止。"其中"林"是野猪林,"山"是二龙山,"水"是梁山泊,"江"是钱塘江。

征讨方腊之前,鲁智深再去拜见智真长老,又得四句偈言:"逢夏而擒,遇腊而执。听潮而圆,见信而寂。"其中"夏"是夏侯成,"腊"是方腊,"潮""信"二字便是本意。

有此前情,鲁智深见了钱塘江潮信,知道时候到了,便沐浴焚香,讨纸笔写下一篇颂子:"平生不修善果,只爱杀人放火。忽地顿开金枷,这里扯断玉锁。咦!钱塘江上潮信来,今日方知我是我。"

此段文字是《水浒传》中少有的浪漫,令人心驰神往。也唯有鲁智深配得上这样的结局。他潇洒了,超脱了,净化了,这一刻,他的生命达到了极致的自由。

侠骨天生

第一次行侠,拳打镇关西。

鲁达,人如其名,鲁直通达。这从他一出场就看得出来,"一个大汉大踏步竟入来,走进茶坊里……生得面圆耳大,鼻直口方,腮边一部络腮胡须。身长八尺,腰阔十围"。

鲁达这个人看上去粗犷阔达,实际也是如此。看史进顺眼,便邀去喝酒,路上遇到李忠,看得不顺眼,便说"谁奈烦等你,去便同去"。心中想口中便说,毫无遮掩。结合他边军军官的身份，合情合理。

饮酒时听到金家父女哭声，"鲁达焦躁，便把碟儿盏儿都丢在楼板上"。待听了郑屠强买金翠莲，先前不爽化作一腔愤怒，当即道"你两个且在这里，等洒家去打死了那厮便来"，这样的暴脾气着实少见。

接下来，鲁达展现了他善的一面。

首先，为金家父女凑盘缠，自己掏了五两银子，又向史进借了十两银子。这里并非有借无还，"鲁智深火烧瓦罐寺"一回中，他与史进分了些金银，可见他心里是有数的。

其次，鲁达秉着"救人须救彻"之心，次日一早来到客店，收拾了奉郑屠之命把守的店小二，放走金家父女。为了防止店小二报信，鲁达耐着性子在店中坐了两个时辰，对他这种急性人来说，这简直比杀人还难，只因一心救人，才熬得住这样的苦。

再次，打死郑屠后，鲁达见势不妙，先丢下句"你诈死，洒家慢慢和你理会"稳住在场观众，又回住处收拾细软，逃出城去了。

最后，因为一件与自己毫不相干的事，鲁达一下子从人见人敬的提辖变成亡命天涯的逃犯，难得的是，他没有丝毫留恋，更不后悔。不像林冲、宋江等人，一犯事就想方设法找门路减罪，鲁达认为，锄强扶弱是天经地义、势在必行的事，豪侠气概万金不换，区区官身一文不值。

实际上，鲁达托身于小种经略相公门下，官府未必能拿他怎样。种家军驻守西北边疆多年，堪为大宋屏障，想保住鲁达不是难事。实际上，小种经略相公也保下了鲁达。

原文中说，渭州府尹得知命案，根本不敢直接抓人，而是来到经略府请示，小种经略相公说得很清楚："如若供招明白，拟罪已定，也须教我父亲知道，方可断决。怕日后父亲处边上要这个人时，却不好看。"鲁达虽然杀了人，但如何定罪你说了不算，大宋律法说了也不算，我爹说了才算。而且我爹以后还要用这个人，你们看着办吧。

但鲁达的性子是"宁愿天下人负我，我不负天下人"，咱不给别人添麻烦。做错了就认，不想坐牢就跑，所有问题都自己扛。

拳打镇关西一事过后，鲁达的性格轮廓大致勾画出来了：疾恶如仇、粗中有细、处事果决、落子无悔、敢作敢当。

第二次行侠，桃花山拳打小霸王。

削发为僧是鲁达人生的重大转变，他一生中共有三次遁入空门，这是第一次。五台山智真长老一眼看穿了他："此人上应天星，心地刚直，虽然时下凶顽，命中驳杂，久后却得清净，正果非凡。"

后来鲁智深在五台山上闯了祸，智真长老便教他去东京大相国寺去，带着智真长老的殷切期望，鲁智深出发了，经过桃花村时闻听山大王周通要强娶刘太公的女儿，路见不平当然要拔刀相助。然而，古怪的事情发生了，鲁智深来到刘小姐的闺房，"脱得赤条条地，跳上床去坐了"。

鲁智深无非是想教训周通一顿，完全没必要脱衣服吧，这的确有点儿匪夷所思，甚至有些无礼。未出阁的女子房中窜出一个赤条条的大和尚，传出去也太不好听了。

针对鲁智深裸睡这件事，有很多种说法，诸如鲁智深喝多

第五人：鲁智深——磊落的真佛　043

了，酒使人燥，脱着脱着就光了；鲁大师性情直爽率真，不拘小节，他平时就喜欢裸睡，脱光了怎么了；古人睡觉都是不穿衣服的，担心衣服磨损……

诸多猜测中，有三种还算靠谱，咱们一一道来：

第一种，这是性压抑的表现。

《水浒传》是男人之书，书中好汉大都喜好枪棒，不近女色。比如晁盖，"最爱刺枪使棒，亦自身强力壮，不娶妻室，终日只是打熬筋骨"。比如卢俊义，燕青说他"主人平昔只顾打熬气力，不亲女色"。比如宋江，"原来宋江是个好汉，只爱学使枪棒，于女色上不十分要紧"。再比如石秀、武松、李逵等人，都信奉"色是刮骨钢刀"，对女人避而远之。

信者近天理，而性为人欲，单纯的压制肯定不行，压抑久了必然爆发，于是才有武松活剐潘金莲，石秀虐杀潘巧云、李逵斧劈狄太公之女这样的惨剧发生。

鲁智深是否也和那些兄弟一样，进了小姐闺房便无法自制呢？这个可能性很小。依鲁智深的性子，他若喜好女色，根本无须遮掩，做军官时便可娶妻纳妾，没必要等做和尚之后才表现出来。

第二种，鲁智深此举虽怪诞，却是断了周通念想的妙招。

在此之前，鲁智深并不识周通是何许人，单凭强娶民女一事，倒也罪不至死。倘若只是普普通通打一顿，周通必然记恨，待鲁智深走后，遭殃的还是刘太公一家。鲁智深不能违背自己的座右铭，要想"杀人须见血，救人须救彻"，就要从根上解决这个问题。既然不能杀，鲁智深又不能一直守在桃花村，那就要给周通一个毕生难忘的教训，留下一个难以磨灭的阴影，让他再想起桃花村时心尖都发颤。

被一个一丝不挂的胖大和尚骑在身上暴打，这样的经历够难忘了吧。且看周通被打后的反应，"托地跳在马背上，把柳条便打那马，却跑不去。大王道：'苦也！畜生也来欺负我。'"再看时，原来心慌不曾解得缰绳……

这是《水浒传》中少有的爆笑情节，场面太过震撼，以致周通失魂落魄，这么看来，鲁智深的法子奏效了。

第三种，认为这一情节借鉴了元杂剧，属于"移植"。

《水浒传》一书并非凭空创作，宋元时期的《大宋宣和遗事》和《宋江三十六人并序》为《水浒传》提供了许多人物原型和丰富的素材。元代杂剧盛行之后，大量的水浒戏出现，促进了水浒人物故事在民间的流行，如《李逵负荆》《梁山五虎大劫牢》《宋公明劫法场》等。其中有一出《鲁智深大闹黄花峪》，鲁智深暴打强抢民女的权豪蔡衙内，和桃花村暴打小霸王的周通颇为相似。

"花和尚大闹桃花村"这一回书轻松戏谑，有明显的喜剧风格，或许真借鉴了元杂剧也未可知。

作者本意如何，今人再难知晓，只能从字缝里咂摸余味，这也是名著的魅力之一。

桃花村遇到李忠，双方自然打不起来了。李忠将鲁智深请到了桃花山山寨，鲁智深看了道："果然好险隘去处。"

平心而论，此时的鲁智深已经有了落草的打算，他做事随性，不像史进一样瞻前顾后。但"住了几日，鲁智深见李忠、周通不是个慷慨之人，作事悭吝，只要下山"。

然后，李忠、周通的一句话又惹恼了鲁智深："哥哥既然不肯落草，要去时，我等明日下山，但得多少，尽送与哥哥作路费。"后文写过许多好汉间的金银往来，都是临别时金银奉上，哪有临时去抢的道理。鲁智深本来就看不上这两个人，心道，你恶心我，我也恶心你，互相伤害呗。于是将桌上金银酒器都踏扁了当作盘缠，逃之夭夭。

旁人看来，鲁智深这事做得忒不地道，居然偷人家东西。的确，换一个八面玲珑的人，会有更好的处理方式。但不得不说，"凑盘缠"这事的确挺恶心。

在现代社会，这事可以上升到刑事犯罪了，但对做惯了无本买卖的山大王而言，就当是生活中的小插曲吧。

第三次行侠，火烧瓦罐寺。

鲁智深匆匆离开桃花山，连早饭都忘了吃。走到瓦罐寺，本想讨些吃的，听说生铁佛崔道成与飞天夜叉丘小乙强霸寺庙，又起了行侠仗义之心。

金翠莲、刘家小姐、瓦罐寺，鲁智深三次出手都是主动的，没有任何人求他，事后也不图回报，平我心中不平事，天生侠骨最难得。

瓦罐寺的遭遇，是鲁智深一生中少有的吃瘪经历。当然，像鲁智深这样的强者是不能败的，即使败了，也必有内因，而非不如人。作者解释得很清楚："智深一来肚里无食，二来走了许多路途，三者当不的他两个生力。"又饿又累，又是以一敌二，加了众多负面状态才让鲁智深败了一次，可见作者对鲁智深的偏爱。

被偏爱的总是有恃无恐，鲁智深的帮手很快到来，史进不但人来了，还带了干肉烧饼，你说巧不巧？吃饱了的鲁智深"只一禅杖,把生铁佛打下桥去",君子报仇十年不晚,鲁大师性子急,仇不隔夜。

这次与史进的相遇意义重大,不仅使二人的感情加深,史进也真正了解了鲁智深这个人。第一次相遇,你是小种经略相公门下提辖,衣食无忧,却为了一个陌生女子杀人;第二次相遇,你已遁入空门,却为了几个陌生老和尚与人恶斗,全然不因人生大起大落而沮丧懊悔。鲁智深的侠气感染了史进,也只有史进这样的少年心性才能被感染。

综观二人行侠之举,鲁智深更像一个大侠,事了拂衣去,深藏功与名。史进则像初出茅庐的少侠,避不开陷阱,算不出后路,但侠气一般无二。

因为此次相遇,鲁智深始终记挂着史进。二龙山并入梁山泊后,他便想邀史进入伙,"昔日在瓦罐寺救助洒家恩念,不曾有忘"。鲁智深心虽粗,却将别人对他的好都记在心上。

到了少华山,发现史进已被华州知府擒了。如何救史进?众人莫衷一是。

神机军师朱武对营救史进毫无主张,说穿了就是不想救,他根本没把史进当成兄弟。

武松与史进素不相识,他的主张算是中规中矩,"星夜回梁山泊去报知,请宋公明领大队人马来打华州,方可救得史大官人"。

只有鲁智深心中焦躁:"都是你这般慢性的人,以此送了俺史家兄弟!你也休去梁山泊报知,看洒家去如何!"次日四更天,便提了禅杖,带了戒刀,直奔华州去了。

此时的鲁智深也没有主意,单枪匹马入城救人,这比登天还

第五人:鲁智深——磊落的真佛 047

难,他只想刺杀了太守,趁着城中大乱再寻找机会。没想到太守机警,还没等鲁智深动手,便先发制人将他擒下。

被捉住的鲁智深反倒有了主意,当即报出了名号:"我是梁山泊好汉花和尚鲁智深!"事情发展到这里,鲁智深安心了,他知道自己来对了。

如果只是史进被捉,梁山未必会派人来救,因为史进并非梁山上的兄弟,而鲁智深加入梁山时日虽短,却是梁山好汉!有他在,梁山必须来攻打华州,否则就是罔顾兄弟情义!

果然,华州太守听了鲁智深所言,不敢私自做主,立刻"一面申闻都省,乞请明降如何"。"申闻都省"就是以书面文字呈达都察院,请上司定夺该怎么做。

这次救人惊心动魄,从本质上来说,是鲁智深以自己为人质使得梁山不得不救人,顺便也救出了史进。颇有"我不入地狱谁入地狱"的风范。

第四次行侠,野猪林救林冲。

来到东京,鲁智深管了大相国寺菜园,在这里与林冲相识,结为兄弟。

为何一见如故?一则鲁智深认得林冲的父亲,二则鲁智深看林冲顺眼。林冲的相貌很特别,可不是电视剧中文质彬彬的模样,而是"豹头环眼,燕颔虎须,八尺长短身材",在书中有"小张飞"的称号。

鲁智深好以貌取人,喜欢身材魁伟、有英雄气的豪爽汉子,最看不得吝啬小气男子,这也是性情使然。另外,林冲的身份——八十万禁军教头也是加分项,这代表着他武艺高强。

鲁智深终于有了一个可以平等相交的兄弟，之前遇见的李忠、周通自不必提，就连史进也是稚气未脱的少年，而林冲则是拥有完整人格的能人，至少此刻的鲁智深这样认为。

刚刚相遇，正赶上高衙内调戏林冲娘子，二人表现迥异。林冲抬手要打，"却认得是本管高衙内，先自手软了"；鲁智深则"提着铁禅杖，引着那二三十个破落户，大踏步抢入庙来。道：'我来帮你厮打！'"

相比鲁智深的单纯鲁直，林冲太保守了，保守就意味着顾虑多。他没有看透这世道的黑，没有奋起抗争的念头，没有舍弃官身的勇气，因此落得个发配沧州、夫妻阴阳相隔的下场。林冲的选择让鲁智深很不满意，虽不满意，但已是结义兄弟，就不能不管，才有了野猪林这出精彩大戏。

明万历袁无涯刻本《绣像评点忠义水浒传》于第八回末尾批道："须绝险处住，使人一毫不知下韵，方急杀人。若说到下回雷鸣一声，便泄漏春光，惊不深，喜不剧矣。"

"惊不深，喜不剧矣！"读小说，最爽快的就是出其不意、先抑后扬。而在鲁智深天神下凡一般出现在野猪林之前，作者用一系列铺垫将这种紧张气氛渲染到了极致，才有了后来酣畅淋漓的释放感。

希区柯克说过，要制造紧张感很容易，只要在桌子下面放一枚炸弹，主角不知道，但读者知道就行了。在林冲发配的这段故事中，同样放了这样一枚炸弹。

上路之前，陆谦找到押送公人董超、薛霸，送了十两金子，"今奉着太尉钧旨，教将这十两金子送与二位，望你两个领诺，不必远去，只就前面僻静去处把林冲结果了。"用高俅的权势施

第五人：鲁智深——磊落的真佛　049

加压力，于是，林冲身边的两个人便不再是押送公人，而是两把随时都会捅过来的刀子。

一路上，董超、薛霸极尽凶恶，让人不禁为林冲担忧，开水烫脚更是将紧张气氛推到顶点。由于林冲脚伤，便顺理成章在野猪林歇息，董超、薛霸以"俺两个正要睡一睡，这里又无关锁，只怕你走了。我们放心不下，以此睡不稳"为名，"把林冲连手带脚和枷紧紧的绑在树上"。

火星顺着引线缓缓移动，炸弹终于将要引爆，就在水火棍落下的一瞬，第八回"鲁智深大闹野猪林"结束了。

奇怪，第八回中鲁智深根本没露面，为何要以他为章节名？只因这一回的所有铺垫，都为了下一回的大反转。

第九回一开始，"只见松树背后雷鸣也似一声，那条铁禅杖飞将来，把这水火棍一隔，丢去九霄云外，跳出一个胖大和尚来"，英雄主角登场，踩灭引线拆了炸弹，危险就此解除，读者悬着的心也安然落地。

然后又难免生出疑问：他怎么来了？于是鲁智深详述经过："俺自从和你买刀那日相别之后，洒家忧得你苦。自从你受官司，俺又无处去救你"，"又见酒保来请两个公人，说道：'店里一位官人寻说话。'以此洒家疑心，放你不下，恐这厮们路上害你，俺特地跟将来。"

林冲出事后，鲁智深一直隐身，直到现在才做出交代，原来他并没有坐视不管，而是一直在为林冲奔忙。在作者精练传神的写作手法安排下，鲁智深侠肝义胆的英雄品格跃然纸上。

仁心不易

鲁智深是大侠,是英雄,但他也有缺点。

首先,鲁智深好面子,爱吹牛。

拳打郑屠之前,鲁智深道:"洒家始投老种经略相公,做到关西五路廉访使,也不枉了叫做镇关西。"如果了解宋朝的官职设置,你会发现鲁智深在胡说八道。

据《宋史·职官志》记载:"走马承受,诸路各一员,隶经安抚总管司。无事岁一入奏,有边警则不时驰驿上闻。政和六年,走马承受更名廉访使者。""路"是宋朝的行政区域,相当于现在的省,廉访使的前身是走马承受,每一路只设一人,负责监察当地官员,权力大得很。

鲁智深是低级武官,而廉访使是文官,宋朝重文轻武,低级武官成为廉访使的可能性几乎为零。作为统治者的眼线监察地方上的官员,廉访使一般由皇帝任命,以皇帝的亲信太监居多,而且,鲁智深的性格根本无法胜任这种需要谨小慎微的职务。每个廉访使负责一路,根本没有五路廉访使,因为忙不过来,别说鲁智深,就连老种经略相公也不可能。

他吹的牛不只这一次,每见到陌生人做自我介绍时,都会再吹一遍。在桃花山对刘太公,在大相国寺对众泼皮,以及初遇林冲时,大抵都是一样话语——只为杀的人多,因此情愿出家,休道这两个鸟人,纵千军万马如何如何。

最有趣的是第一次遇见杨志:"洒家不是别人,俺是延安府老种经略相公帐前军官鲁提辖的便是。为因三拳打死了镇关西,却去五台山净发为僧……"

鲁智深从来不承认郑屠是镇关西，现在为了自己脸面，也顾不得了，因为打死一个卖肉的实在不值得炫耀。不想杨志知根知底，一句话将他打回原形："听的说道师兄在大相国寺里挂搭……"说这么多干啥，谁不知道你在大相国寺看菜园子？

被人揭穿的滋味不太好受，从这之后，鲁智深就稳重了，再没听他吹过牛。

其次，鲁智深性子粗鲁，不拘小节，常常忽略别人的感受，近乎无礼。

潘家酒楼遇见金老汉与金翠莲，鲁智深拿出五两银子，又请史进和李忠赞助。"李忠去身边摸出二两来银子。鲁提辖看了，见少，便道：'也是个不爽利的人。'"然后"把这二两银子丢还了李忠"。

李忠不是做官的，也不是史进这样的富二代，平日打把势卖艺，这二两银子都是一个个铜板攒起来的。初次相遇，无亲无故，二两银子着实不少了。鲁智深不道谢也就罢了，居然还说人家小气，李忠心里会怎么想？

不知道李忠是否因为这次受了刺激，下次再出场时，摇身一变成了桃花山的山大王，过上了大碗喝酒、大秤分金的日子。

到了五台山，鲁智深非但不受约束，反而更加放纵不羁。"到晚放翻身体，横罗十字，倒在禅床上睡。夜间鼻如雷响，如要起来净手，大惊小怪，只在佛殿后撒尿撒屎，遍地都是。"

遇到不愿卖酒与和尚的汉子，鲁智深"只一脚，交当踢着。那汉子双手掩着做一堆，蹲在地下，半日起不得"。

初见杨志时当面便骂："兀那撮鸟，你是哪里来的？"杨志叫道："你是哪里来的僧人？"鲁智深也不答应，抡起手中禅杖，只顾打来。

在占据二龙山之前，鲁智深的性子的确奔放了一些，正如智真长老所说："此人上应天星，心地刚直，虽然时下凶顽，命中驳杂，久后却得清净，正果非凡。"

不加约束的性子有时会显得粗疏鲁莽，情商低，易得罪人。在现代社会，如果身边有这样一个人，你十有八九会讨厌他。但让人放心的是，他绝不会像李逵一样挥着板斧直接砍来，也不会像张横那样请你吃板刀面，更不会如张青、孙二娘把你迷翻了剁成肉馅。在水浒世界一众魑魅魍魉中间，鲁智深的冒犯倒似可以容忍。

历代评论家对鲁智深都赞扬有加，明代文学家李卓吾更是称他为"仁人，智人，勇人，圣人，神人，菩萨，罗汉，佛"。从"仁人"到"佛"，原来率真与鲁直只是表象，支撑佛性的是一颗纯善仁心，正因有了这颗不易仁心，他才能看清自己，破除我执，这是多少聪明人做不到的。

鲁智深做过许多大事，却有几件微不足道的小事让人动容，颇具"心有猛虎，细嗅蔷薇"的妙味。

第一处，潘家酒楼见了金氏父女后，"只说鲁提辖回到经略府前下处，到房里，晚饭也不吃，气愤愤的睡了"。为不平事而怒火难息，只有真侠客才有这种发自心底的义愤。

第二处，瓦罐寺与老和尚抢粥，"那老和尚道：'我等端的三日没饭吃，却才去村里抄化得这些粟米，胡乱熬些粥吃，你又吃我们的。'智深吃五七口，听得了这话，便撇了不吃"。鲁智深是强者，却同情弱者，他有恻隐心和慈悲心。

第三处，在大相国寺与众泼皮相交，鲁智深并不凭武力压人。"智深寻思道：'每日吃他们酒食多矣，洒家今日也安排些还席。'叫道人去城中买了几般果子，沽了两三担酒，杀翻一口猪、一腔羊……请那许多泼皮团团坐定。大碗斟酒，大块切肉。"泼皮们是得罪过鲁智深的，而他不计前嫌、礼尚往来，这份包容心很难得。

第四处，野猪林救下林冲，林冲问鲁智深准备去哪里，"鲁智深道：'杀人须见血，救人须救彻。洒家放你不下，直送兄弟到沧州。'两个公人听了道：'苦也！却是坏了我们的勾当，转去时怎回话！'"东京到野猪林四五日路程，野猪林到沧州却要走二十日，没有鲁智深保护，林冲这条命肯定保不住。一句"直送兄弟到沧州"，将鲁智深为朋友赴汤蹈火的高尚品格写得淋漓尽致。

第五处，鲁智深上梁山后，见了林冲便问："洒家自与教头沧州别后，曾知阿嫂信息否？"久别重逢，上来就问林冲老婆，关切之意溢于言表，也只有鲁智深可以这么问。《水浒传》一书对女性大多是贬低的，关心女性的人更是少之又少，而鲁智深先救金翠莲、再救桃花村刘太公女儿、又救瓦罐寺王有金女儿（未果），是全书中唯一一个尊重女性、怜惜女性的人物。这是鲁智深特有的平等心，他能成佛，顺理成章。

江湖路远

为什么偏偏是鲁智深？因为整部《水浒传》中，有慧根且开悟者独此一人。

从修行的角度看，慧根有很多种。像天资聪颖、领悟佛理、断惑证真这些，鲁智深肯定做不到，但他拥有最本质的东西——心无杂念、自由超脱。

鲁智深并不是一开始就如此，他也是经历了重重磨难，才做到了无挂无碍，坐化圆满。

刚出场时，鲁智深是一个不服不忿的形象，似乎对这世界十分不满，他的不满是有原因的，这个原因就是调职，从老种经略相公帐下调到渭州，成了小种经略相公门下提辖。

老种和小种都是宋朝种家军将领。种家军是大宋边疆屏障，功绩彪炳史册，远胜评书演义中的杨家将、呼家将。种家五代从军，数十人战死沙场，在百姓中的威望极高。通常，人们称种师道为"老种"，称他堂弟种师中为"小种"，但《水浒传》中"二种"为父子关系，且种家除种师道外无人在渭州任过职，很可能种师道才是书中的"小种"，而"老种"是他的叔父种谔。

以鲁智深的性子，宁可在边军刀头饮血，也不愿在地方上平安度日。

不知道大家是否注意到，鲁智深自我介绍时说过最多的就是这句"俺是延安府老种经略相公帐前提辖官"，整部书中一共说过五次，却对在小种经略相公门下任职的经历只字不提。显然，他在渭州过得并不开心。

因为不满，才有了两句前后照应的话，第一句是："这个腌臜泼才，投托着俺小种经略相公门下，做个肉铺户，却原来这等欺负人！"第二句是："洒家始投老种经略相公，做到关西五路廉访使，也不枉了叫做镇关西。你是个卖肉的操刀屠户，狗一般的人，也叫做镇关西！你如何强骗了金翠莲？"

拳打镇关西这桩公案，虽是行善之举，但内因还是有些复杂的。一是见不得郑屠败坏种家名声,二是解救金翠莲,三是对自己境遇的不满。

心有怨怼,就易生叛逆之心,所以我们看到的鲁智深是一直处于对抗状态的。普通人遇到不喜欢的人和事躲开便是,鲁智深却一定要迎上去。

比如鲁智深在遇到李忠时的反应,他不耐烦等人家,又嫌人家赠银少,丝毫不留情面,这是在和人情世故对抗;桃花村中,在刘小姐闺房脱得赤条条的,这是对道德礼法的蔑视;到了五台山,他行为不端,喝酒吃肉打人,这是与清规戒律做斗争;大相国寺中,与众泼皮相交,这是对世俗眼光的无视……

鲁智深是个强者,他对朝廷不满、对官场不满、对社会不满,便想凭一己之力去改变,结果碰了一鼻子灰。

他救了金翠莲,不想让她做外室,结果金翠莲逃离了郑屠,又给赵员外做了小妾;他在五台山胡作非为,结果被赶下了山;他在瓦罐寺救了老和尚,老和尚却因畏惧自杀;他想打杀董超、薛霸还林冲自由,林冲却宁可发配入牢城营;他被高俅派人缉拿逃离东京,又在十字坡被迷倒,险些丢了性命……

离开了体制的鲁智深事事不顺,他终于意识到,一个人的力量太小了,于是,他将希望寄托在了绿林江湖。

乱世之中,庙堂很远,江湖很近。近,意味着门槛低,贩夫走卒、贼盗官匪皆可入。

占山为王、落草为寇并不是一个好的选择,这就意味着抛弃官面身份和祖上清誉,成为朝廷对头,人人喊打。朱武邀史进入伙,史进以"不肯点污父母遗体"为由拒绝;晁盖邀宋江入伙,宋江以"家中上有老父在堂"为由拒绝;鲁智深则无这般顾虑,他想入伙，听说个二龙山便去。

四处碰壁的鲁智深以为自己终于能找到归宿了，想不到的是，二龙山上的邓龙居然不要他！论入伙时的遭遇，鲁智深还不如林冲，王伦至少给了林冲一个纳投名状的机会。

结果却都一样，鲁智深反杀邓龙夺取二龙山，林冲火并王伦博得一个梁山元老的位子。这就使人产生了一个疑问：不允许入伙就杀人，鲁智深、林冲的做法仁义吗？

答案是：没毛病，杀得好。

这么说并非对主角偏心，而是基于游民江湖的特征裁定，也就是说，在水浒世界中，一个外来人投奔到山寨，敲锣打鼓摆宴席欢迎是必要的礼节，拒人于门外则不合规矩。

游民已经失去了稳定的收入和固定住所，漂泊江湖、浪迹四方，生活十分不安定。为了获取衣食，他们常常使用不法手段，而越是如此，就越被主流社会排斥。

为了博取生存空间，游民便会自然而然地寻找同类，抱团取暖。一个人在乱世中是活不下去的，但一群人可以。于是，游民们便组成一个个团体，才有了二龙山、桃花山、少华山、芒砀山、梁山等诸多游民聚集地。

在这个过程中，游民们对自己进行了包装，形成了一套专属于自己的话语体系和价值认定。他们不愿称自己为游民，而用"好汉"代替，占山为王称为"落草"，啸聚山林称作"聚义"。他们抢来的钱财都是"不义之财"，分赃叫"论秤分金银，异样穿绸锦"，杀人放火叫"替天行道"。游民们"在家靠父母，出门靠朋友"，同伙不叫同伙，皆称"兄弟"。

《汇评忠义水浒传》第七十一回中有一段文字，将游民之间的关系美化到了极致:"有篇言语,单道梁山泊的好处,怎见得:八方共域,异姓一家。天地显罡煞之精,人境合杰灵之美。千里面朝夕相见,一寸心死生可同。相貌语言,南北东西虽各别;心情肝胆,忠诚信义并无差。其人则有帝子神孙,富豪将吏,并三教九流,乃至猎户渔人,屠儿剑子,都一般儿哥弟称呼,不分贵贱;且又有同胞手足,捉对夫妻,与叔侄郎舅,以及跟随主仆,争斗冤仇,皆一样的酒筵欢乐,无问亲疏。"

那么,只要你是游民,就应该有"四海之内皆兄弟"的接纳意识,否则就等同于背叛游民群体。试想,如果一伙游民不接纳任何外来者,势必引发游民间的斗争,对这个群体大大不利。朱武邀请史进、晁盖邀请宋江、李忠邀请鲁智深入伙才是正确做法,而像鲁智深、林冲这样的人物主动投奔某个山寨,那真的是看得起你。

所以说,鲁智深入伙被拒后夺取二龙山,其他游民听了也会拍手称快,因为邓龙做得实在不地道。而林冲虽有杀旧主之嫌,但联系到王伦对他的种种刁难与排挤,他火并王伦倒也无可厚非。

为朋友两肋插刀,鲁智深因此放弃了栖身大相国寺的安稳日子,占据二龙山是他人生的重大转变。从提辖到和尚,从和尚到山大王,他彻底失去了在光明下行走的自由。

曾经的鲁智深想用行善来改变世界,但行善无法救世,有时甚至连一人都救不了,这个道理,在他"火烧瓦罐寺"时就明白了。此前他一直诠释着"救人须救彻",接下来,他要演绎"杀人须见血"了。

从第十七回"花和尚单打二龙山"到第五十七回"宋江大

破连环马"，鲁智深消失了四十回，整整三年的时间，鲁智深都在二龙山做寨主。迎来了武松，迎来了施恩，迎来了张青、孙二娘，二龙山的实力逐渐增强。

一个山寨要劫多少富户、打劫多少过路客商才能维持三年？这三年中，鲁智深是否怀疑过自己的决定，是否嫌弃二龙山规模太小，是否矢志不移？这些问题永远没有答案，我们只知道，准备攻打青州时，杨志提议向梁山求援，鲁智深投了赞成票："正是如此。我只见今日也有人说宋三郎好，明日也有人说宋三郎好，可惜洒家不曾相会。众人说他的名字，聒的洒家耳朵也聋了。想必其人是个真男子，以致天下闻名。"

鲁智深有慧根，却没有一双慧眼，他被宋江的赫赫威名吸引，以为这是一个"真男子"，有济世安民的本事。

然后，鲁智深才真正见识了宋江的手段。

大名府豪富卢俊义，日子过得美滋滋，只因宋江一句"他是北京大名府第一等长者，如何能够得他来落草"，便被吴用坑得家破财尽，落草为寇；建康府神医安道全，只因医术过人，便被张顺赚上梁山，强行入伙；东平府兵马都监董平求亲不成，投降梁山后反杀回东平府，灭了程太守一家老小，夺得美人归，这样的卑劣人品却做了梁山五虎将；梁山攻打大名府，在城中放火，"北京城内，百姓黎民，一个个鼠窜狼奔，一家家神号鬼哭，四下里十数处火光亘天，四方不辨"。

忠义堂梁山排座次之后，鲁智深终于明白了宋江志在何方，这才忍无可忍开口："只今满朝文武，俱是奸邪，蒙蔽圣聪，就比俺的直裰染做皂了，洗杀怎得干净？招安不济事！便拜辞了，明日一个个各去寻趁罢。"

第五人：鲁智深——磊落的真佛

公开反对招安的只有三个人，天孤星鲁智深、天伤星武松、天杀星李逵，结果可想而知，反对无效。在宋江的精心运营下，招安派已经占据了梁山的话语权，包括大头领宋江、二头领卢俊义和曾经的朝廷官吏关胜、林冲、秦明、呼延灼、董平、徐宁、张清、索超等人。

此时的鲁智深已经有了去意，但他知道，上了梁山，就意味着被"义"字捆上了，他固然可以一走了之，山上却有他无法恩断义绝的三个人：结义兄弟林冲、追随他上山的武松、受他感召而来的史进。同时，他仍对梁山抱有希望。

鲁智深已经走上了一条无法回头的路：在看到结果之前，他不甘心离开；而一旦看到结果，却什么都晚了。无法，无奈，无计可施，庙堂之上乌烟瘴气，山河村野义旗飘飘，唯有将正义与希望寄托在举得最高的那面"替天行道"的大旗上，看看这群草莽好汉能否迸发出开天辟地的能量。

赤条条来去无牵挂

征辽之战是梁山好汉最后的高光，偌大一个辽国，居然敌不过一个山头，说出去你敢信？很正常，因为《水浒传》不是纪实文学，魔幻与神话色彩浓厚，要想先扬后抑，征辽必须要完胜，完胜之后还要无封赏，非如此不能展示出北宋末年的朝堂黑暗与政治腐败。

悲剧的色彩已经铺开，拥有慧眼的鲁智深迷茫了，他迫切需要人生导师的指引，于是，他又回到了五台山。

智真长老见了鲁智深，一共说了三句重要的话，第一句话是："徒弟一去多年，杀人放火不易。""不易"二字可做两种解释，一种是不容易，一种是不更改。依照句意理解，此处应做第一种解释。

智真长老是最懂鲁智深的人："智深，这么多年来，你用杀人放火这种方式修行，很是艰难吧。"没有指责与讥讽，只有关切与怜悯，他在帮助鲁智深"问心"。智真长老未必赞成这种修行方式，但鲁智深的宿命已定，这都是他必须要走的路。

听到这两句话，"鲁智深默默无言"，有慧根的他听懂了，而没有慧根的宋江显然不懂，还在替鲁智深解释："智深和尚与宋江做兄弟时，虽是杀人放火，忠心不害良善，善心常在。"宋江认为智真长老是在责备鲁智深，这就是俗人与真人的区别。

第二句话："吾弟子，此去与汝前程永别，正果将临。也与汝四句偈去，收取终身受用。偈曰：逢夏而擒，遇腊而执。听潮而圆，见信而寂。"

"前程永别，正果将临"说得足够直白了：徒弟，你的日子将要到了。至于这四句偈言，与第一次所赠的"遇林而起，遇山而富，遇水而兴，遇江而止"略有不同，而是逢、遇、听、见的递进式，有渐渐开悟的感觉。

鲁智深一生都没离开杀人放火，他的临终颂子是："平生不修善果，只爱杀人放火。"径山大惠禅师送给鲁智深的临终法语说："鲁智深，鲁智深，起身自绿林。两只放火眼，一片杀人心。"

智真长老深知，杀人放火并非鲁智深的本性，他从来不是一个嗜杀之人。鲁智深有救世的怜悯心，是唯一能看到他人苦难的

第五人：鲁智深——磊落的真佛　061

好汉，他的杀人放火从善因出发，因此不同于任何人。因此，智真长老说出了第三句话："吾弟子记取其言，休忘了本来面目！"

这句话如醍醐灌顶，何谓"本来面目"？说穿了就是认清自己，明心见性，到那时，你就知道自己该怎么做了。

得知朝廷征讨方腊，宋江主动请缨，并对吴用道："我等军马诸将，闲居在此，甚是不宜。"在朝廷眼中，梁山众人虽有功，却仍是悍匪的根底，不好重用。宋江深知这一点，要想博得朝廷信任，他们还有很长的路要走。

踏上南征的路途，梁山好汉损伤惨重，"宋江因为征剿方腊，自渡江已过，损折了许多将佐，止剩得正偏将三十六员回京"。书中有诗曰："宋江三十六，回来十八双。内中有四个，谈笑又还乡。"诗中的"还乡"并非"衣锦还乡"之意，而是拒绝为官，选择更自由的人生。这四个人分别是：武松、李俊、燕青和鲁智深。

鲁智深一生三次踏入空门，第一次是在五台山出家，肉身成僧；第二次是征方腊后心灰意冷，"只图寻个净了去处，安身立命足矣"。

宋江试图劝说鲁智深还俗为官，或主持名山大刹，也算光宗耀祖，于是，鲁智深说出了一句全书最悲凉、最绝望的话——洒家心已成灰。

很难想象，这句话居然出自鲁智深之口。那个拥有怜悯心、平等心、包容心、侠义心、救世心的鲁智深，终于认输了。

鲁智深始终是一个强者。在渭州，他是有头有脸的提辖，连郑屠这样的街头霸王也不敢惹他，寻常混混泼皮更不必说；在五台山，他吃肉喝酒醉打山门，唯一能主持公道的智真长老却对他偏心；在东京，他面对的是一众泼皮，论气度、本领都远逊于他，唯一一个能相提并论的林冲，也要靠他来救；入江湖，他乍出道便霸占二龙山，手下有杨志、武松这样的能人，又有史进的少华山、李忠和周通的桃花山遥相呼应，这股势力就算放到梁山上也不容小觑。可以说，在征讨方腊之前，鲁智深从来没体会过真正的委屈。

强大是他率性而为的底气，也是他主持正义的依仗。在鲁智深的憧憬中，梁山好汉南征，也会像征辽一样顺利，他的禅杖、武松的戒刀、林冲的丈八蛇矛、史进的三尖两刃刀依然摧枯拉朽、所向披靡。

现实给了他沉重的一击，史进殁了，武松残了，林冲瘫了，梁山兄弟中他最在意的三个人都被杀戮反噬，只有他肢体完好，却要品尝这绵绵不绝的痛苦。虽然独自擒住寇首方腊，立下世上第一等功劳，鲁智深也没有丝毫快意，所谓功劳，那只是别人的理想，不是自己的。

师父说"杀人放火不易"，有什么难的？一刀下去，一矛刺出，对头便没了性命。而当这痛苦降临到自己头上，鲁智深才真正明白，当杀人者成了被杀者，当更锋利的屠刀握在敌人手中，这才是真的"不易"啊！以杀止杀，终究是一场大梦，这世道没救了！

强者低头时会比弱者更加卑微，鲁智深真的想遁入空门了，五台山受戒是为了逃命，这次是为了逃避一切。逃避功名利禄，逃避兄弟情义，逃避一切困扰自己的问题。

但是，一个人可以逃避所有外在的一切，唯有自己是永远避不开的，因此，鲁智深还需要迈过最后一道坎儿。

"是夜,月白风清,水天同碧。二人正在僧房里睡至半夜,忽听得江上潮声雷响。鲁智深是关西汉子,不曾省得浙江潮信,只道是战鼓响,贼人生发,跳将起来,摸了禅杖,大喝着便抢出来。"

这是鲁智深第三次遁入空门的契机,在无边无际的钱塘大潮前,他彻底开悟了。那么,鲁智深到底悟出了什么呢?

鲁智深的死法,在佛家叫"坐脱立亡",和别人打个招呼,两腿一盘就圆寂了。坐于真心,脱于妄见,讲的是心解脱,即明心见性,这是很了不起的。

宋朝欧阳修游嵩山时遇到了一位高僧,二人谈起了"坐脱立亡"的话题。欧阳修问:"古人有修行的可以做到谈笑风生,坐脱立亡,今人为何做不到?"高僧答:"古之人念念在定慧,临终安得乱?今之人念念在散乱,临终安得定?"

念念定慧,临终不乱,说穿道破,全在一颗心。经历南征之后,鲁智深已看破红尘,心入空门,至于能否"正果非凡",就看他能否勘破自己这颗在尘世中历尽煎熬的心。

望着呼啸而来的钱塘大潮,看着眼前的百丈惊涛,千里狂澜,鲁智深开悟了。他悟出了自身的渺小,悟出这世上有句话叫"人力不可及",也悟出了自己虽入空门,却还是那个好战的粗莽汉子,初心不改,善心不移,这就是智真长老所说的"本来面目"。

什么替天行道?什么清白太平?什么功名利禄?什么遁入空门?这世间的一切与我再无干系!我就是我,胖嘟嘟、凶巴巴、坦荡荡、赤裸裸,凭着一腔正气、一颗赤心行走天地间的花和尚!

《红楼梦》第二十二回中，有一首叫《寄生草》的曲子专写鲁智深："漫揾英雄泪，相离处士家。谢慈悲，剃度在莲台下。没缘法，转眼分离乍。赤条条，来去无牵挂。哪里讨，烟蓑雨笠卷单行？一任俺，芒鞋破钵随缘化！"

"坐脱立亡"的鲁智深便达到了"赤条条，来去无牵挂"的境界，无尽的悲伤尽数转化为寥廓的豁达，无家室牵累、无功名困扰、无金银羁绊、无情丝纠缠，心无挂碍，这是何等的洒脱自由！

再无一人能像鲁智深这样简单地活着了，因此他虽有好友，却没有精神上的相知、心灵上的共通。就像生活在现代的我们，有人一起吃饭、一起游戏、一起上班，但也只是做个伴而已。本质上，鲁智深是《水浒传》中最孤独的人。

天孤星鲁智深，因其孤独，所以出奇。

注：《水浒传》中的度牒是什么？

鲁达打死镇关西后，逃亡路上再遇金家父女，此时的金翠莲已经成了赵员外的外室，赵员外感激鲁达，送给他一张度牒让其到五台山出家以逃避缉捕。原文道："我祖上曾舍钱在寺里，是本寺的施主檀越。我曾许下剃度一僧在寺里，已买下一道五花度牒在此。"

无独有偶，武松做下血溅鸳鸯楼的惊天大案后，张青、孙二娘夫妇也送给他一张度牒避祸："叔叔既要逃难，只除非把头发剪了，做个行者，须遮得额上金印。又且得这本度牒做护身符，年甲貌相又和叔叔相等，却不是前缘前世。"

度牒是什么神奇宝贝，为什么它能帮鲁智深和武松逃脱官府缉捕呢？

南北朝时期，佛教在中国得到迅速发展，国家对寺院免除税赋和徭役，吸引许多百姓剃度出家，导致僧尼数量急剧膨胀，出现"南朝四百八十寺"的盛况。对统治者来说，多一个僧侣，国家就少一份固定收入，如果不加以限制，必定会影响财政收入。

《魏书·释老志》中记载："延兴二年夏四月，诏曰：'比丘不在四舍，游涉村落……无籍之僧，精加隐括，有者送付州镇。'"延兴是北魏孝文帝的年号，可见在北魏时期，就已经开始对僧人进行户籍管理，这里的"籍"就是度牒的雏形。

唐朝是第一个大规模使用度牒的朝代，由尚书省祠部发行，因此又称祠部牒，牒上详载僧尼道士的籍贯、俗名、年龄、所属寺院、传戒师等十师署名及官署，关于度牒材质，唐时为绫素锦素钿轴，北宋时为纸，南宋时改用绢。

度牒大致相当于今天的职业资格证书，有相应的权利，自然也就有了门槛。唐朝时获得度牒有试经、特恩、进纳三种方法，说白了就是考试、皇帝特旨和花钱买。既然开了买卖的口子，度牒就参与到了货币交换当中，成为一种畅销商品。

虽然唐朝的度牒发放与管理相对复杂，但与宋朝的"度牒经济"相比，简直是小巫见大巫。

《宋会要辑稿》中记载了这样的文字，"大观四年五月四日，臣僚上言：'伏见天下僧尼比之旧额约增十倍，不啻数十万人。尝究其源，乃缘尚书祠部岁出度牒几三万道。'"徽宗年间不但道士女冠多，僧尼也不少，为了经济效益，一年发放将近三万道度牒。这些度牒在交易后几经转手,价格能飙升到惊人的五百贯。

由于度牒功能的特殊性,人们购买它不单纯是为了免税免役:犯下重案的人拿它避祸,有钱人囤积度牒等着增值。因此度牒既是护身符又是投资品,热度经久不衰。

大文豪苏轼在杭州做官时,曾向朝廷上了一封《杭州乞度牒开西湖状》,请求增拨度牒一百道用来疏通西湖,皇帝前后给了他二百道度牒,苏轼转手一卖换成工程款,成功地治理了西湖,还修成了闻名遐迩的苏堤。可见度牒的畅销与官民的认可程度几乎和货币没什么差别了。

《水浒传》中还有多处提到"度牒"。洪太尉恫吓龙虎山道人时:"你等不开与我看,回到朝廷,先奏你们众道士阻挡宣诏,违别圣旨,不令我见天师的罪犯;后奏你等私设此殿,假称锁镇魔王,煽惑军民百姓。把你都追了度牒,刺配远恶军州受苦。"

和尚裴如海与潘巧云偷情,找一个叫胡道人的头陀为他望风通信,应许道:"我自看你是个志诚的人,我早晚出些钱贴买道度牒,剃你为僧。"

鲁智深离开桃花山时:胸前度牒袋内,藏了真长老的书信。挎了戒刀,提了禅杖,顶了衣包,便出寨来。孙二娘送别武松时:取出这本度牒,就与他缝个锦袋盛了,教武松挂在贴肉胸前。

桩桩件件都在提醒看官,"度牒"不是寻常物事,寻常人不容易得到,丢了也会很麻烦。隐含的意思却是:度牒已经失去了应有的意义。潜心向佛的人想获得度牒难如登天;有权有势的人犯了命案,一张度牒就能逃避法律的制裁;有钱人为了逃避纳税,买一张度牒即可。贫苦百姓只能背负着沉重的苛捐杂税,避无可避。

第五人:鲁智深——磊落的真佛

第六人：
武松——谨守的天神

武松，是《水浒传》中第一神人。

论容貌，天生一个好男儿，"身躯凛凛，相貌堂堂。一双眼光射寒星，两弯眉浑如刷漆"；论武艺，闯荡江湖未尝一败，唯一一次失败还是中了法术；论机警，行走江湖的经验丰富，既能一眼识破孙二娘的蒙汗药，又能飞云浦上戴枷反杀四人；论沉着，为兄长报仇时桩桩件件有条不紊，道德法律皆占理；论快意恩仇，被张都监陷害后大战飞云浦，血溅鸳鸯楼，留名白粉壁；论结局，六和寺出家，获封清忠祖师，寿至八十。

乍读水浒时，觉得作者对武松这个人物太过偏爱，这不就是妥妥的爽文主角吗？再仔细想，武松的星号可是天伤星啊，他曾志得意满，却总在行至人生巅峰时急转直下，摔得遍体鳞伤、神魂破碎。每到这时，又觉作者太过狠心。这一世吃酒吃透，用力用尽，杀人杀绝，伤人的同时也在自伤，才有了"天伤星"的名号。伤他伤得最深的，不是那条离体而飞的左臂，而是骨肉离散、理想破灭，是他对这世界失去信任、神魂痛楚凄惶无助。

武松是一个非常复杂的角色，他身上集合了许多自相矛盾的性格特征：勇武气盛又冷静克制，果敢好斗又谨慎机敏，出身低微却有冷傲筋骨，恪守底线偶尔也放浪形骸，细致务实却临危不乱。他有时沸如烈火，有时凝如坚冰，正是将血性与克制完美地融合，才塑造出了文学史上独一无二的人物。

智武双全

　　武松的生命很长。活到八十岁的，在《水浒传》中估计没几个，但武松这个角色的生命只有九年，从政和五年（1115年）出场到宣和五年（1123年）退场。其间做过混混、都头、囚犯、打手……一路杀来，终于将自己修成了一尊杀神。支撑武松走到最后的，是他独树一帜的武艺与超逸绝伦的心智。

　　《水浒传》中的武艺大抵分为三种流派：绿林流、军旅流与武道流。

　　绿林流所学甚杂，不成章法，只凭悍勇之气厮杀。最典型的绿林流就是李逵、王英、周通、阮家兄弟这种，擅长清理杂兵，乱中取胜，基本做不了阵前主将。军旅流则是为上阵杀敌所用，攻防有度，对敌时自保为先，少有险招奇招。这一流派的代表是王进、呼延灼、林冲、徐宁这些军官出身的人，如果双方实力不那么悬殊，对阵时双方打成平手是常有的事。武道流注重根基，对拳脚、兵器都精益求精，一旦积累足够的实战经验，应付什么对手都不在话下。武道流的代表是卢俊义。

　　综观武松对敌时的表现，与绿林流和军旅流都相去甚远，应该属于武道流。武松精通"玉环步鸳鸯脚"这一绝学，拿起戒刀就要得有模有样,肯定有扎实的武术根底,但不如卢俊义全面精到,毕竟卢俊义步战马战都强得离谱,且有"棍棒天下无对"的称号。

武松步战几近无敌,且交手必分胜负;他不是耍明刀明枪的战将,却能在战场上发挥奇效,严格地说,他更像一个杀手与刺客的结合体。这源于他的三个特质:一是神力,二是机敏,三是极高的战斗智商。

书中不止一次展示了武松的神力:第一,赤手空拳打死老虎。原文道:"那大虫却好把两只前爪搭在武松面前。武松将半截棒丢在一边,两只手就势把大虫顶花皮肐膊地揪住,一按按将下来。那只大虫急要挣扎,早没了气力,被武松尽气力纳定。"只凭两只手按住老虎,这是何等惊人气力。第二,将四五百斤的石墩掷起一丈多高。发配孟州时,武松在施恩面前展示本领,"把那个石墩只一抱,轻轻地抱将起来。双手把石墩只一撇,扑地打下地里一尺来深。众囚徒见了,尽皆骇然。武松再把右手去地里一提,提将起来,望空只一掷,掷起去离地一丈来高。武松双手只一接,接来轻轻地放在原旧安处"。这个比按住老虎还恐怖。第三,征辽时阵前一刀掠断马头,"那耶律得重急待要走,被武松一戒刀掠断马头,倒撞下马来,揪住头发,一刀取了首级"。须知武松是单手持戒刀,如此轻描淡写砍掉马头,没有惊人的气力是做不到的。

武松的机敏在水浒世界也是首屈一指的:十字坡上,因孙二娘一个眼神露出破绽,武松便起了提防心。"我见阿嫂瞧得我包裹紧,先疑忌了,因此特地说些风话,漏你下手。"十字坡可不是寻常强盗劫匪,而是一座杀人魔窟,鲁智深和无名头陀都在这里中了暗算,武松能轻而易举识破。江湖经验和缜密心思缺一不可。飞云浦上,"武松又见这两个公人与那两个提朴刀的挤眉弄眼,打些暗号",立刻起了警惕心,于是先下手为强,迅速解决了战斗。

如果觉得这只是寻常表现,不妨设想一下,倘若董超、薛霸押送的不是林冲,而是武松,别说走到野猪林,用开水给武松洗脚时就死定了。

最让人称道的是武松的战斗智商,电光石火的生死瞬间,他总能做出最佳选择,这是让人羡煞的天赋。

智商表现之一,诱敌深入。斗杀西门庆时,武松闯入楼中,西门庆见了,便跳起在凳子上去,一只脚跨上窗槛,要寻走路。见下面是街,跳不下去,心里正慌。然后见武松来得凶,"早飞起右脚来","正踢中武松右手,那口刀踢将起来,直落下街心里去了"。常有人以此为论据质疑武松的本事,在西门庆面前连刀都握不住,还吹什么步战无敌?

咱们继续看下去:西门庆见踢去了刀,心里便不怕他,右手虚照一照,左手一拳,照着武松心窝里打来。却被武松略躲个过,就势里从胁下钻入来,左手带住头,连肩胛只一提,右手早搂住西门庆左脚,叫声:"下去!"只见(西门庆)头在下,脚在上,倒撞落在当街心里去了,跌得个发昏。(第十一章)

二人的实力对比十分明显,西门庆在武松面前一招都走不过去,直接被丢到了楼下。那么,武松为什么被踢掉了刀子呢?略想一想二人所在的位置,武松闯入阁子(类似现在的临街包间)时,西门庆已"跨上窗槛"。武松并不知道他不敢跳,倘若提刀便砍,被逼急了的西门庆或许真就跳了下去。以武松快刀斩乱麻

第六人:武松——谨守的天神　071

的性子,当然不想上演追逃戏码,于是先卖个破绽,权当示弱。果然,西门庆立刻有了胆量,上前与武松缠斗。

丢下西门庆之后,武松"也钻出窗子外,涌身望下只一跳,跳在当街上,先抢了那口刀在手里"。西门庆不敢跳,武松却敢,武功胆魄都被压得死死的,他怎么和武松斗?

所谓"发昏章第十一"是模仿《孝经》的章节名写法,意指昏头涨脑。《孝经》中的章节名是这样的:开宗明义章第一,天子章第二,诸侯章第三……书中人在搏命厮杀,作者还用这等诙谐笔法,有趣。

智商表现之二,抽钉拔楔,主次分明。在飞云浦,眼看自己要被四人围住,在对方发难之前,武松煺住道:"我要净手则个。"那一个公人走近一步,却被武松叫声"下去"!一飞脚早踢中,翻筋斗踢下水里去。这一个急待转身,武松右脚早起,扑咚地也踢下水里去。

飞云浦一战是张都监等人苦心布下的杀局,四个手持兵刃的武者对付一个身戴枷锁的囚犯,怎么看都万无一失。实际上他们差点儿就成功了,倘若武松少一分机警、少一分力气、少一分心智,都没有可能完成反杀。武松发现形势不利,立刻做出决断,抢先破局。"先发制人"四个字,说出来容易,能做到的人却少之又少,全书用这四个字摆脱死局的只有王进、武松二人。

杀回孟州城,武松的表现亦是可圈可点。提刀上了鸳鸯楼,"蒋门神急待挣扎时,武松早落一刀,劈脸剁着,和那交椅都砍翻了"。为什么先砍蒋门神?因为他是最有可能给武松制造麻烦的。好,那就先砍你!三人毫无防备,蒋门神"吃了一惊,把这心肝五脏都提在九霄云外",因此这一刀的成功率也最高。

砍翻了蒋门神，武松没有继续追杀，第二刀挥向了张都监。这三人同坐饮酒，张都监肯定坐在中间，砍他比较顺手。"那张都监方才伸得脚动，被武松当时一刀，齐耳根连脖子砍着，扑地倒在楼板上。两个都在挣命。"

唯一没受伤的张团练终于醒过神来，但为时已晚。"武松赶入去，一刀先剁下头来。蒋门神有力，挣得起来，武松左脚早起，翻筋斗踢一脚，按住也割下头。转身来，把张都监也割了头。"

武松的杀人本领已浸透骨髓，先砍谁，怎么砍，完全就是条件反射。先让对方两人丧失战斗力，再返身回来慢慢割头，冷静得让人毛骨悚然。

读至此处，已经能感觉到，作者在刻意将武松塑造成一个杀手。蜈蚣岭与王道人一战甚至抛却了《水浒传》惯用的写实手法："两个就月明之下，一来一往，一去一回。两口剑寒光闪闪，双戒刀冷气森森。斗了良久，浑如飞凤迎鸾；战不多时，好似角鹰拿兔。两个斗了十数合，只听得山岭傍边一声响亮，两个里倒了一个。"单看这段描写，岭上对战二人仿佛不是武松与王道人，而是金庸笔下的两个侠客。

待到征辽、征方腊时，武松三次斩将，彻底暴露了杀手本色。

第一次，"那耶律得重急待要走，被武松一戒刀掠断马头，倒撞下马来，揪住头发，一刀取了首级"；第二次，"方貌抵当不住，独自跃马再回府来。乌鹊桥下转出武松，赶上一刀，掠断了马脚，方貌倒将下来，被武松再复一刀砍了"；第三次，"忽地城门里突出一员猛将，乃是方天定手下贝应夔，便挺枪跃马，接住武松厮杀。两个正在吊桥上撞着，被武松闪个过，撇了手中戒刀，抢住他枪杆，只一拽，连人和军器拖下马来，嗝嚓一刀，把贝应夔剁下头来"。

三次斩将，可以看出武松身上毫无战将特质，他永远不会像林冲、秦明等人那样正面迎敌，而是利用敏捷的身手偷袭、闪避，把握住稍纵即逝的机会以步胜骑。

现在可以解答那个疑问了，为什么武松与其他高手连一次战绩都没有？这是否能说明武松的本领有水分？

的确，武松的对手有：景阳冈猛虎，西门庆，孙二娘，蒋门神，飞云浦的甲、乙、丙、丁，鸳鸯楼的A、B、C，孔亮，耶律得重，方貌，贝应夔等。都不是战力明确的人或者动物。

武松与一流高手过招的最佳机会是二龙山救援桃花山时，鲁智深和杨志都与呼延灼交战，但武松没有出手。后来梁山四处征讨，阵前厮杀都是五虎八彪出场，也没武松的份儿。原因有二：第一，武松不擅马战，他的绰号是"行者"，即行脚乞食的苦行僧人，天天骑马实在违和。《水浒传》的雏形是《大宋宣和遗事》，武松在其中就是三十六名头领之一，宋元时期龚开曾经写过《宋江三十六人赞》，他这样评价行者武松：汝优婆塞，五戒在身。酒色财气，更要杀人。"优婆塞"是梵语，指家中奉佛的男子，可见武松的绰号"行者"是早有由来。还有，宋时马匹昂贵，能有资格练习骑术的人实在少得可怜。梁山好汉中擅长马战的头领，除了鲁智深、杨志、索超这些有过从军经历的，就是卢俊义、史进、穆弘等豪富子弟，综合武松的家庭背景和工作履历，他的确不具备这样的条件。

第二，作者对武松这个人物的设定就是如此，他的武力在某些方面已经登峰造极，如果再让他与其他顶尖武将对战，无论胜败，都会造成人物乃至武力体系的崩塌。试想一下，倘若武松大胜呼延灼，梁山五虎将岂非浪得虚名？若武松败了，之前十回的所有铺垫都白费了。

因此，武松绝不能进入战将体系的评比，同时，他也不能败。我们都知道，武松最后被包道乙的玄天混元剑斩断一臂，而飞剑是法术，不是武功。

原文道："包道乙祖是金华山中人，幼年出家学左道之法。向后跟了方腊，谋叛造反，以邪作正，但遇交锋，必使妖法害人。有一口宝剑，号为玄天混元剑，能飞百步取人。"

这是作者为武松保留的尊严，即使败，也不能败给凡人。

冰火铸心

金圣叹评水浒，原文道："然则武松何如人也？曰：'武松，天人也。'武松天人者，固具有鲁达之阔、林冲之毒、杨志之正、柴进之良、阮七之快、李逵之真、吴用之捷、花荣之雅、卢俊义之大、石秀之警者也。断曰第一人，不亦宜乎？"将十名好汉的优点汇聚一人之身，这是极高的褒奖了。

江山易改，本性难移，武松诸多优点都源于性情，无论是热血豪迈还是冷静克制，都有着恰到好处的分寸感。这就使得人物精细而真实，成为无法复制的经典。当然，武松不是完人，他是一个非常注重自我的人。保护自我、强大自我、发现自我，他只关注眼前世界，不看天下苍生。

武松是一个"冷"人，他对敌人冷酷无情，对世事冷眼相待，遇危机冷静理智，逢鸿运亦不会得意忘形，不管面对深仇大恨抑或生死关头，武松的方寸始终不乱。

得知武大被害，武松的处理方式很值得称道。如果此处的主角不是武松，换作鲁智深，势必提着禅杖打上门去，换作李逵、阮小七等人，只怕杀得阳谷县血流成河。但武松没有一点儿冲动，他的做法像教科书一般严谨，一桩一件都有条不紊。

武松做的第一件事是询问。

潘金莲正与西门庆偷情，听到武松归家，旋即穿上孝裙孝衫，便从楼上哽哽咽咽假哭下来。武松根本无心看她表演，上来就是追魂三问："嫂嫂且住，休哭！我哥哥几时死了？得甚么症候？吃谁的药？"潘金莲答的是："猛可的害急心疼起来。病了八九日，求神问卜，甚么药不吃过！医治不得，死了。"乍看上去，这回答也没什么毛病，实际上就是这几句话，让武松看出了蹊跷。

武松本就细心，又有都头的工作历练，对审案断案应该不陌生，如果怀疑一个人又抓不到证据，那就从细微处着眼。毫无准备的潘金莲一下子被问蒙了，只能含糊带过，这就引起武松更大的疑心。

次日一早，武松再问潘金莲：我哥哥什么病？买谁的药？谁买的棺材？谁料理的后事？经过了一夜的忐忑，潘金莲有所准备，一一作答：心疼病，买药都有药方，王婆买的棺材，何九料理的后事。昨天就该答出的问题，想了一夜才给出明确答案，武松不怀疑才怪。

武松略过前面三个答案，直接找到了何九。为什么？哥哥已死,患什么病都是潘金莲的一面之词,查不出什么;药铺不是作案,看不出死因,因此药方也不能作为证据;王婆和潘金莲熟稔,问她也问不出什么。何九算是事外人,或许是个突破口。

于是武松进入了下一个环节,追查求证。

先看何九的反应:听得是武松来寻,吓得手忙脚乱,头巾也戴不迭。

再看武松的表现:"武松便不开口,且只顾吃酒。何九叔见他不做声,倒捏两把汗,却把些话来撩他。武松也不开言,并不把话来提起。酒已数杯,只见武松揭起衣裳,飕地掣出把尖刀来插在桌子上。"

武松笃定哥哥是被人害了,真相就在验尸人何九这里,武大已死了四十余日,如今还未事发,显然是有人压了下去。他这番做派,就是为了镇住何九,逼出实情。何九是拿了西门庆银子的,但他素知武松威名,平素也打过交道,先前就说过"他是个杀人不斩眼的男子",再经武松一吓,自然不敢隐瞒,并将郓哥与武大一同捉奸的事情说了。

寻到郓哥,武松先给了五两银子,又答允他事了后再给十几两银子当作生意本钱。武松对待郓哥与对待何九的态度截然不同,这是为什么呢?首先,何九本身是仵作,验尸是本职工作,这都是他应该做的。而郓哥只是一个街坊,又与武大有旧交。其次,何九是成年人,见识也多,用银子收买效果未必好,而郓哥还是个孩子,又是市井小贩,银子开路最灵。最后,郓哥要为这桩案子做证,依照宋时律法,证人需"宁家听候",万一郓哥跑了,事情就会很麻烦。武松给银子,是要稳住郓哥。虽处于盛怒之中,武松做事仍然条理分明,因人而异,真是冷静得可怕。

第六人:武松——谨守的天神

人证、物证都有了，武松做的第三件事是报官。

报官，是一个正常人的正常反应，即使武松有自己伸张正义的本事，他也希望能通过正当途径解决。既能为哥哥申冤，也能将恶人绳之以法、公之于众，同时保全自己。可惜，黑暗的官场让他失望了，于是，他决定私设公堂。

看看武松接下来做了什么：

离了县衙，将了砚瓦笔墨，就买了三五张纸藏在身边。（记录口供）

就叫两个土兵买了个猪首，一只鹅，一双鸡，一担酒和一些果品之类，安排在家里。（准备祭品）

明晃晃地点起两支蜡烛，焚起一炉香，列下一陌纸钱，把祭物去灵前摆了，堆盘满宴，铺下酒食果品之类。叫一个土兵后面盪酒，两个土兵门前安排桌凳，又有两个前后把门。（布置场地）

先请隔壁王婆，又请开银铺的姚二郎姚文卿，又请开纸马铺的赵四郎赵仲铭，又请对门那卖冷酒店的胡正卿，又请卖馉饳儿的张公。（四邻为证）

若要报仇，武松只提刀杀人便是，但他现在的诉求不止报仇，还要讨个公道，胸中有正气，自然敢作敢当。既然堂堂正正，该有的章程就不能错漏。

公堂摆好，武松手刃潘金莲，又杀了西门庆。为什么不杀王婆，并非因她罪责较轻，她可是害死武大的主谋！只因此事已经闹大，王婆无论如何逃不过法律的严惩，加之她地位低微，无法左右官府，武松就没必要自己挥刀了。

然后，他又做了第四件事，"家中但有些一应物件，望烦四位高邻与小人变卖些钱来，作随衙用度之资，听候使用"。

手下刚攒了两条人命,即将坐牢的武松居然还记着这些小事!更让人敬佩的是,他还"将了十二三两银子,与了郓哥的老爹"。完成了之前对郓哥的承诺,其心思之缜密,已到了巨细无遗的地步。

武松为兄复仇,虽因杀人获罪,却是人人称颂的义举。有那上户之家都资助武松银两,也有送酒食钱米与武松的。阳谷县官、东平府尹更是两次更改卷宗,将重罪改成轻罪。就法律而言,武松是个罪犯;但在许多人心中,他才是正义的那一个。

武松的另一次复仇就是血溅鸳鸯楼了,这一次,他更是将冷静、冷酷展露得淋漓尽致。

张都监栽赃武松,又"连夜使人去对知府说了,押司孔目上下都使用了钱",就是要置武松于死地。于是知府下令:"只顾与我加力打这厮!"那牢子狱卒拿起批头竹片,雨点般地打下来。武松情知不是话头,只得屈招。

这是武松第一次认尿,如果不认罪,他真的会被当堂打死。那么,武松是因为惜命才认罪的吗?在孟州牢城营时,他主动要求一百杀威棒,那时的他一点儿都不惜命;而现在他想活着,有仇不报,就这么死了实在憋屈。

摆脱了飞云浦的危机,武松杀回孟州,一个人,两把刀,酿就一场灭门惨案。整个过程,武松就像一头狩猎的猫科动物,天生带着杀手与刺客的本能。

武松对张都监府很熟悉,他直接来到了后花园墙外,就在马院边伏着,听得那后槽却在衙里,未曾出来。"后槽"是马夫的别称,古代大户人家的马厩大多设在后院边界处,不干扰主人正常生活，从后门出入也方便。

只见呀地角门开，后槽提着个灯笼出来，里面便关了角门，武松却躲在黑影里。文中写得清楚，马厩和内宅的院落还有高墙阻隔，那么，武松为什么不趁角门开的时候进去呢？一来，因为"马无夜草不肥"，为了半夜喂马方便，后槽的住处紧邻着马厩。开角门只是为了放马夫出来，里面还有关门人，这是大户人家的常规做法，武松此时发难把握不大。二来，现在天色尚早，大家还没入睡，若是闹出大动静，武松的计划就泡汤了。

听那更鼓时，早打一更四点。那后槽上了草料，挂起灯笼，铺开被卧，脱了衣裳，上床便睡。武松却来门边挨那门响。他一直在等待这个时机，心里早想好了行动预案，要想无声无息进入马院，不能撞门，更不能直接翻墙跳进去，只能让后槽自己开门。"挨那门响"四字简直是神来之笔，古代多为木门，盗贼入户盗窃时，为了防止门轴发出声响，常会滴油润滑，武松正是在模仿盗贼。

后槽果然上当，喝道："老爷方才睡，你要偷我衣裳，也早些哩。"刚打开门，武松的钢刀已架在他脖子上，问清楚张都监所在便一刀杀了。事后而论，后槽丧命或许只因为一句话，而这句话也是勾起武松怒火，导致张家满门被灭的导火索。

武松回孟州复仇之前的心理活动是这样的：当时武松立于桥上，寻思了半晌，踌躇起来，怨恨冲天，"不杀得张都监，如何出得这口恨气！"武松报仇向来冤有头、债有主，不会迁怒旁人，相信这时的他并没有斩尽杀绝的想法。而在控制后槽时，武松问："你认得我么？"后槽答："哥哥，不干我事，你饶了我罢！"

一句"不干我事",暴露了后槽不但认得武松,还知道武松身上发生的事。这让武松觉得,自己被栽赃陷害这件事,张都监府中人人都知道,甚至都参与其中,他们都是帮凶!因此从这一刻开始,武松已经无法控制自己的杀戮欲望。

杀了后槽,武松又做了一系列事情,在惜字如金的《水浒传》中,此处描写略嫌琐碎,看似都是闲笔,细微处却有大作用,充分展示了武松的细致、冷静与谨慎。

"武松把刀插入鞘里,就灯影下去腰里解下施恩送来的绵衣,将出来,脱了身上旧衣裳,把那两件新衣穿了,拴缚得紧凑,把腰刀和鞘挎在腰里。"杀了后槽只是顺手为之,真正的复仇还没开始,武松先束紧行装,以免打斗时累赘。

"却把后槽一床絮被包了散碎银两,入在缠袋里,却把来挂在门边。"很明显,武松打算杀完人就逃走,而亡命天涯是需要花钱的,银两沉重,暂挂门上,待会原路返回时再取。

"又将两扇门立在墙边,先去吹灭了灯火,却闪将出来,拿了朴刀,从门上一步步爬上墙来。"张都监家高墙大院,武松又不会飞檐走壁,便拆了马院的大门,提刀走上了墙头。

"月却明亮,照耀如同白日。武松从墙头上一跳,却跳在墙里,便先来开了角门,掇过了门扇,复翻身入来,虚掩上角门,栓都提过了。"进入院内,武松先开了角门,又将马院大门还原,这样做是防止有人发现异常。然后他将角门虚掩上,又将门闩拿走,即使有人发现角门没上闩,黑夜中也无处寻。他所做的一切,都是在为自己逃走清除障碍。

有了万全的准备,武松的复仇计划得以顺利实施,然后出到角门外来。"马院里除下缠袋来,把怀里踏扁的银酒器,都装在里面,拴在腰里,拽开脚步,倒提朴刀便走。"

从古到今,复仇故事如恒河之沙,武松的两次复仇称得上经典中的经典,不仅衍生出《金瓶梅》这样伟大的同人作品,连武大、潘金莲、西门庆这样的配角都成了文化流行语,其意义早已超越人物本身。"血溅鸳鸯楼"更是《水浒传》中最具紧张气氛的文字,月光明亮,宴席正酣,一个恨意滔天的杀手提刀潜入府中,猎走一条条鲜活的生命。这样的故事,只有放在武松身上才得当。

武松的冷,还体现在他的冷傲上。武松虽出身低微,一举一动却有着强烈的仪式感,而且他有自己独特的规矩和底线,难怪金圣叹说他有"花荣之雅"。

转变发生在打虎之后。前一天晚上,武松还是一个贪杯逞强不听劝的莽汉,打虎之后脱胎换骨似的,成了知礼守礼的体面人。阳谷县人得知武松打死了老虎,牵羊挑酒相谢,众上户把盏说道:"被这个畜生正不知害了多少人性命,连累猎户吃了几顿限棒。今日幸得壮士来到,除了这个大害。第一,乡中人民有福;第二,客侣通行,实出壮士之赐。"所谓"限棒",是指官府分派下来的劳役或者任务,限期内没完成,就要受棒刑。

武松谢道:"非小子之能,托赖众长上福荫。"这是武松第一次这么有礼数地回话,依照以往,他该说"武松眼睛认得老虎,拳头可不认它"才对味。

待到与知县答话,武松更是让人刮目相看,前文中提到众猎户为了擒杀这头猛虎"不知吃了多少限棒",他还记在心里。"小人托赖相公的福荫,偶然侥幸,打死了这个大虫。非小人之能,如何敢受赏赐!小人闻知这众猎户因这个大虫受了相公责罚，何不就把这一千贯给散与众人去用？"

一千贯钱是多少钱？北宋中期，一贯钱为七百七十文，到了北宋末期，约莫能兑换半两银子，一千贯钱也就是五百两银子。武松送给郓哥五两银子时，郓哥心道：这五两银子，如何不盘缠得三五个月？郓哥家中还有一个老爹，可见一两银子已经够贫苦人家花一个月了。宋朝时普通帮佣每天只能赚四五十文钱，除日常花销外所剩无几，电视剧《梦华录》中孙三娘花了两年时间才攒下一贯钱，其实是很符合史实的。

另有一处佐证。吴用到石碣村寻阮氏三雄时，"取出一两银子，付与阮小七，就问主人家沽了一瓮酒，借个大瓮盛了，买了二十斤生熟牛肉，一对大鸡。"阮小二道："我的酒钱一发还你。"店主人道："最好，最好。"可见一两银子的购买力真的很强大，买了这么多东西，还能帮阮小二把欠账还了，折算成人民币，至少也有七八百元钱了。

武松放弃的千贯钱，至少也有三十万元人民币，这可不是一笔小数目，他能不假思索地放弃，足见他品性高洁，对金钱毫不贪恋。

那么，武松是个善良的人吗？答案或许出乎意料，武松并非善良，关心小人物的种种行为，都是他天性冷傲的表现。打虎之后，武松就一直把自己当成一个英雄，英雄是不能欺弱的。这就应了他说过的那句话："武松平生只要打天下硬汉。"

那么，武松打过多少硬汉呢？其实也没几个，他这句话要反着听，"只要打天下硬汉"实际上是"不打软弱可欺之人"的意思。

因此，武松拿出千贯钱来帮扶猎户，又信守承诺给郓哥银子;十字坡上,张青送他十两银子,他转手就给了两个押送公人;血溅鸳鸯楼后,武松逃出城被张青手下用挠钩擒住,他非但不记恨,还拿出十两银子送给那几人;蜈蚣岭上武松救下一个妇人,那妇人捧着一包金银,献与武松乞性命。武松道:"我不要你的,你自将去养身。快走,快走!"

和这些人相比,自称"三年上泰岳争跤,不曾有对"的蒋门神就算硬汉了,值得武松出手。施恩原本只期望武松做个打手,打服蒋门神,夺回快活林,但武松的光芒岂是压得住的?正是在快活林,武松展示了他做人的规矩和底线。

请武松出手之前,施恩说了一大堆,用一句话总结就是:我有一家很赚钱的酒店被人抢走了,那人说自己很牛。施恩的诉求很简单,我供你酒肉,你帮我打跑他。按理来说,武松就是个助拳的角色,但一个人若有超群出众的个性,无论如何都是掩盖不住的。

武松当然明白,这件事的本质就是黑吃黑,我武松是什么人,景阳冈上打虎的英雄,杀嫂报兄仇的义士,居然成了别人的打手?在此之前,武松虽然打架,甚至杀人,但他始终是干净的,所做的事都无愧于心。现在不一样了,施恩请不动打虎的武松,却请得动牢城营的囚犯武松。

如果还有别的选择,武松是不愿蹚这浑水的,但他吃了施恩的酒肉,又免去一百杀威棒,恩义分明的他只能答应下来。如何缓解郁郁心结,解忧唯有杜康。于是吩咐施恩:"你要打蒋门神时,出得城去,但遇着一个酒店便请我吃三碗酒,若无三碗时,便不过望子去。这个唤做无三不过望。"将"痛打"变成"醉打",看似放浪无状,实际上是武松有规矩的内心写照。

到了快活林，武松并没有直接动手，而是先到酒店里找碴儿。必须得承认，好汉和好汉是不同的，李逵要砍要杀，从来不会打招呼，而鲁智深、武松则不一样，不只是因为这样胜之不武，还因为他们要给自己找一个道德台阶下。

连续两次以"不是好酒"为由叫店家换酒后，那妇人又舀了一等上色好的酒来与酒保。酒保把桶儿放在面前，又盪一碗过来。武松吃了道："这酒略有些意思。"

既是找碴儿，鸡蛋里都能挑出骨头，但武松不这么想，好酒就是好酒，不能因为双方为敌就颠倒黑白，这也是他的底线。所以他换了一种挑衅方式"你那主人家姓甚么？"酒保答道："姓蒋。"武松道："却如何不姓李？"

一句话激怒了柜台里的老板娘，只因武松问的这句话大有学问。

清代文人程穆衡所著《水浒传注略》中有一句"见其时妓家姓李者多"，徽宗年间，李师师是天下第一名妓，因此许多烟花女子都冠以李姓，蹭个热度，比如安道全的相好李巧奴，史进的相好李瑞兰。而前文说过，柜台上这女子正是蒋门神初来孟州新娶的妾，原是西瓦子里唱说诸般宫调的顶老，"顶老"即是歌伎的别称，武松这句话相当于揭人家老底，怎不让人生气？

武松看似醉酒，下手还是有分寸的，毕竟酒保和老板娘都是普通人，所以只是丢到酒缸里。虽然伤害性不大，但侮辱性极强，便引来了坐镇快活林的蒋门神。

三拳两脚打倒蒋门神，武松定下三条规矩：第一，将快活林还给施恩，这是应有之义；第二，邀附近商家过来饮酒陪话，这是确立施恩的地位；第三，赶蒋门神出孟州，解决后顾之忧。

待蒋门神请来快活林中有头有脸的人物，武松说出了一番话："众位高邻都在这里。小人武松，自从阳谷县杀了人，配在这里，闻听得人说道：'快活林这座酒店，原是小施管营造的屋宇等项买卖，被这蒋门神倚势豪强，公然夺了，白白地占了他的衣饭。'你众人休猜道是我的主人，我和他并无干涉。我从来只要打天下这等不明道德的人！我若路见不平，真乃拔刀相助，我便死了不怕！"

武松这一番义正词严的话语实在有些好笑。看得出，武松很在意别人如何看待自己，而且，他真的有些心虚，毕竟大家都知道牢城营是施恩父亲管辖，说他和施恩并无干涉，简直是把别人当傻子。但他仍要解释，这里是施恩的买卖，蒋门神的行为是不道德的，我的所作所为都是正义的！不管你们信不信，反正我自己是信了。

虚伪吗？有点儿，但这虚伪也是良知未泯的表现，至少武松有羞恶之心，知道什么是对，什么是错。他固然不如鲁智深那般坦诚，却比许多浑浑噩噩、善恶不分的梁山好汉强得多。

天伤之殇

《水浒传》中，作者但凡舍得花浓墨重彩在某个人物身上，这人物必然要表达些什么。武松当然不例外，他上梁山的过程比林冲更曲折，对人心的摧残也更猛烈，一个这样心向光明的人，在这世道也要被染黑了。

武松身上发生的都是完整的闭环故事。他以打虎闻名天下，结果败于黄狗；兄弟相聚圆满，结果哥哥被嫂子毒死；做到一县都头，结果沦为阶下囚；蒙都监看重登堂入室，结果被诬为贼；对官场彻底失去信任落草为寇，结果又被招安；轰轰烈烈杀出一番功业，又被义兄抛弃……

梁山好汉中只有两人出场时没有绰号，一个是鲁智深，另一个是武松，两个都是修行人。从无到有的绰号象征着他们入世的过程，经过红尘历练后，这浊世仍是留不住。

翻来覆去，都是求而不得。

第一伤，骨肉分离。

乍出场时，武松是一个酒后失手伤人的混混，逃到沧州柴进庄院躲灾。又被柴进慢待，得了疟疾也没人管，自己在廊下烤火，宋江一脚踩翻了铁锹，炭火都掀在武松脸上，因此二人起了冲突。原文中这段话，道尽了武松的不如意：那个提灯笼的庄客慌忙叫道："不得无礼！这位是大官人的亲戚客官。"那汉道："客官，客官！我初来时也是客官，也曾相待的厚。如今却听庄客搬口，便疏慢了我。正是人无千日好，花无摘下红。"

武松心中是有怨气的，都说柴大官人仗义疏财、接纳八方好汉，怎么偏偏慢待我？书中交代的是"吃醉了酒，性气刚，庄客有些顾管不到处，他便要下拳打他们，因此满庄里庄客没一个道他好"。

从这件事，便可看出武松乍入江湖的青涩。柴进家是什么地方？"专一招接天下往来的好汉，三五十个养在家中。"无论是占山为王的盗匪还是身负命案、劫了府库的强人，柴进都敢开怀抱相迎。

武松在柴家住了一年多，想必见了不少迎来送往，也更深刻地懂得，人是有高低之分的。林冲来时，庄客不识他八十万禁军教头身份，对他基本就是打发叫花子的待遇："数个庄客托出一盘肉，一盘饼，温一壶酒。又一个盘子，托出一斗白米，米上放着十贯钱，都一发将出来。"武松无根基、无名气，又没做下什么大案子，估计和林冲的待遇也差不多。久而久之，庄客也只将他当作蹭饭的，不给好脸色也是常情，而这时的武松就是个愣头青，全然没有寄人篱下的觉悟。

这天，名满江湖的宋押司来了，柴进恨不能倒履相迎，上好茶备好酒摆好宴。厅中灯火通明、觥筹交错，而此时的武松躺在廊下冰冷的地上烤火，他会怎么想？原本以为江湖是五星级酒店，处处"宾至如归"，实际上，自己连房卡都没拿到。

论识人之术，宋江远胜柴进，一眼便看出武松非比寻常，得知武松姓名后，立刻道："江湖上多闻说武二郎名字，不期今日却在这里相会。多幸，多幸！"

宋江听过武松的名字吗？这个可能性微乎其微，如果真的是"江湖上多闻说"，柴进也应有所耳闻。因此，宋江为了抬高武松，特意撒了个谎，这就给了武松与两位江湖大佬同席饮酒的机会。

武松是极聪明的人，他从前落魄，只是因为没有这样的机会。得了宋江的提挈后，眼界一下子开阔了，他又明白了一个道理：行走江湖，本事大不如名气大。

养好了身体、交了一个好大哥的武松满面春风，走上了回家的路。他胸中的怨气散了，取而代之的是满腔豪情壮志。因为这一次偶遇，武松永远感激宋江，在此之前，他始终是一个郁郁不得志的苟且凡人，有了宋江的关照与提点，他向着成熟迈出了一大步。

英雄注定成名，人一旦对生活充满希望，心气、胆气都壮，景阳冈上十八碗酒，又将这股豪气推到了顶峰。因此，当酒家说景阳冈有老虎时，才能说出"便真个有虎，老爷也不怕"的话，当他看到官府榜文时才有"我回去时，须吃他耻笑，不是好汉，难以转去"的念头。真正支撑武松走上景阳冈的不完全是武勇与醉意，更多的是他对平庸生活的不甘，是他迫切想要成名的渴望。

赤手空拳打杀成年猛虎，是人力不可及的神迹，《水浒传》中与猛虎相斗的好汉不止武松一人，还有李逵杀虎，解珍、解宝兄弟猎虎的事迹，但李逵手中有兵器，解珍、解宝用药箭，唯有武松是赤手空拳。这是一桩开天辟地的大事，从此以后，江湖上无人不知"打虎武松"之名。为了在这场名望之争中获胜，武松把自己当作筹码丢上了赌桌，所幸他赌赢了。

在柴进庄中尝尽人情冷暖，又在宋江的开导下解了心结，不知不觉间武松已完成了蜕变。打虎之后，武松发现，自己居然是一个对社会有用的人！

曾经的武松是一个怎样的人，书中没有明写，但武大对弟弟是有一番评价的："……要便吃酒醉了，和人相打，如常吃官司，教我要便随衙听候，不曾有一个月净办，常教我受苦……我近来取得一个老小，清河县人不怯气，都来相欺负，没人做主。你在家时，谁敢来放个屁？"醉酒、斗殴，俨然一个街头霸王的形象，没一点儿省心。

人都有慕强心理，经历了宋江的熏染，武松也学着仗义疏财，面对千贯赏钱，他毫不犹豫地放弃。知县看重武松的德行与武勇，保举他做了步兵都头，那个恃强伤人的小混混成了阳谷县的杰出青年！

武松骨子里没有太多豪情壮志，他只想安稳度日。常有人说"武松出刀为自己，鲁达挥拳为苍生"，鲁达固然志向远大，但谁又能说武松有错呢？出身低微，自然养成了务实的性子，做都头保一方平安，他已经很满足了。

做了都头，又与兄长团聚，一切都顺风顺水。此刻的武松对世界充满感激：生活以善待我，我必善待生活。既然已经踏入主流社会，身上的江湖气自然淡去，与哥哥朝夕相处，每天按时上下班，街面上人人尊称"武都头"，日子很是滋润。

现在的武松看什么都顺眼，虽说世道难活，但自家过得好就行，多余的事，不管他就是。因此，当知县要求武松帮助他运送赃款时，武松毫不犹豫地答应了。

"却说本县知县自到任已来，却得二年半多了。赚得好些金银，欲待要使人送上东京去与亲眷处收贮……却怕路上被人劫了去……猛可想起武松来。"

武松有善恶之分吗？肯定是有的。他知道自己运送的是赃款吗？肯定是知道的。但知县对他有知遇之恩，以他的性格，一定不会拒绝。

踏上前往东京的路，武松或许还有些欣喜，在公门中被上司看重，今后的日子会更好过。就在他春风得意、满怀憧憬时，人生最大的一场劫难来临了。

众生如石，世事如刀，刻出千人千面。

但这一刀刺得太深、太重了，武大之死，不只让武松失去了唯一的亲人，也击碎了他对美好生活的所有希冀。这伤口一辈子都无法愈合，就像一道无底鸿沟，将他与普通人的生活彻底割裂开来，近在咫尺，却触不可及。

武松最初想在法律框架内解决问题，他信心满满地搜集证据报官，想让知县主持公道——我刚刚帮你运送赃款，总算得上心腹了吧。可惜，武松对这世界的了解还不够，他自己不在乎钱财，却有人爱财如命，阳谷县上上下下都被西门庆买通了。原文道："原来县吏都是与西门庆有首尾的，官人自不必得说，因此官吏通同计较道：'这件事难以理问。'"

武松很意外，更多的是失望，这是他第一次领略官场的黑暗，还不太习惯。好吧，西门庆财大势大，法律管不了他，那我自己来管。

家中设下公堂剐了潘金莲，酒楼斗杀西门庆，武松用自己的方式为哥哥报了仇。然而，他心中的痛苦却没能减少半分——仇虽报了，却永远失去了哥哥，失去了堂堂正正做人的机会。脸上的两行金印椎骨剜心，他刚刚获得主流社会的认可，又被一脚踢了出去。

第二伤，人心叵测。

押解途中，武松走到了十字坡。十字坡，象征着十字路口，在这里武松有两次选择的机会。第一次，张青劝他"就这里把两个公人做翻，且只在小人家里过几时。若是都头肯去落草时，小人亲自送至二龙山宝珠寺，与鲁智深相聚入伙，如何？"

武松答的是："武松平生只要打天下硬汉，这两个公人于我分上只是小心，一路上伏侍我来，我跟前又不曾道个不字，我若害了他，天理也不容我。"

"平生只要打天下硬汉"是武松的第一个原则，欺凌弱小的事我不做；"与我分上只是小心"是武松的第二个原则，敬我者，我绝不会害他。武松这辈子守住了第二个原则，却没守住第一个。

这是武松第二次接触江湖，张青、孙二娘爱他、敬他，这让他对江湖产生了更多好感。好感归好感，落草为寇这种事一旦做了就一去不回头，武松肯定不会草率决定，毕竟"配军"也比"反贼"好听些。

到了孟州牢城营，有人提醒他给些好处，武松道："若是他好问我讨时，便送些与他。若是硬问我要时，一文也没。"

差拨找他要钱，武松硬邦邦顶了回去："你倒来发话，指望老爷送人情与你，半文也没！我精拳头有一双相送！金银有些，留了自买酒吃，看你怎地奈何我！"

要打杀威棒时，武松道："要打便打，也不要兜拕。我若是躲闪一棒的，不是好汉。从先打过的都不算，从新再打起！我若叫一声，也不是好男子！"

武松向来是吃软不吃硬的性子，对人如此，对这个世界也是如此。你对我好，我一定报恩；你对我横，我比你更横。施恩百般逢迎，武松就为他出头，快活林醉打蒋门神后，也惹出了兵马都监张蒙方出手。

身为配军的武松，仍然希望得到朝廷的重新认可，张都监的示好如甘霖润入心房，让他感激涕零。当然，他现在有多感激，后来就有多恨，因为张都监这一刀捅得太毒、太辣，恰好捅在了武松的旧伤上。

武松最渴望得到的，一是亲情，二是堂堂正正做人。这两样东西他都曾经拥有，因为拥有过，所以更想得到。张都监送出养娘玉兰，又许诺抬举武松帐前为官，他抛出的诱饵正中武松下怀。在这一刻他心潮澎湃,天不负我,我失去的东西终于回来了!

可惜,武松还是没看透,阴暗的人心比他手中的钢刀、十字坡的蒙汗药更毒辣。一次栽赃让武松再度沦为阶下囚,张都监略施小计,不但让武松梦想破灭,还让他身败名裂,什么打虎武松,他就是个贼!这还不算完,他们还在飞云浦设伏,先污你名,再取你命!

这下彻底惹怒了武松,大闹飞云浦,血溅鸳鸯楼,一个杀人魔王出世了!世上的恶人太多,就像一块块拦路石,武松须将他们一刀刀劈断,否则就活不下去。一次次的磨砺之后,武松这柄钝刀终于光芒大放,杀气凛然。遭受两度重创的武松又回到了十字坡,是时候做第二次选择了。

见到张青、孙二娘,武松以从未有过的絮絮叨叨,将自己到孟州发生的一切巨细无遗地说了出来,像极了受尽委屈的孩子。他是真的伤透了,迫切需要找个人倾诉,内中蕴含着无数个问号:你们告诉我,我该怎么做?我又能怎么做?

张青和孙二娘没有给出答案,反倒说了一番耐人寻味的话。张青道:"贤弟不知我心。从你去后,我只怕你有些失支脱节,或早或晚回来。因此上分付这几个男女,但凡拿得行货,只要活的。"孙二娘道:"只听得叔叔打了蒋门神,又是醉了赢他,哪一个来往人不吃惊!"

看到此处,忽然觉得张青的绰号错了,这哪是"菜园子",分明就是"神算子"啊!其实也没那么神,二人都是本地户,敢在孟州道上开黑店,上下打点是免不了的,知道一些盘根错节的关系也不稀奇。得知武松打了蒋门神,便知他定要倒霉,因为他们很清楚,蒋门神背后的人武松惹不起。

十字坡不是久留之地,张青再度提起了二龙山,又到了人生的十字路口,武松的第二次选择很痛快:"我也有心,恨时辰未到,缘法不能凑巧。今日既是杀了人,事发了,没潜身处,此为最妙!"

武松对朝廷官员彻底失望,从今以后,只会站在他们的对立面!继承了无名头陀的度牒后,他与世俗也彻底决绝;拿起镔铁戒刀,血腥气立刻浸透武松的骨髓,从此之后,他再无怜悯之心,杀人不问对错,既然这世道已混浊不堪,再添几分血色又何妨?

当夜辞了张青、孙二娘,武松借月色独行五十里,上了蜈蚣岭,此处一句景色描写,精妙绝伦:"武行者立在岭头上看时,见月从东边上来,照得岭上草木光辉。"

十月初冬,冷月生辉,荒山野岭,行者带刀踽踽而行,怎一个孤独了得!明月照映下,前路似乎一片光明,但草木掩藏的阴影又有多少呢?月光照在武松身上,书外旁观者不禁心底生寒。

如何证明与世事决绝?"一个先生搂着一个妇人,在那窗前看月戏笑。武行者见了,怒从心上起,恶向胆边生,便想道:'这是山间林下出家人,却做这等勾当!'"此时的武松已经把自己当成出家人了。

如何证明杀人不问对错?"武行者睁圆怪眼,大喝一声:'先把这鸟道童祭刀!'说犹未了,手起处,铮地一声响,道童的头落在一边,倒在地下。"

这个道童是武松杀过的最无辜的人,比张都监家的侍女、后槽还无辜,他家住何方、何姓何名、做过何事,武松全然不知。

这一刀是标志性的一刀，自此后，他真正踏入江湖了，江湖人的事，能叫作杀人么，只是单纯的试刀而已。

第三伤，恩断义绝。

杀了飞天蜈蚣王道人，武松走到了孔家庄，拳打孔亮之后夺人酒肉，吃得烂醉，就在这时，武松的一生之敌出现了：一只大黄狗赶着吠。"武行者大醉，正要寻事，恨那只狗赶着他只管吠，便将左手鞘里掣出一口戒刀来，大踏步赶。那只黄狗绕着溪岸叫，武行者一刀砍将去，却砍个空，使得力猛，头重脚轻，翻筋斗倒撞下溪里去，却起不来。"

景阳冈上醉酒打虎，孔家庄旁撵狗落水，武松从人生的巅峰跌入了低谷。这并非他武力上的低谷，而是情绪失落、迷茫到了极点。真正踏入江湖，面上波澜不惊，心中已泛起惊涛骇浪。武松知道，自己再也回不去了，同样是杀人，杀潘金莲、西门庆尤有退路，杀张都监、张团练却罪不可恕。这在他与宋江的对话中提到过："只是武松做下的罪犯至重，遇赦不宥，因此发心只是投二龙山落草避难。"

关于大赦这件事，真可谓源远流长，《尚书·舜典》就有对罪犯减刑的记载。而到了宋朝，大赦已近乎滥用，平均一年半就有一次，徽宗在位时甚至达到了一年一次。新帝登基、立太子、祈福、求雨都能当成大赦天下的理由。这固然彰显了皇恩浩荡，却也让许多十恶不赦之人再度有了作恶的机会。

武松心知肚明，杀官的影响极其恶劣，是大赦都无法豁免的罪行，换个角度，即使免了罪，他还能做回那个官员喜爱、百姓爱戴的良民吗？

在孔家庄，武松又遇到了好大哥宋江，距上次分别只有一年,宋江还是那个宋江,武松却不再是曾经的武二郎。而宋江显然没意识到,他还把武松当成那个曾经的小弟,这段剧情十分蹊跷。

武松在孔家庄被人吊起来打,宋江走了出来,说道:"贤弟且休打!待我看他一看。这人也像是一个好汉。"二人曾在柴进家中同住十余日,形影不离,彼此都熟悉得很,因此,武松没理由听不出来是宋江。而他的反应却是"心中已自酒醒了,理会得,只把眼来闭了,由他打,只不做声"。

有趣吧,宋江的表现更有趣:那个人先去背上看了杖疮,便道:"作怪!这模样想是决断不多时的疤痕。"转过面前看了,便将手把武松头发揪起来,定睛看了,叫道:"这个不是我兄弟武二郎?"想知道这人是谁,正常人都是看脸的,宋江却先看后背,让人无语。

结合二人的异常举动,他们心中已经有了芥蒂,才会第一时间不相认。武松认为,我既认出了你,你也该认得我才对;而宋江不立刻救下武松,还要装模作样看杖疮,很有"市恩卖好"的嫌疑,他在等着武松求救。但他不知道,曾经的小弟武松已经成熟了。

对"市恩"这种事,武松刚刚见识过,且刻骨铭心。牢城营中,施恩正是"市恩"于他,教他欠下人情,才惹出后面的祸事;张都监"市恩"于他,不图报答,让素来谨慎的武松失去了警惕,最终改头换面亡命天涯。可以想象得到,当武松猜出宋江用意时,心里是多么反感。

当然,这只是一种揣测,但后文的内容也多次证实,武松已不再像从前那样信任宋江,而宋江却还没适应武松的改变。这就引出了又一个疑点：整部《水浒传》中，为什么武松是第一个说出"招安"的人？他真的想被招安吗？

二人歇了一晚，次日宋江便问武松有何打算，武松如实说了，我要去二龙山。宋江立刻道，去二龙山干啥，跟我去清风寨呗，那里的知寨花荣是我小弟。

听到这番话，武松的头上一定有个大大的问号：哥哥啊，我刚杀了官，我最恨的也是官，你要带我去见官？我罪不容赦，去清风寨做什么，你也是戴罪之身，有把握保住我吗？当然，武松表达得比较委婉："哥哥怕不是好情分，带携兄弟投那里去住几时。只是武松做下的罪犯至重，遇赦不宥，因此发心只是投二龙山落草避难。亦且我又做了头陀，难以和哥哥同往，路上被人设疑。便是跟着哥哥去，倘或有些决撒了，须连累了哥哥。便是哥哥与兄弟同死同生，也须累及了花荣山寨不好。只是由兄弟投二龙山去了罢。天可怜见，异日不死，受了招安，那时却来寻访哥哥未迟。"

说到最后，武松实在压不住火，递出一句反话，等我被招安了再找你吧。武松不是傻子，真的以为自己能被招安，相反，武松是个绝顶聪明的人，这一年间的遭遇跌宕起伏，足够他将这世道看得十分通透了。

想不到的是，宋江居然没听出来！在临别之际道："如得朝廷招安，你便可撺掇鲁智深、杨志投降了，日后但是去边上，一枪一刀，博得个封妻荫子，久后青史上留得一个好名，也不枉了为人一世。我自百无一能，虽有忠心，不能得进步。兄弟，你如此英雄，决定得做大官。"

宋江一心效忠朝廷，便将别人想得和他一样。他并不了解鲁

第六人：武松——谨守的天神　097

智深和杨志，甚至连眼前的武松都不了解，就将自己的理想强加于人。最后还阴阳怪气了一把，我没什么本事，光有一副赤胆忠心，比不上你们啊。

这番话将武松推得无限远，武松发现两人并非一心，他心里也很难过，今后和宋江相见怕是难了。我已无法在阳光下行走，哥哥你遍地是朋友，想去哪儿就去哪儿，咱们还是就此别过了吧。

原文道："两个吃罢饭，又走了四五十里，却来到一市镇上，地名唤做瑞龙镇，却是个三岔路口。宋江借问那里人道：'小人们欲投二龙山、清风寨上，不知从哪条路去？'那镇上人答道：'这两处不是一条路去了。这里要投二龙山去，只是投西落路。若要投清风镇去，须用投东落路，过了清风山便是。'"一语双关，武二郎、宋三郎，终究不是一条路上的人了。

正因为这次相遇，武松了解了宋江的内心，梁山大聚义时才第一个跳出来反对招安："今日也要招安，明日也要招安去，冷了弟兄们的心！"相信当时的宋江一定是蒙的，兄弟，当初你也是要招安的，现在怎么又反对？于是便叫武松："兄弟，你也是个晓事的人。我主张招安，要改邪归正，为国家臣子，如何便冷了众人的心？"

这里的微妙之处在于，武松没有答话，代替他说话的是鲁智深："只今满朝文武，俱是奸邪，蒙蔽圣聪，就比俺的直裰染做皂了，洗杀怎得干净？招安不济事！便拜辞了，明日一个个各去寻趁罢。"在这件事上，武松与鲁智深是一条心，他们都站在了宋江的对立面。

本想投身造反大军，轰轰烈烈做一番事业，没想到最后还是成了朝廷打手。宋头领的愚忠是无处躲避的一刀,捅得许多梁山好汉心底发凉,武松的伤只会更重。

从北地杀到江南,眼看着天罡地煞们一个个殒命沙场,武松也渐渐没了心气。若在以往,再喝上十八碗酒,武松仍可提刀上阵,如今却连喝酒的心气都没了,上梁山之后,他就再没醉过。物伤其类,秋鸣也悲,自己的下场会是怎样呢?

瓦罐不离井上破,将军难免阵前亡,武松应该想过自己的结局,最多不过横死刀枪之下,又能怎样?可他无论如何都想不到,宋大哥——他唯一的结义兄弟会再伤他一次。

武松在乎的人不多,宋江肯定算一个,他在武松迷茫、艰难时给予了尊重与肯定,是武松进入江湖的启蒙兄长。即使与宋江理念不同,但情感还在,这也是支撑武松南征北战的动力。梁山虽被招安,我为聚义而来,有一个"义"字在,就没什么值不值的。

而在武松断臂之后,宋江说了六个字"武松已成废人";返京之前,武松以自己残疾为名,不愿进京领取封赏,宋江又说了四个字:"任从你心。"

两句话,十个字,将武松伤透了。是你说的"一枪一刀,博得个封妻荫子",是你说的"兄弟,你如此英雄,决定得做大官"。鲁智深辞官不做,你极力劝说,到我这里,只是"任从你心"?

对待残废的武松,宋江非但不留人照料,反而丢给他一个累赘:林冲风瘫,又不能痊,就留在六和寺中,教武松看视,后半载而亡。这个做法属实有些过分,聚义聚义,兄弟心散了,还有什么义在?

第六人:武松——谨守的天神　099

实际上，在目睹鲁智深观潮圆寂后，武松也已堪破了人生紧要处，什么功名利禄、爱恨纷争，都是束缚自己的金绳玉锁，知道"我是我"，已胜却人间无数。"天伤"之判，判的是武松血雨腥风的江湖征战岁月，对于他恬静淡然的后半生，作者只给了一句交代："后至八十善终。"

武松这一生就像一场盛宴，刚入席时拘谨约束，尚有些放不开手脚；酒过三巡后渐入佳境，从陪饮者挪到了上首主位，满桌尽看他一人风光；再饮下去则醉意渐浓，虽酣畅淋漓却也有些狼狈，及至杯盘狼藉，宾客渐散，喧闹气氛一下子冷清萧瑟下来，一切都变得意兴索然。

第七人：
柴进——迟醒的皇胄

柴进是梁山好汉中比较特殊的一个，他是真正意义上的贵族。

作为后周世宗柴荣的后裔，有太祖皇帝赐下的丹书铁券庇护，世代免除税赋，家中钱粮无数，柴进活得相当潇洒。如果不是惹上了高唐州知府高廉，像他这样的人是绝不会入伙梁山的。

结交匪类、庇护贼人、窝藏罪犯是柴进的长期爱好。耐人寻味的是，他从未因此受到追究，反而因为得罪权贵入狱。与朝廷作对无人理睬，与官员作对家破人亡，可见北宋末年的官场已经腐败不堪了。

柴进是《水浒传》中的重要人物，他是线头，是助推器，也是黏合剂。许多人物的故事从柴家庄园起始，他们的命运也在这里转向，柴进因此被人称作"小旋风"。

关于"小旋风"这个绰号有两种解释：第一种是炮名。宋代是炮最完备的时期，在《武经总要》中记载有十九种炮，其中有四种旋风炮。旋风炮的特点是炮杆能灵活转动，不需要移动炮架即可调整发射方向，威胁也大；第二种解释来自金圣叹的评语，

"旋风"是恶风,"其势盘旋,自地而起,初则扬灰聚土,渐至奔沙走石,天地为昏,人兽骇窜",因"能旋恶物聚于一处"而得名。

无论何种解释,柴进都不是一盏省油的灯,因为他的存在,本就不太平的世道更乱了。

败者有因

柴进不是一般人,连沧州横海郡官道上的店小二都知道他的身份:他是大周柴世宗嫡派子孙,自陈桥让位有德,太祖武德皇帝敕赐与他誓书铁券在家中,谁敢欺负他!

真实的历史上,宋太祖赵匡胤的确通过"陈桥兵变"从柴家孤儿寡母手中夺来江山,也的确有优待柴家后人的举动。但柴家并没有一个叫"柴进"的后人,而且,他们从来没有获赐丹书铁券。实际上,赵匡胤登基不久,就把后周末代皇帝柴宗训贬至著名的流放地房州。柴宗训只活了二十岁,他的三个兄弟也都不知所终,从政治意义上说,柴荣的嫡系血脉到第三代就断绝了。赵匡胤的皇位本就是从柴家手中夺来的,尽快消除柴家这个不安定因素才是最佳选择。赐下丹书铁券保柴家平安?那只是说书人为赵匡胤脸上贴金而已。

这以后,柴家旁系子弟的生活状况基本等同于普通人。直到宋仁宗在位,三个儿子接连夭折,长期不能确立皇位继承人时,才有臣僚重新重视起柴氏家族来,认为宋王朝"绝人之世,灭人之祀,而妨继嗣之福也"。于是宋仁宗给了柴氏后人一些特权,比如《宋史·仁宗本纪》中记载的"周世宗后，凡经郊祀，录其子孙一人"，即不通过科举考试就可以做官。这些优待方案就这么延续了下来，柴家后人还会不定期获得赏赐，同时免除徭役。

《水浒传》不是史书，作者如椽巨笔一挥，将朝代更迭巧妙地融入书中，于是，柴进这样一个本应有着更辉煌的人生，却在仇家的庇护下屈为一地富家翁的角色应运而生。

特殊的背景与家世必定塑造出特殊的人物，柴进一出生就站在了塔尖上。有身份、有地位，一辈子衣食无忧，不用担心被人欺负，不用为子孙后代担忧，无论在哪朝哪代，这种生活都是普通人梦寐以求的。但柴进不是普通人，他身体里流淌着柴荣的血液，思想上缅怀着祖辈的荣光，旁人羡煞的生活，在他看来如同囚笼。

不甘于现状就要做事，而且要做大事！对柴进来说，普通人追求的东西他已经看不上眼了，荣华富贵都不缺，唯独缺一样东西，那就是权力！祖辈曾经拥有过的、至高无上的权力！

作者在书中有明确的暗示。《水浒传》中只出现了两个柴家后人，柴进和他的叔叔柴皇城，叔侄二人的名字连起来就是"进皇城"。前朝皇室后裔要进皇城，总不会是为了旅游观光吧。

在纲纪混乱的徽宗年间，柴进找到了机会，于是他将目光盯上了社会上最不安定的一个群体——游民。

大把银钱撒出去，柴进很快打响了名声，江湖中人渐渐都知道，沧州有个柴大官人，"专一招接天下往来的好汉"。良性循环迅速建立起来，慕名而来的游民越来越多，柴进便"三五十个养在家中"，喝酒打猎，听江湖事。

柴进帮过的人很多，林冲、武松、宋江、石勇都受过他的恩惠，王伦和杜迁更是在他的资助下占据梁山，说他是水泊梁山的奠基人也不为过。拥有如此丰厚的资源，柴进却没有进入梁山的决策层，没有一个真心待他的兄弟，甚至没有人对他表示过感激之情，在游民江湖中，他混成了一个失败者。这又是为什么呢？

导致柴进失败的因素有三，分别是背景、性格与认知。

柴进的家庭背景决定了他在草莽江湖是混不开的。一个人再怎么改变，都改变不了出身，柴进骨子里是皇家子弟、金枝玉叶，从小就养成一身贵气，与江湖好汉大碗喝酒、大块吃肉的做派大不一样。草莽出身的好汉与柴进交往，自然而然会有距离感。这就好比一个富豪请你去他家做客，吃的都是龙虾鲍鱼，喝的都是好酒，装修奢华，主人热情，你却觉得浑身不自在。从行为学的角度来说，暂时性地跨越阶层，首先带来的是心理上的不适应。所以说，江湖好汉和柴进交往，虽然知道眼前这人豪阔慷慨，但潜意识也会告诉自己：人家和咱不是一路人。

林冲发配沧州，行至柴进庄园时的描写，很好地描述了尊卑之分。

初见柴进时，这个林冲看了，寻思道："敢是柴大官人么？"

与洪教头比试前，林冲自肚里寻思道："这洪教头必是柴大官人师父，不争我一棒打翻了他，须不好看。"

柴进丢下一锭大银做彩头时，林冲想道："柴大官人心里只要我赢他。"

这三次描写不是对话，都是林冲的心理活动，在心里对一个人的称呼才是最真实的。林冲从始至终都将自己摆在了卑微的位置,他的心态也代表着大多数受柴进庇护的游民。这些游民中有犯案逃亡者(武松、宋江)、有带枷发配者(林冲)、有惹祸避难者(吴用、李逵),对这些人来说,柴家庄园既是补给站又是避风港。他们对主人的尊敬与惧怕不言自明,毕竟武松那样的愣头青属于极少数。

有了尊卑之分,就没有江湖人提倡的兄弟一家、彼此平等了。恐怕这时的柴进也不会想到,他凭着超然的身份为江湖人排忧解难,身份却成了他融入江湖的最大障碍。

此外,柴进性格傲慢,没有礼贤下士的态度。

林冲刚到柴进庄上时,庄客齐道:"你没福,若是大官人在家时,有酒食钱财与你。今早出猎去了。"而宋江来时,庄客道:"大官人如常说大名,只怨怅不能相会。既是宋押司时,小人领去。"庄客慌忙便领了宋江、宋清,径投东庄来。

庄客为什么区别对待?表面上看,林冲是配军,而宋江则名满江湖,这样做理所当然。实际上,庄客的做法就是柴进待客理念的体现,看人下菜,厚薄有别。

武松和柴进的相处也不融洽,在柴家住了一年多,还能说出:"我初来时,也是'客官',也曾相待的厚。如今却听庄客搬口,便疏慢了我,正是'人无千日好,花无摘下红'。"

人在落魄时,需要的不仅仅是一个安身之处,身处人生低谷,更需要安慰和鼓励,如果能有些尊重就更好了。柴进非但不给这些,反而"相待慢了",导致一年多的付出,全都白忙。

原文中还有这样一段,柴进想看看林冲的本事,便教他和洪教头比试棍棒,"柴进心中只要林冲把出本事来,故意将银子丢在地下"。

柴进这个举动十分不妥，你要设个彩头没毛病，可丢在地上就有些侮辱人了。林冲虽然落魄，毕竟也是八十万禁军教头，不是打把势卖艺的。柴进这种高高在上的姿态，林冲口头上感谢，心里会感激吗？柴进上梁山后，两人之间没有半点儿交集，奇怪吗？一点儿都不。

要知道，跑江湖的汉子都很看重面子，同样是给银子，丢在地上和送到手里相比，人的感受有天壤之别。柴进的贵气和傲慢是天生的，他这么做当然没有恶意，却让银子的作用大打折扣，甚至会起到反作用。没有感情付出的施舍，要么受到抵触，要么被人当成提款机。

交人不用心，恩情就成了人情，而人情是能还得上的。所以，这么多年来，柴进仗义疏财，却做了数不清"费钱财不讨好，有盛名无实惠"的事。于是奇怪的现象出现了：柴大官人名满天下，然而这名号到哪儿都不管用。

林冲离开柴家去沧州牢城营报到，柴进写了两封信，信心满满道："沧州大尹也与柴进好，牢城管营、差拨亦与柴进交厚，可将这两封书去下，必然看觑教头。"林冲到了沧州，先拿出十五两银子贿赂管营差拨，又呈上书信。

差拨道："既有柴大官人的书，烦恼做甚！这一封书值一锭金子。"管营道："况是柴大官人有书，必须要看顾他。"

这么看上去，柴进的面子似乎很大。然而，当陆谦来到沧州时，管营与差拨接了一包金银，转身便将林冲给卖了。风雪山神庙外，林冲杀的三人中，其中一个就是差拨。由此可见，他们口中敬着柴进，做起事来却全无顾忌，<u>丝毫不怕柴进来寻麻烦</u>。

柴进得知林冲的遭遇后是什么反应呢？他没有骂管营、差拨不给面子，只是说了句："兄长如此命蹇！"啥意思？你运气太不好了。

于是柴进推荐林冲上梁山，道："三位好汉（王伦、杜迁、宋万）亦与我交厚，常寄书缄来。我今修一封书与兄长，去投那里入伙如何？"上次的两封信没管用，我就再写一封。

柴进也曾救助过王伦。书中写得清楚：王伦当初不得第之时，与杜迁投奔柴进，多得柴进留在庄子上住了几时，临起身又赍发盘缠银两，因此有恩。结果大家都知道了，王伦根本没给这个面子，他的心理活动是这样的："只是柴进面上却不好看，忘了日前之恩。如今也顾他不得。"

水泊梁山早期的主人是王伦还是柴进，一直存在争议。由于柴进是官面上的人物，这件事不可能明说，那就只能从侧面寻找线索。

第一，柴进和朱贵都说起过，柴进和梁山头领交厚，常有书信来往。书中还有一个人与柴进常常往来书信，那就是宋江。同为声名显赫的大佬，写信交流一下散财之道，这可以理解。但王伦等人和柴进根本不是一个段位的，如果只是单纯的一次救助关系，实在看不出有什么必要。毕竟王伦是占山为王的匪类，柴进和他交往多少要担着风险。他们书信来往的内容是什么呢？值得思量。

第二，林冲到了梁山泊，朱贵得知来意，立刻道："既有柴大官人书缄相荐，亦是兄长名震寰海，王头领必当重用。"朱贵只是梁山排名第四的头领，为何说林冲必受重用？因为他知道柴进和梁山的关系。

第三，王伦拒绝林冲入伙时，其他三位头领的反应十分古

第七人：柴进——迟醒的皇胄

怪。朱贵:"这位是柴大官人力举荐来的人,如何教他别处去?抑且柴大官人自来与山上有恩,日后得知不纳此人,须不好看。"
杜迁:"哥哥若不收留,柴大官人知道时见怪,显的我们忘恩背义。日前多曾亏了他,今日荐个人来,便恁推却,发付他去。"
宋万:"柴大官人面上,可容他在这里做个头领也好。不然见的我们无意气,使江湖上好汉见笑。"

名义上来说,王伦才是山寨老大,而林冲是个外人,为了接纳这个外人,三名头领一齐反对老大,让人难以理解。而他们反对王伦的原因出奇的一致:你这么做,对不起柴大官人。

如果柴进对梁山只是单纯的有恩,拒绝一次举荐倒也没什么,回头写封信解释清楚也就是了。现在的情形就很诡异:王伦要推林冲出去,而其他人要拉林冲进来。那就只有一种可能了,王伦认为,林冲是柴进派来取代他的;而杜迁三人觉得,这是董事长要换总经理,你没有权力拒绝。在杜迁等人的阻拦下,王伦不得不给林冲一个凭"投名状"入伙的机会,否则人心就散了。

当然,柴进不会知道梁山上发生的事。不久之后,他举荐的林冲手刃了他选定的代理人,梁山泊也换了主人,而杜迁等人再也不会和他有书信往来了。

战国时期,统治阶级流行豢养门客,如孟尝君、吕不韦等人都竭力网罗人才以扩大势力,并称之为"养士"。柴进在做法上模仿古人,却只学到了皮毛,他没有对人真心的体恤与关切,待人接物不付出感情,结果只能被人当成冤大头。

最后,柴进的认知太过幼稚。在高唐州受到惨痛教训之前,他始终认不清自己的位置,也没有看清楚世界的真相。

有两个人指出过柴进的问题。第一个是洪教头:"大官人只因好习枪棒上头,往往流配军人都来倚草附木,皆道我是枪棒教师,来投庄上,诱些酒食钱米。大官人如何忒认真!"洪教头虽然没什么本事,这番话说得却透彻:别人来投你,无非看你"人傻钱多"而已。

当然,柴进是不在乎"酒食钱米"的,他的慷慨没有半点掺假,这是实打实的贵族风范。正因为是贵族,柴进没有,也不屑用小手段笼络人心。这也造就了"小旋风"的特性:所谓扬灰聚土,能聚人,却不识人、不用人,以致他成了江湖中的异类。

第二个人则是武松。在柴进家,宋江冲撞武松后,有这样一段对话。柴进大笑道:"大汉,你认的宋押司不?"那汉道:"我虽不曾认的,江湖上久闻他是个及时雨宋公明。且又仗义疏财,扶危济困,是个天下闻名的好汉!"柴进问道:"如何见的他是天下闻名的好汉?"那汉道:"却才说不了,他便是真大丈夫,有头有尾,有始有终。我如今只等病好时,便去投奔他。""有始有终"四个字,几乎是在明说"你柴大官人有始无终,不值得投靠"。

以柴进的江湖名望,当然不在意洪教头和武松两个小人物。那么柴进是江湖人吗?是,却也不是,他所了解的江湖,都是从别人口中听到的。食客们为了讨好柴进,肯定挑他爱听的说,所以柴进见识的都是江湖美好的一面,而非残酷的一面。他的认知中,江湖上都是义气为先、知恩图报的热血男儿,待自己有需要时,必定一呼百应。当他在高唐州遭难时才发现,他曾经帮助过的人都不见了。第一个说出救他的人,居然是从未打过交道的晁盖:"柴大官人自来与山寨有恩,今日他有危难,如何不下山去救他?我亲自去走一遭。"可见有些人天生就仗义。

第七人:柴进——迟醒的皇胄

命虽保住了，却被宋江"先把两家老小并夺转许多家财，共有二十余辆车子，叫李逵、雷横先护送上梁山泊去"。柴进，这个前朝皇室后裔，也没有逃过上梁山的宿命。

换任何一个人在柴进的位置上，都只有三条路可走：第一条路是老老实实做个大宋顺民，安分守己，有宋一朝可保太平；第二条路是扯旗造反，恢复祖上荣光；第三条路就是扶植势力，伺机而动。很明显，柴进不甘心走第一条路，而第二条路则是死路，由于身份太过敏感，一旦举事，宋朝会放下所有内忧外患先解决掉他。于是，他选择了第三条路。

柴进第一次在书中登场时，作者用了好长一段人物赞描写他打猎归来，已经点明了他的身份与志向。

数十匹骏马嘶风，两三面绣旗弄日。打猎还要有人专门举旗，这肯定不是普通人该有的排场；好似晋王临紫塞，浑如汉武到长杨。晋王指后唐太祖李克用，以复兴唐朝为名建立政权，汉武就是汉武帝了。用两个帝王对比柴进，内中深意再明显不过了。马上那人生得龙眉凤目……身穿一领紫绣团龙云肩袍。龙眉凤目，隐喻帝王之姿，身穿紫绣团龙袍，这已经是逾矩了。要知道，高俅初见端王时，端王也是身穿紫绣龙袍，可是端王后来坐了皇位，你柴进也坐得上吗？

金庸的武侠小说《天龙八部》中，有一个人物和柴进十分相似，他就是整天寻找机会、心心念念要复国的大燕国后裔慕容复。《水浒传》不是武侠小说，柴进也不敢像慕容复一样大张旗鼓复国，便打着江湖义气的幌子结交游民。或许是被养尊处优的生活麻痹，柴进始终是骄宠傲慢的性子，他的所作所为一直都在触动统治者的神经，自己却毫无警觉。

柴进私藏军器。第五十一回中,朱仝追李逵追到柴家家,见里面两边都插着许多军器。朱仝道:"想必也是个官宦之家。"宋朝对武器的管制是非常严格的,民间不许私自买卖、私藏兵器,柴进并非官宦,依照《宋刑统》明文规定:诸私有禁兵器者,徒一年半。

柴进窝藏、私放逃犯。武松误以为打死人逃亡,柴进养了一年多;宋江杀死阎婆惜,柴进将他当贵宾,养了半年多;李逵杀死小衙内,柴进照样接纳;林冲杀死陆谦三人,柴进不只窝藏,还帮他混过官府的关卡。

柴进与山贼交好。柴进与王伦、杜迁等人常有书信往来。再看宋江,宋江宁愿担着杀人的罪过也不敢让阎婆惜泄露晁盖的书信,可见通匪的罪名有多么恐怖。

柴进口无遮拦,以犯法为荣。接纳宋江和宋清时,"柴进听罢笑道:'兄长放心!遮莫做下十恶大罪,既到敝庄,但不用忧心。不是柴进夸口,任他捕盗官军,不敢正眼儿觑着小庄。'宋江便把杀了阎婆惜的事,一一告诉了一遍。柴进笑将起来,说道:'兄长放心!便杀了朝廷的命官,劫了府库的财物,柴进也敢藏在庄里。'"见到朱仝时,柴进道:"为是家间祖上有陈桥让位之功,先朝曾敕赐丹书铁券,但有做下不是的人,停藏在家,无人敢搜。"

这么多年来,柴家的银钱衣食、超然地位从哪里来?朝廷!柴家最大的依仗是什么?朝廷给的丹书铁券!柴进在做什么?明目张胆地和朝廷作对!

柴进自相矛盾之处在于:他在绸缪着推翻朝廷的同时对朝廷给他的特权无比信任,这个严重的认知错误差点儿让他死无葬身

第七人:柴进——迟醒的皇胄

之地。

高唐州知府的妻舅殷天锡要强占柴皇城的花园，争执中将柴皇城殴死，柴进闻讯赶去，整个过程中，柴进连续提到六次"誓书铁券"，却没有一次管用。在区区一个知府的妻舅面前，自以为无往不胜的丹书铁券却连废纸都不如，就连柴进自己也身陷囹圄。

"条例，条例！若还依得，天下不乱了！"李逵一句话道出了这世道的本质，他比柴进看得还透彻。正是因为乱世中规矩行不通，才能让你柴大官人肆意妄为，你却反过来对规矩深信不疑，真是可笑至极！

小旋风，黑旋风，一个是天潢贵胄，另一个是最底层的狱卒。太平年代，这两个人估计很难有交集，只有在乱世，他们才能成为并肩作战的伙伴。这两个"旋风"，虽然性格与行事方式天差地别，却都对主流社会有着巨大的破坏力。

曾有人猜测，柴家之所以覆灭是因为柴进肆意妄为，触怒了宋徽宗，高唐州知府高廉是"奉旨行事"，其实这个可能性几乎为零。殷天锡强夺花园，将柴皇城殴打致死，柴家丹书铁券失效，这一系列事件的偶然发生，才是对北宋末年乱象最深刻的描述，也是让柴进绝望的根本原因。

同时，高唐州事发后，高俅的奏章没有提及柴家半句："今有济州梁山泊贼首晁盖、宋江，累造大恶，打劫城池，抢掳仓廒，聚集凶徒恶党……"高俅也是怕引出丹书铁券之事，生出不必要的麻烦，可见徽宗对这件事是不知情的。

文韬武略

柴进的家世是一柄双刃剑，注定了他坎坷的命运，也赋予他一生受用不尽的底蕴与素质。柴家庄园就是柴进的安乐窝，只有离开这里，柴进才能体验到人世间的霜风雨雪，才能褪去虚荣、妄想与浮华的外衣，纯粹依靠自身能力寻找生存之路。

和梁山上其他好汉不同，柴进受过良好的正统教育，他智商、情商都非常高，温文尔雅、举止得体。这样的人一旦看清世界真相，迟早都会一鸣惊人。

高唐州的经历，让柴进多年的信念一朝崩塌，醍醐灌顶般的痛击使他的人生发生了重大转折。柴进虽有造反的念头，但他完全没有准备好。衣食无忧的柴大官人，造反信念远逊于朝不保夕的游民，他的绸缪是一种温吞状态，他举事的时机并不成熟，或者永远都不会成熟。

无论柴进愿不愿意，他的事业都戛然而止了。曾经寄予希望的水泊梁山已经不属于他，俨然成了游民心中的圣地与净土，而类似的称号曾经只属于柴家庄园。但柴进并不嫉妒，这不就是他一直想做的事吗，谁做还不是一样？既然世道已经乱成这个模样，既然柴家的丹书铁券还比不上李逵的拳头，那就让这拳头来得更猛烈些吧。

梦想依旧可以实现，只是换了一种方式。柴进上了梁山，他做的第一件大事就是搭救卢俊义。要使重罪轻判，柴进决定从刽子手蔡福这里打通关节。

柴进见蔡福之前，燕青和李固已经来过。燕青来为卢俊义送饭，他没有银钱通路，只能跪求；李固想要卢俊义速死，先拿五十两金子探路,又涨到一百两,一副小人作派。柴进一出场,便将这二人都比了下去,话术上也精妙绝伦,金圣叹批水浒,阅至此处,忍不住连用六个"妙"字,再用六个"又妙"。

先看柴进出场:"身穿鸦翅青团领,腰系羊脂玉闹妆。头戴骏黉(锦鸡)冠一具,足蹑珍珠履一双……那人进得门,看着蔡福便拜。蔡福慌忙答礼,便问道:'官人高姓?有何说话?'那人道:'可借里面说话。'"蔡福便把他请入一个商议阁里,分宾坐下。梁山泊上,只有柴进有这般贵气,才能镇得住蔡福这种常与官员打交道的胥吏,这也是他直接闯入蔡福家中的依仗。

"节级休要吃惊!在下便是沧州横海郡人氏,姓柴名进,大周皇帝嫡派子孙,绰号小旋风的便是。"开门见山,用自己的特殊身份让蔡福吃上一惊,算是下马威。

"只因好义疏财,结识天下好汉,不幸犯罪,流落梁山泊。今奉宋公明哥哥将令,差遣前来打听卢员外消息。"柴大官人,梁山泊,两个名号都响亮,放在一处杀伤力倍增。

"谁知被赃官污吏、淫妇奸夫,通情陷害,监在死囚牢里,一命悬丝,尽在足下之手。"赃官梁中书、污吏张孔目、淫妇贾氏、奸夫李固,这是在暗示蔡福,救卢俊义是有道义的行为。

"不避生死,特来到宅告知:如是留得卢员外性命在世,佛眼相看,不忘大德。但有半米儿差错,兵临城下,将至濠边,无贤无愚,无老无幼,打破城池,尽皆斩首!"柴进进大名府是有风险的,这也显示了他义气的一面。然后软硬兼施,将利害关系尽数道明。

"久闻足下是个仗义全忠的好汉,无物相送,今将一千两黄金薄礼在此。倘若要捉柴进,就此便请绳索,誓不皱眉!"前话似已说尽，又捧蔡福，又抛出一千两黄金"薄礼"，莫说蔡福是吃惯两头的老吏，就算他秉公尽职刚直不阿，也已无法拒绝。

蔡福听罢，吓得一身冷汗，半晌答应不得。蔡福之"吓"，因柴进之大胆，因梁山要救卢俊义，更因自己收了这钱便与梁山有了瓜葛。

柴进起身道："好汉做事，休要踌躇，便请一决。"再次以"好汉"相称，看来蔡福不上梁山也得上了。

蔡福道："且请壮士回步，小人自有措置。"柴进拜谢道："既蒙语诺，当报大恩！"出门唤过从人，取出黄金一包，递在蔡福手里，唱个喏便走。落落大方，从头至尾掌握整个对话的主动权，洒脱磊落，当得起金圣叹十二个"妙"字！

这是柴进在梁山上的首功，卢俊义此后虽又经磨难，但若没有柴进从中斡旋拖延，他逃不过断头台上一刀。

其后，柴进再做内应，通过蔡福的门路，与乐和一同入监牢救卢俊义出来。此时梁山好汉已杀入城中，刀兵过处，生灵涂炭。"蔡福道：'大官人可救一城百姓，休教残害。'柴进见说，便去寻军师吴用。比及柴进寻着吴用，急传下号令去，休教杀害良民时，城中将及伤损一半。"

铁臂膊蔡福本是刽子手，刀下亡魂不知多少，却有一颗善心，而柴进也起了至关重要的作用，一念之间，救下了半城百姓。

柴进再次出场，已是第二年的元宵节了，宋江心血来潮，要去东京看花灯，柴进相陪，短短几日间，他在东京城中做了一件大事。

在三十六天罡、七十二地煞聚齐后，梁山泊已经到达了武

第七人：柴进——迟醒的皇胄　　115

力上的巅峰，宋江觉得，是时候寻求政治上的突破了。他这次以看花灯为由，就是要寻找招安的门路，如果能直达圣听，再好不过。

梁山英雄排座次后，宋江曾明确表达过招安的意图，但在遭到武松、鲁智深、李逵等人的反对后，只好不了了之。但柴进知道，宋江不达目的不会罢休，他要寻找机会招安，自己就让他死了这条心。

由于宋江不敢进城，柴进与燕青提前一日探路。"当下柴进、燕青两个入得城来，行到御街上……见班直人等，多从内里出入，幞头边各簪翠叶花一朵。柴进唤燕青，附耳低言：'你与我如此如此。'"

班直，即御前当值的禁卫军，有大内行走的权利。梁山好汉徐宁曾为金枪班教头，金枪班就是班直诸班的一种。第五十七回中明确提到过："常随宝驾侍丹墀，神手徐宁无对。"

宋承周制，作为周世宗后人的柴进对宫内体制十分熟稔，也只有他能抓住这样的机会。于是，在燕青的配合下，柴进用药迷倒了王班直，换上他的衣服直入东华门（宫城东门）。依次经过紫宸殿（天子接见群臣、外国使节、贺祥瑞的正殿）、文德殿（文武京官朝见之所）、凝晖殿（内殿之一），最后来到了睿思殿（皇帝书房）。

但见素白屏风上，御书四大寇姓名："山东宋江，淮西王庆，河北田虎，江南方腊。"

柴进不是神仙，在进入东京城之前，他算不到有机会来到皇宫，更不知御书房中刻着四大寇的姓名，但就在这时，他灵机一动，想到了一个阻止梁山被招安的绝佳手段，便拔出身上的暗器，正把"山东宋江"那四个字刻将下来，慌忙出殿。然后出城寻到宋江，取出御书大寇"山东宋江"四字，与宋江看罢，叹息不已。

柴进这样做的用意是什么？要想明白这点，我们先试想宋徽宗的反应。皇宫重地，有贼人怀揣利刃潜入御书房，是安保工作漏洞百出，还是贼人已渗透到宫墙之内？无论是哪种可能性，都让他寝食难安。"山东宋江"四字被毁，显然是梁山贼人所为，这是赤裸裸的示威啊——我能毁御书房内屏风，亦可取你性命！可想而知，在宋徽宗的心中，梁山已经成了最大的威胁。如此目无君上、胆大妄为的贼人，怎么收服得了？

但是，柴进万万没想到，他低估了宋江的忠君之心，这一神来之笔竟然被宋江曲解了！柴进本想断了宋江被招安的念头，而宋江想的却是：圣人心中焦虑，都是吾等臣民的罪过，他日受了招安，除去那三大寇，圣人自然心安。

第二次见李师师，宋徽宗意外到来，宋江等人只得回避。由于表忠心的愿望迫切，宋江在黑地里说道："今番挫过，后次难逢。俺三个何不就此告一道招安赦书，有何不好？"柴进立刻阻拦下来，道："如何使得！便是应允了，后来也有翻变。"

虽然结果适得其反，但柴进还是展现了他有勇有谋、应变神速的特质，也正是因为这次的反常表现，宋江对他有了提防之心。

攻打杭州时，柴进主动请缨，要去方腊军中做卧底。"柴某自蒙兄长高唐州救命以来，一向累蒙仁兄顾爱，坐享荣华，奈缘命薄功微，不曾报得恩义。今愿深入方腊贼巢，去做细作，成得一阵功勋，报效朝廷，也与兄长有光。未知尊意肯容否？"

请战的话语也这么卑微，可见柴进表现的机会实在不多。征方腊以来，梁山好汉折损甚多，宋江异常渴望兵不血刃拿下杭州城，柴进的请战正是时候。

凭着不俗的颜值与三寸不烂之舌，柴进很快取得方腊的信任。"自此柴进每日得近方腊，无非用些阿谀美言谄佞，以取其事。未经半月之间，方腊及内外官僚，无一人不喜柴进。"

柴进的武艺常常被人忽略，其理由是，洪教头那样的庸手都能做他的枪棒教头，可见水平一般。但从行文可以看到，柴进根本没拿洪教头当回事，连一句挽留之词都没有，以他的见识城府岂能看不出洪教头人品，只是涵养使然，不愿主动驱逐食客。在梁山大军征讨过程中，柴进也曾多次上阵，与宣赞、郝思文等武将一样，纵马横刀，乱杀军将。在方腊处做卧底时，曾上阵与花荣、关胜、朱仝等一流武将对战，虽然是假打，但没点儿本事也是应付不过去的。柴进最高光的时刻就是斩杀南国第一名将方杰，要知道，五虎将之一的秦明就是死在方杰戟下的，方杰还曾对战关胜、花荣二人联手，实力强得离谱。

论真正的实力，柴进肯定不如方杰，我们看看当时发生了什么："宋将关胜、花荣、朱仝、李应四将赶过来，柯驸马便挺起手中铁枪奔来，直取方杰。方杰见头势不好，急下马逃命时，措手不及，早被柴进一枪戳着。"

第一，方杰身后有四人追杀，心神慌乱；第二，柴进突然暴露身份，方杰毫无防备；第三，柴进先前曾战胜花荣、关胜、朱仝，方杰多少有些忌惮，一旦落入以一敌五的境地，必败无疑。柴进这一枪固然占了很多便宜，但战场上机会稍纵即逝，敢挺枪迎向方杰，其武勇绝不可低估。

除掉方杰，也就清除了征方腊的最后一个障碍，这一战中，柴进居功至伟，其实际意义仅弱于鲁智深生擒方腊。

班师回朝后，柴进受封为官，其后辞官为民，无疾而终。

柴进是《水浒传》中不可或缺的人物，他的所作所为对梁山影响重大：他资助王伦、杜迁等人建起梁山基业；举荐林冲落草，梁山又因此易主；他在大名府救过梁山二号人物卢俊义，壮大梁山声势钱粮；东京城穿针引线应对李师师，为梁山招安铺平道路；杭州城甘做卧底，关键时刻反水，摧毁了方腊势力的军心。

当然，柴进远远算不上完人，横海郡依山傍水的庄园生活太过安逸，消磨了他的斗志，也蒙蔽了他的认知。在这期间，他也想有所作为，如结交好汉、创立梁山，却不识人、不用人，偌大的家业无一谋主，也为他后来的失意埋下了伏笔。直到高唐州受挫之后，柴进才知人世间险恶，整个人也焕然一新，但从这以后，即使他极少行差踏错，所有事情也都超出他的掌控了。

柴进属于统治阶级，也是梁山好汉中最特殊的一个，他的人生经历无人可取代，深化了世道浊乱、不得不上梁山的主题。

第八人：
林冲——含冤的良人

《水浒传》中许多人都是被"逼上梁山"的，如秦明、卢俊义、扈三娘、武松。但是一提到"逼上梁山"，最先想到的就是林冲，为什么？因为只有林冲真正地诠释了"逼"这个字的含义。所有梁山好汉中，林冲隐忍第一，退让第一，冤屈第一。他不是遭擒即降的关胜、呼延灼等朝廷将官，也不是受不得委屈的武松、鲁智深，更不是随波逐流的柴进、卢俊义。他有自己的生存哲学，有强烈的自救意愿，他百般努力想回归过去，现实却将他越推越远。从八十万禁军教头到梁山头领，林冲一次次被逼到悬崖边上，退无可退。

林冲的遭遇，是上层官员利用权力肆意妄为的结果，在黑暗腐朽的北宋末年，权力之网一旦压下来，小有地位的中产阶级都无处逃遁，可想而知，底层平民的生活境况更艰难。善良忍让的禁军教头被逼上梁山，成了杀人放火的造反先锋，更深刻地反映官逼民反的主题。

同时，林冲也是一个很有争议的人物。他名虽为"冲"，遇到困难却先后退；他有一身好武艺，却总在受尽欺辱、忍无可忍时才反击；他拥有旁人羡煞的爱情，却在发配时休妻；唯一倾身相救的挚友鲁智深，却被他泄露了来历；梁山上见了仇人高俅，他只敢怒目而视……他外表雄武，内心却懦弱退缩；他武艺超群，骨子里却拒绝用武力解决问题……

乍出场时，林冲的外貌是"豹头环眼，燕颔虎须，八尺长短身材"。读着是不是有些眼熟？没错，《三国演义》的张飞也是"身长八尺，豹头环眼，燕颔虎须"。《水浒传》原文中也有人物赞称："满山都唤小张飞，豹子头林冲便是。"同样生就一副豪杰气象，林冲与张飞的性情与处世方式却有天壤之别。一个是杀猪卖酒的屠户，能喝出"大丈夫不与国家出力，何故长叹"这样的话；另一个是八十万禁军枪棒教头，却在妻子受辱后"却认得是本管高衙内，先自手软了"。豹头环眼、燕颔虎须是典型的威猛武将形象，这样一个人物向胡作非为的后生高衙内服软，才更能凸显权势带来的压力。许多年来，林冲在影视剧中的形象都略带文气，这是根据性格选人，却忽略了原著带来的天然反差。

水泊梁山一百零八名好汉，为何只有林冲是这样的遭遇？林冲夫妻的遭遇看似是偶然，却是文学创作中的必然，因为他们对这世道的认知全都是错的。抛开林冲过人的武艺不谈，他们两口子就是城市中生活优渥的普通人。林父与张父都是提辖，虽非位高权重之人，却也衣食无忧。这样的家庭条件下，平日接触到的多为知礼友善的体面人，这就导致他们对恶的认识远远不够。在被高衙内调戏时，林娘子呼出一句"清平世界，是何道理，把良人调戏！"哪里是清平世界？东京是吗？大宋是吗？天下是吗？

自以为生活在清平世界的林氏夫妇，一个遵循着官场的规矩慢慢向上爬，一个柔柔弱弱安享岁月静好，却不知这世道早变了模样。追求有序生活的人生在无序乱世中,这不算可怕,可怕的是他们对这一切毫无自知。

在林冲身上,这一切也早有伏笔。他的身份、性格都藏在出场时的穿着描写中:"头戴一顶青纱抓角儿头巾,脑后两个白玉圈连珠鬓环。身穿一领单绿罗团花战袍,腰系一条双搭尾龟背银带。穿一对磕瓜头朝样皂靴,手中执一把折叠纸西川扇子。"

头巾的历史颇具渊源,早在汉代就已出现。汉乐府诗《陌上桑》云:"少年见罗敷,脱帽著帩头。"这里的"帩头"就是指头巾。到了宋代,头巾的使用更加普及,作为装饰美化的"巾环"也就流行开来。后文描写燕青:"鬓边一朵翠花娇,玉环光耀。"描写石勇:"裹一顶猪嘴头巾,脑后两个太原府金不换纽丝铜环。"可见各个阶层都有人佩戴巾环。巾环常用金、银、铜等金属制成,林冲的"白玉圈连珠鬓环"属于奢侈品,彰显了他的财力。《宋史·舆服志》中记载:"宋因唐制,三品以上服紫,五品以上服朱,七品以上服绿,九品以上服青。"绿色战袍不是人人都能穿的,那条龟背银带也只有官员才能用。

单就这身穿着,林冲在东京城中也算是体面人家了,而真正揭露他内心世界的,却是这把不起眼的折叠纸西川扇子。张飞拿着一柄扇子逛街是什么形象?林冲现在就是了。魁梧生猛的身材样貌,春风得意的武官装束,配上这把扇子多少有些不伦不类,他却悠然自得。

林冲不是在附庸风雅,他内心有着文人的一面。宋朝时重文轻武,想在仕途上更进一步,就避免不了与文官多打交道。一个枪棒教头手拿折扇,传递的信息大概是:我林冲不单纯是个武人,有内秀,快来提拔我。

人一旦有了软肋,便脆弱得不堪一击。扇子暴露了林冲理想化的一面,也暗示了他不是莽撞人,而是一个有所顾忌的人。从东京到梁山,林冲一直在怕,而他惧怕的并非同一事物,随着境况与外界压力的改变,林冲也在不断调整自己的底线。

第一怕,怕失去锦绣前程

妻子被调戏,林冲为何放下举起的拳头,不仅因为高衙内的干爹是太尉高俅,更重要的是,高俅是他的顶头上司。县官不如现管,林冲和王进一样,都是在高俅手底下讨生活的。打了高衙内,林冲会失去现在拥有的一切。

于是,面对"我来帮你厮打!"的鲁智深,林冲立刻从受害人变成了和事佬:"林冲本待要痛打那厮一顿,太尉面上须不好看。自古道:不怕官,只怕管。林冲不合吃着他的请受。"

请受,意指薪水、俸禄。后面一个叫富安的帮闲也对高衙内说出了这点,"他见在帐下听使唤,大请大受,怎敢恶了太尉?"原来林冲拿的还不是正常工资,而是比正常"请受"更加优厚的待遇,这又是什么原因呢?

在真实的历史中,调兵权归枢密院所有,殿帅府不可能有带兵出征的机会。但在《水浒传》中,高俅这个殿帅府都指挥使的权力大得没边,不仅统管、操练禁军,还能调动十大节度使。征讨梁山时,曾有两人为高俅助战,一个是八十万禁军都教头丘岳,另一个是八十万禁军副教头周昂,他们既是禁军教头,便是高俅的直属班底。倘若林冲仍在禁军任职,以他的本领和奋进之心，八成也是要随军征讨梁山的。毕竟连陆谦都说过"如今禁军中虽有几个教头，谁人及得兄长的本事"。养兵千日，用兵一时，高俅愿意给林冲"大请大受"，就是希望在紧要关头能有人站出来，为他博取战功。

读者从上帝视角看，高俅自然是小人、恶人，但从林冲的角度看，高俅却是国家重臣、顶头上司，平日还颇为器重自己。和上司的子侄发生误会，找个机会说开就是了，这是绝大多数正常人的反应。

有句话说得好：人生路上，不怕负重前行，就怕前路有鬼。得知林冲身份后，高衙内已经心生退意，却冒出个叫富安的帮闲小鬼："小闲寻思有一计，使衙内能够得他。"于是高衙内命陆谦邀林冲饮酒，又将林娘子骗到陆谦家中，林冲得知后：三步做一步，跑到陆虞候家。抢到胡梯上，却关着楼门，只听得娘子叫道："清平世界，如何把我良人妻子关在这里！"又听得高衙内道："娘子，可怜见救俺！便是铁石人，也告的回转！"林冲立在胡梯上，叫道："大嫂开门！"

林娘子仍在呼"清平世界"，她仍是难以理解世道险恶，人心阴毒。而林冲这声"大嫂"叫的不是陆谦妻子，而是对林娘子的称呼。宋朝时女子地位不低，称呼妻子为"大嫂""姐姐"都很平常。这又是一处憋屈戏码，林冲已知道缘由，却不闯进去救人，而要喊"大嫂开门"。为什么？因为林冲只能这么做，他不愿直接面对高衙内。见了面，痛打一顿固然解气，却违背了他息事宁人的初衷；若不打，则男儿气概全无。此时的林冲认为，这件事还没到不可收拾的地步。既然尚可补救，何必破釜沉舟？

但胸中这口恶气还是要出的："林冲把陆虞候家打得粉碎，将娘子下楼。出得门外看时,邻舍两边都闭了门。女使锦儿接着,三个人一处归家去了。"

"邻舍两边都闭了门",一句闲笔道尽众生相。之所以闭门,并非不知此事,而是人人皆知,人人皆避。

高衙内贼心不死,林冲心中懊恼,又寻不到陆谦算账,想找高太尉解除误会,又不能贸然前往。正是这种急迫心思让他落入了高俅布下的陷阱,设下陷阱之人,正是对林冲了如指掌的发小陆谦。

陆谦对林冲了解到什么程度?单看他为卖刀汉子设计的几句台词就知道:(汉子)口里自言自语说道:"不遇识者,屈沉了我这口宝刀!"林冲也不理会,只顾和智深说着话走。那汉又跟在背后道:"好口宝刀,可惜不遇识者!"林冲只顾和智深走着,说得入港。那汉又在背后说道:"偌大一个东京,没一个识的军器的!"林冲听的说,回过头来。

宝刀不遇识者,和能人不遇伯乐是一个道理,林冲一直都有怀才不遇的心理,这种事不能广而告之,只能在酒桌上发发牢骚。因此陆谦相信,这句话一定能引起林冲的注意。

林冲把这口刀翻来复去看了一回,喝采道:"端的好把刀!高太尉府中有一口宝刀,胡乱不肯教人看,我几番借看,也不肯将出来。今日我也买了这口好刀,慢慢和他比试。"林冲当晚不落手看了一晚,夜间挂在壁上。未等天明,又去看那刀。

为什么林冲要看上一整夜?他买下这柄刀,还怕今后没机会看?不错,就是没机会看!林冲心知肚明,这柄刀根本不属于他,买刀是为了与高俅比刀,而比刀是为了献刀。这是与高俅交好的紧要关头,再好的宝刀也要舍得放手。林冲赏刀这个片段不

第八人:林冲——含冤的良人 125

禁让我想起小时候租书的情景,熬夜也要看完,因为第二天就要还回去了!

给上司送礼是门学问,投其所好至关重要,于是林冲循着高太尉的喜好前行,就这样一步步走向万劫不复的深渊。直到他被押到开封府的公堂上,林冲才知道自己中了算计,堂堂殿帅府都指挥使用这样卑劣下作的手段害人,莫说林冲,就算是吴用也防不住!

金印刺在脸上,林冲知道自己的锦绣前程已经尽毁,就算将来寻到门路脱罪,在官场上总也绕不过高俅。仕途走不得,理想成泡影,连生死都未知,林冲做出了一个痛苦的决定——休妻。

林冲的休妻充满争议,有人说他担心妻子连累自己,还有人说他想将妻子送给高衙内赖以保命,这样的揣测对林冲实在不公平。林冲休妻并没有什么阴谋论,他说得很清楚:"今小人遭这场横事,配去沧州,生死存亡未保。娘子在家,小人心去不稳,诚恐高衙内威逼这头亲事。况兼青春年少,休为林冲误了前程。"

这几句话有两层意思:第一,此去前途未卜,我若死了,娘子可改嫁,我不耽误你;第二,不休妻,你仍是林家人,但我发配远走,保不住你,休妻后回了娘家,高衙内再来纠缠时至少有人照应。为了表明心迹,林冲后面还补了一句:"若不依允小人之时,林冲便挣扎得回来,誓不与娘子相聚!"这句话说得再明白不过:我和娘子是有感情的,若我有幸活着回来,夫妻仍可重聚。

这是林冲最朴实恳切的愿望,能熬过这次发配,平安回来过正常人的生活,我就知足了。既然前程尽毁,林冲的第一怕就自然而然消失了。

第二怕，怕毁了正常生活

董超、薛霸二人收了陆谦的十两金子，押送林冲走向野猪林。一路上，二人对林冲刁难使坏，林冲则逆来顺受，他忍辱负重的动力，全都来自对正常生活的渴望。

林冲还是低估了世界对他的恶意，高俅不依不饶，一定要置他于死地。为什么高俅一定要将林冲除之而后快？祸根就源于林冲的一句话，加上一个见利忘义的朋友。

依照富安的计策，高衙内命陆谦诱骗林冲饮酒，陆虞候一时听允，也没奈何，只要衙内欢喜，却顾不得朋友交情。到了樊楼，两个叙说闲话，林冲叹了一口气，陆虞候道："兄长何故叹气？"林冲道："贤弟不知。男子汉空有一身本事，不遇明主，屈沉在小人之下，受这般腌臜的气！"陆谦本就是带着任务来的，听到林冲贬低高俅，当然不会隐瞒不报，毕竟他和林冲早晚成仇，林冲死了他也能安心。

高俅本就是睚眦必报之人，他是破落户子弟、帮闲出身，最忌讳别人瞧不起自己。或许林娘子一事还不致赶尽杀绝，现在的林冲则必须死。

金圣叹评价道："林冲，毒人也，太狠。他算得到，熬得住，把得牢，做得彻，都使人怕。这般人在世上，定做得事业来，然琢削元气也不少。"毒人，与林冲心地善良、本分求全的性格并不相符，而这"毒"，并非狠毒恶毒，而是近乎疯魔的执着于目标，以至于展现出惊人的忍耐力，而这长久的抑郁积压在心中，迟早都会迸发出来，胜却鸩毒砒霜。

林冲对旧生活是十分眷恋的，行至梁山时，他最先想到的是：以先在京师做教头，禁军中每日六街三市游玩吃酒。因此，在鲁智深想要杀死董超、薛霸时，林冲立刻拦阻。他也恨这两个人为虎作伥，这恨意却大不过回归正常生活的渴望。

发配路上，林冲满心想的都是自己的未来，但他也是个务实的人，知道牢城营中日子不好过，处处都需要银子。为了搞些银钱，林冲毫不犹豫放下身段，听到酒店主人说"（柴大官人）常常嘱付我们：'酒店里如有流配来的犯人，可叫他投我庄上来，我自资助他。'"立刻对两个公人道："我在东京教军时，常常听得军中人传说柴大官人名字，却原来在这里。我们何不同去投奔他？"

凭着八十万禁军枪棒教头的名声和超群武艺，林冲的收获不小，他和洪教头比试得了二十五两银子，临走时柴进又送了二十五两银子。到了牢城营，林冲花十五两银子贿赂差拨、管营，忍不住叹道："有钱可以通神，此语不差。端的有这般的苦处。"后来，柴大官人又使人来送冬衣并人事与他。那满营内囚徒，亦得林冲救济。

安生日子没过上几天，林冲的劫难再度来临，陆谦、富安买通了管营、差拨，将他调到了草料场。一则草料场偏僻，容易下手，二来陆谦等人计谋已定，他们准备火烧草料场，烧死林冲万事大吉，烧不死，草料场被毁也是死罪。

林冲对此一无所知，他还在努力经营着生活，"仰面看那草屋时，四下里崩坏了，又被朔风吹撼，摇振得动。林冲道：'这屋如何过得一冬？待雪晴了，去城中唤个泥水匠来修理。'"对未来生活充满希望的人总是想着改善当下境况。林冲是把草料场当成家的，因此才会惦记修缮房屋。准备出去买酒之前，拿了钥匙，出来把草厅门拽上。出到大门首，把两扇草场门反拽上锁了，带了钥匙，信步投东。再简陋、偏僻的家，出去时也要锁好门。可惜，这扇家门不久之后就会在大火中崩塌，林冲的钥匙也下落不明，他再也回不到这个安宁之所了。

这场大火毁了林冲的希望，他不仅失去了作为囚徒的家，也背上了损毁草料场的罪名。这是林冲最悲凉的时刻，他连做一个普通人的梦想都不配拥有。更让他愤懑的是，以高俅的权势和地位，他根本无力回天。诗人北岛曾经写下"以太阳的名义，黑暗在公开地掠夺"的诗词，高俅就是在做这样的事。

高俅的步步紧逼让林冲失去了选择的权利，想不到的是，他们毁了林冲最怕的物事，也解开了林冲杀戮的封印。林冲隐忍、谨慎、避让，但他的性格中从来没有懦弱，在权衡利弊之后，他的武勇与胆魄不逊于任何人，压抑了许久之后，终于迎来了风雪中的完美复仇，林冲的英雄性格也从此竖立了起来。

明代的清官王廷相讲过一个故事。雨天里，轿夫穿着新鞋，小心翼翼地躲避地上泥水。但一旦踩进泥水坑里，此后再遇泥潭、污水则全然不顾，结果不但鞋子脏了，连衣服上也沾满泥水。林冲的做法与轿夫一样，他总想趋利避害地抵达目的地，但在遍地污泥的路上负重而行，躲得开一次，躲得开一万次吗？若想自保，要么如王进避开官场，要么与泥水沆瀣一气，除此之外别无他法。林冲没有王进的智慧，又没有陆谦那般下作，结果弄得一身脏，还被主人赶出了轿夫队伍。

阳春三月出场，着绿袍、佩银带、轻摇川扇，那时的林冲何等意气风发！不过一年间，穿囚衣、宿野庙、有家难归，冰天雪地间迎朔风亡命天涯！

第八人：林冲——含冤的良人　129

手刃仇敌固然痛快，可前路在何方？出身武官之家的林冲已经习惯了体制内的稳定，但凡有一丝可能，他都不会选择投身于游民江湖，这也是一个正常人应有的理性与克制。事情发展到如此境地，并非林冲所愿，却也无力改变，他已经是一个江湖人了。

"将三个人头发结做一处，提入庙里来，都摆在山神面前供桌上。再穿了白布衫，系了搭膊，把毡笠子带上，将葫芦里冷酒都吃尽了。被与葫芦都丢了不要，提了枪，便出庙门投东去。"

走了两个更次，严寒难耐，林冲投到一间草屋中烤火。见主人饮酒，便要买酒吃，遭到拒绝后直接动起手来。林冲把枪杆乱打。老庄家先走了。庄家们都动弹不得，被林冲赶打一顿，都走了。林冲道："都走了，老爷快活吃酒。"

如果此处隐去人名，大多会猜做李逵、武松，甚至鲁智深都有可能，却绝对想不到是林冲。诚然，身为教头的林冲永远做不出抢酒吃的事，做囚犯的林冲也不会这么做，但失去身份、一心逃亡的林冲做得出来。从这一刻开始，林冲已经认可了自己江湖人的身份。

第三怕，怕没有安身之所

前程没了，归路没了，只剩一条性命，林冲要保全的东西越来越少，他急切需要找一个安身之所。幸运的是，他又遇到了柴进。

林冲这个人，心思过密，只要他的方向正确，考虑问题总是周全的。在柴进家待了几天,搜捕林冲的消息传到了庄内,林冲立刻做出反应:"非是大官人不留小弟,争奈官司追捕甚紧,排家搜捉,倘或寻到大官人庄上时,须负累大官人不好。既蒙大官人仗义疏财,求借林冲些小盘缠,投奔他处栖身。异日不死,当以犬马之报。"柴进道:"既是兄长要行,小人有个去处。作书一封与兄长去,如何?"

林冲请辞是本分,但柴进答应得有点儿太爽快了。想想柴大官人惯用的话语,"便杀了朝廷的命官,劫了府库的财物,柴进也敢藏在庄里","但有做下不是的人,停藏在家,无人敢搜……"

柴进真的护不住林冲,担心自己受到牵连吗?不太可能,此时的柴进还没有经历过现实的毒打,正是志骄意满之时。之所以不留林冲,是因为他想让林冲派上更大的用场。八十万禁军枪棒教头犯了不可赦的命案,又得罪了殿帅府高太尉……林冲的武艺、身份和境况都摆在明面上,他不加入梁山,简直是浪费人才。和白衣秀士王伦相比,林冲更能帮助梁山发展壮大。

林冲对这些当然一无所知,他怀揣着保命安身的希望,惴惴不安地走向了梁山。到了梁山泊下酒店,又无渡船,林冲悲从心来,写下了一首五言诗:"仗义是林冲,为人最朴忠。江湖驰闻望,慷慨聚英雄。身世悲浮梗,功名类转蓬。他年若得志,威镇泰山东!"

和宋江相比,林冲的文笔显然逊色许多,类比不算恰当、咏志略显浮夸,但愤懑不平的心情表露无遗。这首诗是林冲对过去的告别,也是他交给江湖的示好信,突出的是"仗义"与"朴忠",强调的是"江湖"和"英雄",为了得到游民的接纳,林冲再次低声下气。

第八人:林冲——含冤的良人

出身武官之家，一路做到禁军教头，夫妻和美、家境宽裕，林冲的人生算得上顺风顺水。在此之前，他和游民是没什么交集的。富家公子一夜间沦为乞丐，面对这个陌生的群体，畏惧和忐忑是免不了的，或许还有隐藏起来的鄙视。

做小伏低并没有为林冲带来好运，初入江湖的他，根本没弄清楚柴进、王伦和自己之间的关系。他的到来不是单纯的新人入伙，他对王伦造成了巨大威胁。倘若林冲深谙江湖规矩，以他禁军教头的光环和无人能敌的武艺，被拿捏的人该是王伦才对。

但林冲毒就毒在这里，为了心中的目标，他能低到尘埃里。这种软弱可欺的感觉，谁看了都免不了捏几下，陆谦试过，洪教头试过，王伦也不例外。

从见第一面开始，王伦对林冲就有了排斥心理。朱贵介绍林冲过往："这位是东京八十万禁军教头，姓林名冲。因被高太尉陷害，刺配沧州，那里又被火烧了大军草料场。争奈杀死三人，逃走在柴大官人家。好生相敬，因此特写书来，举荐入伙。"

王伦听了，对林冲丝毫没有关心之意，直接动问柴大官人近日无恙。林冲答道："每日只在郊外猎较乐情。"

王伦为何单问柴进？他想试探林冲与柴进的亲疏厚薄，如果二人有过命的交情，无论他愿不愿意都得接纳林冲，因为他得罪不起柴进。而林冲一向寡言，只是随便答了一句，然后王伦放心了。将次席终，王伦叫小喽啰把一个盘子托出五十两白银，两匹纻丝来。这时的王伦还算收敛，说了些"小寨粮食缺少，屋宇不整，人力寡薄，恐日后误了足下"之类的客套话。待林冲执意恳求，杜迁等人纷纷相劝，王伦渐渐没了耐心，道："兄弟们不知，他在沧州虽是犯了迷天大罪，今日上山，却不知心腹。倘或来看虚实，如之奈何？"

为了赶林冲下山，王伦已经不说人话了。就林冲这件事而言，王伦既无肚量也无智商，他反对柴进推荐的人，杜迁三人一齐反对他，这就说明，没有柴大官人撑腰，王伦的位子是坐不稳的。而王伦完全没意识到这点，又想出一个"投名状"的把戏。

正是冰天雪地时节，梁山泊又是知名的匪窝，寻常人怎敢从这里经过？限时三天取一条人命，这几乎是无法完成的任务。投名状不是门槛，而是一道拒人于门外的高墙，王伦充满小算计的腐儒之气扑面而来。

在王伦看来，但凡有点儿血性的汉子都会拂袖而去，但他没想到，自己遇到的是《水浒传》中忍耐力第一之人，林冲居然应下了。

王伦仍在努力，不逼走林冲，他连觉都睡不安稳，于是从第一天早上就开始催促："与你三日限。若三日内有投名状来，便容你入伙；若三日内没时，只得休怪。"林冲闷闷不已。

第一天晚上，"你明日若无投名状时，也难在这里了。"林冲再不敢答应，心内自已不乐，来到房中，讨些饭吃了，又歇了一夜。一天还没过完，王伦连饭都不管了，林冲发动忍者技能，主动讨饭吃。

第二日晚，"若明日再无，不必相见了，便请挪步下山，投别处去！"林冲回到房中，端的是心内好闷。

只剩一天了，获得"投名状"的希望渺茫，在王伦的步步紧逼下，林冲想的是什么呢？当晚林冲仰天长叹道："不想我今日被高俅那贼陷害，流落到此，直如此命蹇时乖！"过了一夜。

第八人：林冲——含冤的良人

排挤他的明明是王伦，林冲居然想起了高俅？奇怪吗？其实一点儿都不奇怪。这句话是对林冲心境最准确的描写，也完美解释了火并王伦的真正原因。不错，在林冲心中，王伦的所作所为和高俅没什么分别。一样是妒贤嫉能的顶头上司，一样让自己没有活路，这样的人该杀！我杀不了高俅，难道还杀不了你王伦吗？

王伦的小聪明用错了地方，他的手段在官场行得通，在残酷、直接的草莽绿林就是作死，而他，还将继续沿着作死的道路走下去。

林冲在山下遇到了杨志，二人一通厮杀，王伦见杨志本领高强，堪为林冲之敌，立刻有了想法。身为山寨之主，王伦当然也希望山寨变强，他排斥林冲，因为自己不想被取代，现在有一个制衡林冲的杨志出现，若能留下则皆大欢喜。

这就是王伦对杨志殷勤的原因，同时，他对林冲的态度也改变了，开始以兄弟相称："这个是俺的兄弟林冲。青面汉，你却是谁？愿通姓名。"在得知杨志来历后，王伦竭力笼络："不如只就小寨歇马，大秤分金银，大碗吃酒肉，同做好汉。不知制使心下主意若何？"

林冲带着柴进荐书主动投奔，待遇却远不如半路遇到的杨志，这让他心中极度不平衡。是自己这个禁军教头比不上制使？还是自己和王伦八字不合？他怎么也想不到，问题就出在柴进的荐书上。

林冲这番窝囊气受得冤枉，有趣的是，连梁山泊外的人都知道此事。

阮小二谈及梁山时道："听得那白衣秀士王伦的手下人，都说道他心地窄狭，安不得人。前番那个东京林冲上山，呕尽他的气。"

二龙山下曹正也说："小人也听的人传说，王伦那厮心地匾窄，安不得人。说我师父林教头上山时，受尽他的气。"

阮小二和曹正都是游民群体的代表，显然他们对王伦的做法都甚为不齿，大家聚在一处是为了抱团取暖，哪有将人向外赶的？旁观者看得不忿，身为当事人的林冲只会更恨。邀请杨志入伙是一个标志性事件，王伦必死无疑，而林冲需要的只是一个机会。当晁盖等人带着生辰纲来到梁山时，林冲的机会来了。

其实，不管来的是晁盖还是锅盖，只要王伦拒绝入伙，林冲都一定会杀他。在这场火并中，智多星吴用固然在煽风点火，作用却微乎其微。晁盖等人上山当夜，林冲先找上了他们，寒暄几句后便说起了王伦的不是。

"且王伦心术不定，语言不准，失信于人，难以相聚。"

"此人只怀妒贤嫉能之心，但恐众豪杰势力相压。"

"若这厮语言有理，不似昨日，万事罢论。倘若这厮今朝有半句话参差时，尽在林冲身上！"

"量这一个泼男女，腌臜畜生，终作何用！众豪杰且请宽心。"

整件事情都是林冲在主导，他主动寻上门，生怕晁盖等七人真的离开，自己还要继续等待。

王伦连一个林冲都忌惮，怎么敢留下晁盖等七人？他故技重施，又拿出银两来送客。林冲对这一幕场景太熟悉了，当即站出来斥责王伦。此时的王伦一定有些意外，一直被自己拿捏得死死的林冲怎么蹦出来了？作为山寨之主，他很没面子，便喝道："你

第八人：林冲——含冤的良人

看这畜生！又不醉了，倒把言语来伤触我，却不是反失上下！"

论审时度势，王伦连卖梨的郓哥都不如，论危机意识，还比不上沧州开店的李小二。正如林冲所说："量你是个落第腐儒，胸中又没文学，怎做得山寨之主！"德不配位，才不配位，能不配位，这张头把交椅是别人的荣耀，却是王伦的绞刑架。

林冲不是一个有野心的人，杀王伦只为出心中一口恶气，为了避去弑主之嫌，他以前坐第四把交椅，现在也必须坐第四把，不上不下最好。拥戴晁盖做了首领后，林冲终于可以接老婆上山了。"小人自从上山之后，欲要搬取妻子上山来。因见王伦心术不定，难以过活，一向蹉跎过了。流落东京，不知死活。"

从林冲落草到晁盖入主梁山，中间相隔半年多，而林娘子恰巧在半年前自缢身亡。是林冲绝情冷血不作为吗？还真不是，在此之前，林冲是真的没有这样做的能力。以王伦的行事风格，即使留下林冲，也必定处处提防，不会给他太大的活动空间。而林冲已经起了杀心，说不定哪天就会杀了王伦逃离梁山。他自己都不安稳，当然不能接妻子上山。直到林冲见晁盖做事宽洪，疏财仗义，安顿各家老小在山，这才动了念头。

林冲接妻子上山，因为感情仍在，他要实现写休书时"夫妻重聚"的承诺；同时，林冲也知道岳父和妻子没有答允高衙内的威逼，这个信息前文已经透露。火烧草料场时，陆谦、富安、差拨三个人在火场聊天，那人道："林冲今番直吃我们对付了，高衙内这病必然好了。"又一个道："张教头那厮，三回五次托人情去说'你的女婿殁了'，张教头越不肯应承。"

林冲夫妻伉俪情深，虽然天各一方却都守着对方，这是《水浒传》中难得的爱情故事。但林冲隐忍的性格导致妻子没有等到他，也是不可回避的事实。如果他不是这么能忍，如果他早点儿显露强横的一面，在梁山拥有一定话语权，或许林娘子就会平安无事了。林娘子的坚贞让人敬佩，她的命运却让人扼腕叹息。

有志难酬

林冲这个角色，论回目不如武松多，论重要性远逊于宋江，论人格伟岸比不上鲁达。然而，他却是《水浒传》中最能引发情感共鸣、最让人爱恨交加的人物。我们为他抱不平，为他喊冤叫屈，为他牵肠挂肚，哀其不幸的同时，也怒其不争。

众所周知，《水浒传》是一本"好汉书"，梁山上许多都是性情剽悍、杀人不眨眼的强人、狠人。他们快意恩仇，过着刀头舔血的日子；他们受不得委屈，别人瞪上一眼就以性命相搏；他们行事毫无顾忌，打得过便打，打不过纳头便拜；他们没有爱情，好色者掳掠强娶，更多靠打熬筋骨消磨精力……

好汉并不是普遍存在的，这是特殊社会环境下滋生出的特殊群体，失去生产资料的游民无路可走、无家可归、无拘无束、无法无天。从纸外观之，观者或许艳羡这种大碗喝酒、大秤分金银的日子。可观者却只是叶公好龙，易地而处，连鸡都没杀过的普通人是做不了好汉的。

林冲是梁山上的异类，是最不像好汉的一个，因为林冲太像现代社会的我们。林冲有道德、有追求、有工作、有爱情，他斯文低调、受过教育……每个普通人都能从他身上找到自己的影子，换句话说，林冲就是芸芸众生中的一员，这是让人莫名亲近的主要原因。

从道德上看，林冲是高尚的。他没有与贪官污吏狼狈为奸，更没做过欺压百姓的勾当，还曾有过助人为乐的善举。沧州的茶酒店主李小二就曾得过林冲的救助，使他免于官司，又替他赔了些钱财，并赍发他盘缠去京外投奔人。

从身份上看，林冲工作体面、家庭美满、一身清白。他舍不下尊严跪舔上司，因此成不了高俅的心腹；他武艺过人名气不小，却和江湖人毫无牵连。无论是在黑道还是白道上，林冲都是干净的。

从做事分寸上看，林冲很守规矩。他出身军旅，对体制和群体有着骨子里的服从性。即使遭人陷害，他仍然服法受罪，到了梁山更是令行禁止，是顶级的骑兵将领。在禁军做好教头，在牢城营做好囚犯，在阵前做好先锋，他就是统治阶级最需要的那类人。

从性格上看，虽然被称作"梁山小张飞"，林冲却始终被"怕""忍"两个字环绕。从东京到梁山，他有过四次妥协：高衙内调戏妻子，挥起拳头又落下；妻子被骗到陆谦家，没有踹开门直接面对；押送路上被公差加害，选择息事宁人；李小二告知陆谦消息，三五日没寻到人，林冲也自心下慢了。一退再退，终究退无可退，只有在绝境中爆发。

林冲是不折不扣的大宋顺民，没有一个梁山好汉为了拒绝落草做出这么多努力，然而，始终背对江湖而行的林冲，终究被不可阻挡的权力之手推上了梁山。这过程越是曲折，林冲越是屈辱，就越能显出朝廷的腐败和官员的阴暗。

细数梁山好汉们落草的经历：武松被栽赃陷害，杀人复仇，奔向二龙山；鲁智深被高俅派人追捕，联合杨志夺取二龙山；史进拒绝朱武的入伙邀请，后来饿得没饭吃，主动投奔少华山；晁盖等七人生辰纲事发，上了梁山……

好汉们大都果断，只有林冲多羁绊。

这就对了，这就是普通人该有的反应。怕与忍，才是普通人活在世上的常态，无论古今都是如此。面对老板的苛责、领导的为难、同事的挖坑，有几人能攥着拳头冲上去？又有多少人选择忍一时风平浪静？发一时狠，泄一时愤容易，收场才是最难，在规则面前，我们与林冲多少有些相似之处。正因如此，我们才会移情于林冲，才能盼他觉醒反抗，才会在风雪山神庙时想酣畅淋漓地喝上三杯！

风雪山神庙是林冲人生的转折点，是胸中不平气从量变到质变的爆发，是林冲放弃妥协忍让、展现刚烈性格的开始。在别人口中，林冲始终被称作"林教头"，直到风雪山神庙之后，"豹子头"的绰号才第一次出现。谦和有礼的林教头人人可欺，露出獠牙的豹子头无人敢惹，在那种世道中，只有发狠才能受到敬畏！

见证林冲上梁山的是两座庙。林娘子到开封城岳庙"还香愿"时遇到高衙内，林家的悲剧命运从此开始；沧州草料场旁山神庙外，这出悲剧在火光中演绎到了高潮，一个良民彻底站到了朝廷的对立面。从踏春时节到大雪纷飞，从岳庙到山神庙，从"林教头"到"豹子头"，林冲走过了一生中最漫长的时光。

《水浒传》中多次提到岳庙，北宋时当然没有岳飞庙，这里的岳庙指的是东岳庙，这从王进的话语中可以得到证实。王进曾以到岳庙烧头香为幌子支开两个公人："等我来烧炷头香，就要三牲献刘李王。"道家以刘、李郡王为东岳掌案，刘郡王名焕，主

第八人：林冲——含冤的良人　139

东方；李郡王名长兴,主西方。林娘子还愿和王进所说的是同一座岳庙。

林冲夫妇都是本分人,本分生敬畏,心中有神明。林冲第一次看到山神庙,便顶礼道:"神明庇佑,改日来烧钱纸。"这一句祷祝真的应验了,林冲在草料场如有神助,毫发未损。和东京大相国寺香火旺盛的岳庙相比,这座山神庙冷清至极:殿上塑着一尊金甲山神,两边一个判官、一个小鬼,侧边堆着一堆纸。团团看来,又没邻舍,又无庙主。只能说,这座冷清庙宇和发配中的林冲气场相合,一样的凄凉境地、无人问津。

说来颇具讽刺意味,香火旺盛的岳庙前,人来车往的闹市中,高衙内肆无忌惮作恶,神明、路人都冷眼旁观;鸡犬不闻的山神庙前,荒无人烟的沧州郊外,林冲随意一句求祷,便能化险为夷。仿佛连神明都知道"盛世山高皇帝远,乱世庙堂灯下黑"的理儿。

林冲终于见识到了庙堂的阴暗,在这个百鬼夜行、邪魔当道的年月,非但"一刀一枪搏功名"是妄想,就连安分度日也是奢求。那么,在上梁山之后,林冲该怎样调整他的人生目标呢?

回归主流社会已无可能,尤其在林娘子自缢之后,横亘在林冲与高俅间的鸿沟已无法弥合。因此,为了"安身立命",林冲唯一能做的,就是帮助梁山强大起来,在一个强大的群体中,他才能有大作为,因为林冲的目标是——清君侧!

林冲从未放弃过复仇,这在书中有明证。攻打高唐州时,面对知府高廉,林冲喝道:"你这个害民的强盗!我早晚杀到京师,把你那厮欺君贼臣高俅碎尸万段,方是愿足!"众目睽睽之下指名道姓痛骂高俅,又以"欺君贼臣"四字修饰,林冲清晰地表达出自己的愿望，同时也暴露了思想局限性：皇帝还是好的，都是你们这群奸臣作祟。

实际上，这一思想在火并王伦时就有体现。杀死王伦固然夹杂了个人恩怨，但也表达出他对梁山发展方向的思考。"火并了这厮，非林冲要图此位！据着我胸襟胆气，焉敢拒敌官军，剪除君侧元凶首恶？今有晁兄，仗义疏财，智勇足备，方今天下，人闻其名，无有不伏。我今日以义气为重，立他为山寨之主。"

先抛去嫌疑，我林冲不争首领的位子；再表明立场，要和官军对抗，除去皇帝身边的奸臣；又捧起晁盖，只有你能做山寨之主，而你一旦应承了，就等同于支持上述观点。

金圣叹在此处夹批中说："水浒一书大题目，林冲一生大胸襟。""定大计，立大业，林冲之功，顾不伟哉！"果然，晁盖上位后，梁山纯粹地代表着普通平民心中的好汉形象，他们有胆重义，同官府作对，不祸害百姓。但是，这样的梁山与少华山、二龙山、芒砀山并没有本质上的区别，这些人都是占山为王的草寇，很难做大规模。

宋江的到来让一切都有了改善，他上山之前就敢荡平清风寨、搅乱江州、智取无为军，上山后又有三打祝家庄、大破高唐州、三山聚义打青州这些惊世震俗的举动。无论是在财力、军力还是号召力上，梁山都急剧膨胀起来，这正是林冲所愿。

因此，当晁盖中毒箭身亡后，宋江就成了首领的不二人选，而林冲作为梁山旧势力的代表和元老人物，他的态度很关键。原文："林冲与公孙胜、吴用并众头领商议，立宋公明为梁山泊主，诸人拱听号令。次日清晨，香花灯烛，林冲为首，与众等请出保义宋公明，在聚义厅上坐定。吴用、林冲开话道：'哥哥听禀：

治国，一日不可无君；于家，不可一日无主……请哥哥为山寨之主，诸人拱听号令。'"

梁山首领两次易主，林冲都起到了至关重要的作用，他无惧别人非议，只朝着自己心中的目标前进。

对于招安，林冲始终没有明确表态，只是在第一次招安时提醒宋江："朝廷中贵官来时，有多少装幺。中间未必是好事！"就这句话看，林冲是不反对招安的，但他认为需慎重应对。对他来说，招安也未尝不可，能为国家效力是每一个武将的梦想，而且铲除奸臣和招安并不矛盾。

在招安之前，梁山攻城掠地的战斗中，林冲一直有所保留，他真正展现自己的武力是从朝廷招安开始，这个微妙的变化藏在他的对战记录中。

攻打祝家庄时生擒扈三娘、击退祝龙、曾头市战败曾魁、活捉龚旺、赶没羽箭张清下水，林冲都未下杀手。但当童贯带兵征讨梁山时，林冲再不手软，将泇州都监马万里斩杀。后来梁山被招安，林冲更是大开杀戒。征辽时，击杀辽将宝密圣、贺拆；征讨田虎时，击杀伍肃、倪麟、顾恺；征讨王庆时，击杀阙翥、翁飞、柳元；征讨方腊时，击杀杜敬臣、冷恭，又与孙立等人合力击杀王寅。

林冲在整部书中与人单打独斗十九次，有十四胜四平一负、斩将十二员的骄人战绩，唯一的一次失利还是在仇琼英的飞石下吃了亏。这样的战绩足以傲视群雄，连五虎将之首的关胜都逊色于他。

林冲在战场上十分卖力，他就是要让人看到，被奸臣高俅迫害的是怎样的一员良将，朝廷养的又是怎样一群窝囊废。尤其在关胜讨伐梁山时，林冲的表现最为明显。"宋江看了关胜一表非俗，与吴用暗暗地喝采，回头与众多良将道：'将军英雄，名不虚传！'说言未了，林冲愤怒，便道：'我等弟兄，自上梁山泊，大小五七十阵，未尝挫了锐气。军师何故灭自己威风！'说罢，便挺枪出马，直取关胜。"

在朝廷招安之前，林冲只在战场上杀过一个人，因为这个叫于直的武将是高廉的手下，而高廉是高俅的叔伯兄弟。林冲痛恨高俅，却没有将这恨迁怒于所有人，这仍是他性格克制的体现。

那么，林冲如此痛恨高俅，为何在高俅被擒上山时不直接杀了他，而只能"怒目而视"呢？不杀高俅，是林冲被人诟病的缺点之一，但从当时的情景来看，林冲不是不想，而是根本做不到。

宋江一心要被朝廷招安，他也知道高俅是徽宗跟前的红人，对他的重视程度可想而知："见张顺水渌渌地解到高俅。宋江见了，慌忙下堂扶住，便取过罗段新鲜衣服，与高太尉从新换了，扶上堂来，请在正面而坐。宋江纳头便拜，口称死罪。高俅慌忙答礼，宋江叫吴用、公孙胜扶住。拜罢，就请上坐。"

宋江行事周密，考虑到高俅在梁山上有仇人，他再叫燕青传令下去："如若今后杀人者，定依军令处以重刑！"这句话说给谁听的，主要是林冲，其次才是杨志。

待到会集大小头领来与高太尉相见时，高俅已经不是林冲能接近的了。宋江执盏擎杯，吴用、公孙胜执瓶捧案，卢俊义等侍立相待。在梁山四大巨头的环绕下，就算林冲有心刺杀高俅，也根本没有成功的可能。不怒目而视，他还能怎么办？

宋江没能通过高俅完成招安的目的，而是靠燕青走了李师师的门路，这也正是《水浒传》要表达的东西：靠正当手段解决不了国家大事，而要靠不正当的途径（比如讨好一个妓女）获得与皇帝对话的机会，何其荒谬！

荒谬的大环境下，越期望、越努力，结果与初衷就越是背道而驰，梁山好汉们怀揣报国忠心，南征北战立下功勋无数，结果落得个狡兔死走狗烹的下场，而林冲终其一生也没能完成他的复仇。在所有梁山好汉中，林冲的结局最是特别。

梁山好汉的结局大致有三种：阵亡（病亡）、隐退、回京领赏。宋江回京上表，奏曰："于路病故正偏将佐一十员，正将五员：林冲、杨志、张横、穆弘、杨雄。"

表文内容白纸黑字写得清楚，当宋江回到京城时，林冲已经病亡了，可《水浒传》中还有这样一句话："林冲风瘫，又不能痊，就留在六和寺中，教武松看视，后半载而亡。"

那么，宋江从六和寺走到京城究竟花了多长时间呢？鲁智深在八月十五圆寂，宋江还来六和寺看过，做了三昼夜功果。然后，半月之间，朝廷天使到来，奉圣旨：令先锋宋江等班师回京。之后原文又道："三军人马，九月二十后回到东京。"满打满算，宋江路上最多也只花了二十天，他如何能知道林冲半年后的死讯？

或许有两种可能：第一，宋江与林冲有怨，不愿他领取封赏；第二，隐瞒林冲的真实状况，是为了保护他。显然，第二种情况更符合事实。

林冲的功劳大不大？大！该不该封赏？该！那么，一旦林冲领赏封官，就回到了大宋的官僚体系之中，他既是武将，就有很大概率受高俅辖制。莫说高俅容不下林冲，这件事本身对林冲来说就是莫大的侮辱。倒不如让他病而未亡，却领亡者之赏。

风瘫，即是瘫痪。横矛立马、万夫难敌的豹子头，成了卧床不起的废人。林冲这一生终究还是以悲剧收场，当年生龙活虎时，手脚都似被缚住般动弹不得，如今滋味，和那时何其相似！

读鲁达一生，如观钱塘浪潮，来去无碍，奇伟雄壮，叹为观止；读武松一生，杀伐淋漓，洒脱爽快，如三伏天遇着好凉风；读林冲一生，只见风雪不散，中年负重踽踽独行，全是成熟男子的执着与艰难。就像王安石在《游褒禅山记》中所云："入之愈深，其进愈难，而其见愈奇。"浅读时，先见屈膝赔笑，又见火光刀光，马嘶人啸；深读时，才觉寒风刺痛男儿骨，冷酒伤透良人心。

悲哉，林教头，惜哉，豹子头！

注：风雪山神庙中的八种道具

《水浒传》中有许多脍炙人口、文笔上佳的经典段落，如"鲁提辖拳打镇关西""景阳冈打虎""智取生辰纲""醉打蒋门神"等故事都入选过中小学教材。而诸多故事中，又数"林教头风雪山神庙"一节最为出色，金圣叹评点《水浒传》时称此段文字为"为艺林之绝奇也"。

判断一个故事是好是坏有很多标准，不管怎么变化都离不开角色、行动与逻辑。"风雪山神庙"一节，在密不透风的严谨逻辑设定下，将林冲的行动顺理成章展现出来，既到达了故事的高潮，也实现了主角的爆发与转变。在有限的三个空间内（茶酒店、草料场、山神庙），运用八种道具（风、雪、火、石头、花枪、葫芦、钥匙、解腕尖刀），通过五个人物（陆谦、富安、差拨、老军头、李小二），林冲蒙冤发配的情节圆满收束，同时开启下一个故事。整段文字谋篇布局丝丝入扣，延宕悬念引人入胜。一个物件、一句闲笔皆有妙用，属实到了摘叶飞花可伤人的化境。

故事从林冲与李小二相遇开始："这李小二先前在东京时，不合偷了店主人家财，被捉住了，要送官司问罪，却得林冲主张陪话，救了他免送官司。"风雪山神庙采用双线叙事，林冲的活动是明线，陆谦来加害林冲是暗线，李小二的作用就是引出这条暗线。就连这么一个寻常人物，作者写作时也煞费苦心。

首先，李小二折射出林冲扶危救难的人品，他受此大恩，当然会顺理成章关心林冲安危；其次，茶酒店的位置就在牢城营，李小二遇到林冲是迟早的事，而陆谦、富安来牢城营寻管营和差拨，进了这家茶酒店也不觉突兀；最后，他本是东京人，入赘沧州后做了茶酒店主人。这里隐藏了一个信息：在沧州做生意的李小二说沧州话，但也能听懂东京话。

镜头切入李小二视角："只见一个人闪将进来，酒店里坐下，随后又一人闪入来。"两个"闪"字，写出陆谦、富安之谨慎鬼祟，他们带着害死林冲的任务来牢城营，当然要避人眼目。李小二立刻看出不对劲，撺梭也似伏侍不暇。陆谦和富安要做见不得人的事，当然嫌李小二碍眼，富安便讨了汤桶，自行盪酒。陆谦说道："我自有伴当盪酒，不叫你休来。我等自要说话。"

富安本来与陆谦对饮，现在起身做了伴当，这更让李小二生疑，便出来对浑家道："这两个人语言声音是东京人，初时又不认得管营，向后我将按酒入去，只听得差拨口里讷出一句'高太尉'三个字来。这人莫不与林教头身上有些干碍？"李小二教浑家去听，得到了更重要的信息："军官模样的人（陆谦），去伴当（富安）怀里取出一帕子物事，递与管营和差拨。帕子里面的莫不是金银？只听差拨口里说道：'都在我身上，好歹要结果了他性命。'"

行文至此，陆谦、富安还未表露身份，一场针对林冲的阴谋已经展开，而林冲对此一无所知，读者的心也跟着悬了起来：这几个人的阴谋是什么？林冲的命运将会怎样？就在这时，只见林冲走将入店里来。

李小二将刚才的蹊跷事立刻告诉林冲，顺带描述了一下那二人容貌，"林冲听了大惊道：'这三十岁的正是陆虞候。那泼贱贼也敢来这里害我！休要撞着我，只教他骨肉为泥！'"所谓仇人相见分外眼红，林冲对他恨之入骨，当然不会饶过他。

"林冲大怒，离了李小二家，先去街上买把解腕尖刀，带在身上，前街后巷一地里去寻。"这里是否有熟悉感？陆谦调开林冲、骗林娘子去自家时，便惹得林冲大怒，拿了一把解腕尖刀，径奔到樊楼前去寻陆虞候，也不见了。这已是林冲第二次拿解腕尖刀寻陆谦了，而常言道：事不过三，这把刀在后面一定会用得上。

本以为林冲能找到陆谦，上演一出快意恩仇的戏码，谁知作者偏要将这一情节写得一波三折："当晚无事。次日天明起来，早洗漱罢，带了刀又去沧州城里城外，小街夹巷，团团寻了一日。牢城营里都没动静。街上寻了三五日，不见消耗，林冲也自心下慢了。"情节一下子缓了下来，读者刚刚紧张起来的心绪又跌到了低谷,张弛之间生波澜,不由让人暗自发问:矛盾何时出现,又将如何激化?

转折立刻出现了:"到第六日,只见管营叫唤林冲到点视厅上,说道:'你来这里许多时,柴大官人面皮,不曾抬举你。此间东门外十五里,有座大军草场……'"林冲来牢城营已近两个月,此时想起柴大官人的面子,管营这理由多少牵强了些。"林冲也觉蹊跷,便来问李小二,李小二是牢城营本地商户,地面上的事都十分熟稔,道:'这个差使又好似天王堂。那里收草料时,有些常例钱钞。往常不使钱时,不能够这差使。'"

林冲道:"却不害我,倒与我好差使,正不知何意?"李小二道:"恩人休要疑心,只要没事便好了。只是小人家离得远了,过几时挪工夫来望恩人。"至此,李小二完成了作者交给他的所有任务,一句"小人家离得远了",便是退场之时。

林冲自来天王堂,取了包裹,带了尖刀,拿了条花枪,与差拨一同辞了管营,两个取路投草料场来。正是严冬天气,彤云密布,朔风渐起,却早纷纷扬扬卷下一天大雪来。那雪早下得密了。雪不是突然下的,前文说的"迅速光阴,却早冬来。林冲的绵衣裙袄,都是李小二浑家整治缝补"都是在为这场雪做铺垫。到这里,已经登场四件道具,尖刀、花枪、朔风、大雪。作者就像一个厨艺登峰造极的大厨,一碟一碗都有条不紊地端上桌,只为一席圆满大宴。

《水浒传》中十分雪,九分都给了豹子头。作者毫不吝惜笔墨,肆意挥洒才气,从"林教头风雪山神庙"到"林冲雪夜上梁山",关于雪的赞词就有六首之多。

到了草料场,只见那老军在里面向火。第五件道具"火"

出现了，但此火非彼火，只是一个幌子。老军拿了钥匙，引着林冲……老军指壁上挂一个大葫芦，说道："你若买酒吃时，只出草场，投东大路去三二里，便有市井。"钥匙象征草料场的归属，葫芦则是心灵上的慰藉，第六件和第七件道具移交之后，草料场就是林冲的家，他在这里获得安宁，也要为这里负责。"去三二里，便有市井"则为林冲接下来的行动做了引线。

"老军向火"证明天气寒冷，"林冲也坐下生些焰火起来，仰面看那草屋时，四下里崩坏了，又被朔风吹撼，摇振得动。林冲道：'这屋如何过得一冬？待雪晴了，去城中唤个泥水匠来修理。'"林冲的配军生活是很滋润的，银钱贿赂加上柴进的关照，他得了"营中第一样省气力的勾当"——看守天王堂。管营、差拨日久情熟，由他自在，牢狱生活过得像度假一样。有了之前的经验，林冲对安稳生活的渴望愈加强烈，才会动了修葺房屋的念头，当然，这里又隐藏了一个重要信息：房子不结实，风都吹得动。

向了一回火，觉得身上寒冷，林冲打算出门买酒御寒。依据常识，下雪不冷雪后冷，林冲在屋里烤着火还冷，可见外面的风一定不小。"便去包里取些碎银子，把花枪挑了酒葫芦，将火炭盖了，取毡笠子戴上，拿了钥匙，出来把草厅门拽上。出到大门首，把两扇草场门反拽上锁了，带了钥匙，信步投东。"

此章回名中提到"火烧草料场"，我们知道迟早是要失火的，前文老军向火、林冲生起焰火、向了一回火，都是用"火"字撩拨看官，让人忍不住去猜测，究竟是哪一团火引出后面的熊熊烈焰呢？待到林冲"将火炭盖了"，才知不是这火。

那雪正下得紧。行不上半里多路，看见一所古庙。林冲顶礼

第八人：林冲——含冤的良人　　149

道:"神明庇佑,改日来烧钱纸。"最后一个重要地点——山神庙出现了。林冲买了酒,依旧迎着朔风回来。看那雪,到晚上越下得紧了。接连两句提到"那雪下的紧",这就完美解释了后面"两间草厅已被雪压倒了"。鲁迅先生在他的杂文中,曾经这样说道:"《水浒传》里的一句话'那雪下得正紧',就是接近现代的大众语的说法,比'大雪纷飞'多两个字,但那'神韵'却好得远了。"

在普通文学作品中,风雪是自然的,常用于环境描写,渲染气氛。而在施耐庵笔下,这风、这雪都是主角,没有风雪,此文就成了林教头夜宿山神庙,颜色大减。有了风雪,沽酒、屋塌、夜宿就都顺理成章了,躲过草料场大火也就不是巧合。那么,陆谦等人恰在今夜放火,这是巧合吗?当然不是。前文林冲持解腕尖刀找了五六日,都没能找到陆谦,他和富安做什么去?他们在等,等林冲入住草料场后的一场大风,火借风势不可救,才能置林冲于死地!

草料场没办法过夜,"林冲把被卷了,花枪挑着酒葫芦,依旧把门拽上锁了,望那庙里来。入的庙门,再把门掩上。傍边止有一块大石头,掇将过来,靠了门。"

此处不免生出疑问,林冲锁了草料场大门,陆谦等人放火时不就知道里面没人了吗?但后文陆谦、富安、差拨三人的对话立刻释疑,差拨道:"小人直爬入墙里去,四下草堆上点了十来个火把,待走哪里去!"他们做的是杀人放火的勾当,当然不用走正门了。

随着林冲进入山神庙,第八件道具也终于登场——石头。石头隔绝了寒风,也挡住了陆谦等人进庙,林冲因此有了偷听阴谋的机会,也了解了事情的本质:为了回归主流社会,林冲已卑微如蚁,而高俅仍要毁了这一切。

林冲不是一个勇于面对困境的人,他妥协过很多次,甚至明知陆谦来沧州对他不利,寻几日无结果"也自心下慢了",而这次,他再也没有妥协的权利了。让林冲不得不出去的是这句话:"便逃得性命时,烧了大军草料场,也得个死罪!"

这一场大火由许多因果串联起来,终于熊熊燃烧起来。而在这时,风雪成了林冲的庇护神。雪压草厅,林冲离开草料场;风吹庙门,教林冲得知陆谦等人的阴谋。原文道:"原来天理昭然,佑护善人义士,因这场大雪,救了林冲的性命。"

差拨、富安死在林冲的花枪下,为陆谦准备的解腕尖刀终于派上了用场。解腕尖刀,是一柄类似匕首的短小佩刀,在《水浒传》中多次出现。武松得知哥哥死讯后,第一件事就是在身上藏了一柄解腕尖刀;石秀杀裴如海,用的是解腕尖刀;燕青救卢俊义,身上带的也是解腕尖刀。《三国志·魏书·陈泰传》中说:"古人有云,蝮蛇螫手,壮士解其腕。"解腕尖刀也因此得名。凡是用到解腕尖刀处,都有贴身肉搏与"壮士断腕"的决心,意味着行事果决,一去不回头。

"把陆谦上身衣服扯开,把尖刀向心窝里只一剜。手刃仇敌后,将三个人头发结做一处,提入庙里来,都摆在山神面前供桌上。再穿了白布衫,系了搭膊,把毡笠子戴上,将葫芦里冷酒都吃尽了。被与葫芦都丢了不要,提了枪,便出庙门投东去。"

三颗头颅祭祀山神,照应前面说过的"神明庇佑,改日来烧钱纸",事出仓促,无处去寻钱纸,这一座草料场的大火却是够了。

走不到三五里,早见近村人家都拿着水桶、钩子来救火。林冲道:"你们快去救应,我去报官了来。"提着枪只顾走。做了如此大事,林冲心里多少有些发慌,"投东去"是为了远离沧州城,他去哪里报官?

葫芦谐音"福禄",象征着安定惬意的生活,如果林冲长久待在草料场,葫芦会一直陪伴着他。现在他的囚徒生活已经破灭,就要丢掉苟安思想,至于那枚钥匙的去向,作者一字未提,草料场的大门都烧没了,多说一句都是累赘。

风雪为冷,焰火是暖,而风雪处处庇护林冲,草料场的火盆却难御寒,那场大火更是要置他于死地;老军为冷,陆谦为暖,初识之人留下火盆与葫芦与林冲御寒,而发小兄弟却非要置人于死地;乍入草料场为暖,离开草料场为冷,从希望到绝望,从苟且到抗争,从渴望入世到落草为寇,这是林冲心境的变化……

因高俅要害林冲,陆谦来到沧州;因管营、差拨贪贿,林冲被调至草料场;因等待这场大风,陆谦选择今夜放火;因朔风带来大雪,林冲居住的草厅被压塌;因天气寒冷,林冲外出沽酒避过一劫;因无处居住,林冲来到山神庙;因天寒风劲,大石头堵住了庙门;因无法入庙,陆谦等人在门外交谈;因无路可退,林冲终于爆发。

"风雪山神庙"一回,完美利用了八种道具,写尽冷暖,道明因果。最后留在林冲身边的,只有那柄能帮他复仇、助他继续战斗下去的花枪。

施耐庵笔下,了不得的大英雄踏入滚滚浊世,都有不同的景物做意象,姑且列举几人做个比较。

鲁智深离开五台山:"一日正行之间,贪看山明水秀,不觉天色已晚。"

武松乍做行者打扮,乘夜来到蜈蚣岭:"武行者立在岭头上看时,见月从东边上来,照得岭上草木光辉。"

林冲拿着柴进书信上梁山:"时遇暮冬天气,彤云密布,朔风紧起,又早纷纷扬扬下着满天大雪。"

鲁智深看山,他爱这个世界;武松看月,冷月当空,热血已凉。那二人都向上看,唯有林冲需看脚下,林冲踏雪因为他正一步步走向未知,且身心俱寒。

林教头风雪山神庙,冷煞人!

第九人：
杨志 —— 负重的独狼

杨志是个倒霉蛋，也是个苦命人。

作为一个单独立传、占了两三章文字的人物，杨志有自己完整的故事线。按理说，他武艺高强，又是将门之后，这一生本该风光顺遂才对，然而，他却过得比谁都惨。刚出场时，他就是失陷花石纲的罪人，来到东京买官运作，散尽家财后被迫卖刀，又惹上泼皮牛二，一怒之下杀人被发配大名府，凭借一身本领被梁中书看重，却又丢了生辰纲，只得落草二龙山……

杨志是三代将门杨老令公之后，他出生时杨家已经没落，因此，杨志的梦想就是封妻荫子、重振杨门雄风。于是他应试武举，一步步努力向上攀爬，然后又一次次猝不及防地跌落。他的生命中悲剧不断，以致得了个"天暗星"的称号，性格决定命运，而杨志的性格，很大程度上由他的出身决定。

性格缺陷

乍一出场，杨志就来到梁山的土地上。因为丢了花石纲，他搜集一担财物打算进京行贿，而林冲正在梁山脚下等待投名状。两个曾经的朝廷武将，一个还在为回归官员体系而努力，一个已经彻底投身草莽，以主流的视角看，他们处于堕落的不同阶段，林冲曾经体会过的绝望，杨志也将深切感受一遍。

作为名门之后，尤其是已经衰败的名门之后，杨志的压力巨大。他的自我介绍中说："洒家是三代将门之后，五侯杨令公之孙，姓杨名志，流落在此关西。年纪小时，曾应过武举，做到殿司制使官。"五侯杨令公便是北宋初期的名将杨继业，到徽宗年间，杨家荣光早已不再，如杨志这般嫡系子孙，也要靠武举才能谋得一官半职。殿司制使官是殿前司的外派武官，品级不高，顶头上司正是殿前司都指挥使高俅。

俗话说："县官不如现管。"寻常百姓都明白的道理，在殿前司行走多年的杨志居然不知道。因为押运花石纲出了差错，"洒家今来收得一担儿钱物，待回东京，去枢密院使用"。为了重返官场，杨志开始用金钱运作了，他显然是个实诚人，说"去枢密院使用"，真就只在枢密院使用。"回到东京，杨志央人来枢密院打点理会本等的勾当。将出那担儿内金银财物，买上告下，再要补殿司府制使职役。把许多东西都使尽了，方才得申文书。"

宋朝实行军权三分制，枢密院、三衙五厢和兵部这三个军事组织互相牵制、制约，共同行使掌兵、调兵、统兵之权。杨志使尽金银得到的文书，大概和今天的员工档案差不多，包含从前的工作履历和人事关系，理论上来说，得申文书就能还复原职。但杨志忽略了一件事，不搞定殿帅府都指挥使高俅，拿到一百份文书也没用。

那高俅把从前历事文书都看了，大怒道："既是你等十个制使去运花石纲，九个回到京师交纳了，偏你这厮把花石纲失陷了，又不来首告，倒又在逃，许多时捉拿不着。今日再要勾当，虽经赦宥所犯罪名，难以委用！"把文书一笔都批倒了，将杨志赶出殿司府来。高俅虽不是什么好东西，这番话语却说得有点儿道理，丢了花石纲畏罪潜逃，风声过了又想回来做官，这样没有担当的下属，我凭什么继续用你？

高俅本是个泼皮人物，以他的人品，绝对抵挡不住金银财帛的诱惑，但枢密院中处处沟坎，杨志积攒的一担财物已消耗殆尽，实在没有余力再来孝敬高俅了。这就是杨志行事粗疏的后果，七十二拜都拜了，就差最后一哆嗦。话说回来，杨志是有机会做回制使的，多攒点儿钱搞定高俅就行了，没准送出那口祖传宝刀都能达成所愿。他缺的是钱吗？是，也不完全是，杨志更需要弥补的是对待人情世态的敏感度。

行事粗疏欠思虑，这个性格缺陷改变了杨志的命运，并引出了当街卖刀、杀死牛二、发配大名府等一系列事件。这是他第一次低情商的表现，却不是最后一次，后面的一次言语不当，直接影响了他在梁山的发展前景。

"三山聚义打青州之后，二龙山、桃花山、白虎山并入梁山泊，晁盖大排筵席，庆贺新到山寨头领。杨志举起旧日王伦手内上山相会之事，众人皆道：'此皆注定，非偶然也。'晁盖说起黄泥冈劫取生辰纲一事，众皆大笑。"

林冲火并王伦之后，梁山就换了主人，新的领导班子已经给王伦定性：心胸狭隘、嫉贤妒能、推故不纳。因此在后来的水泊梁山中，第一任首领王伦毫无存在感，不但没留下灵位，连名字都无人提起。

别人当王伦是忌讳，但在杨志看来，这个白衣飘飘的男子却是世间罕有的伯乐。对王伦邀自己上山这件事，杨志始终放在心上。被高俅赶出殿帅府后，他心中还有"王伦劝俺，也见得是，只为洒家清白姓字，不肯将父母遗体来点污了"的念头。只是那时的杨志尚有做官的希望，当然不愿落草，此时再上梁山，念及故人，不由得心生感慨。

当然，杨志再傻也知道，现在的梁山是晁、宋的地盘，他提起王伦绝不是为了给人添堵，而是拉关系、套近乎。你们看，当年王伦首领就和我很投缘，如果那时我同意入伙，现在也算是梁山元老了。

可说者无心听者有意，既然说起王伦，晁盖等人难免会想起梁山小夺泊的过往，再稍微多想一点儿，如果杨志那时上了梁山，这场火并的变数可就多了……不对啊，你杨志是什么意思？替王伦抱不平吗？要知道，晁盖相当于踩着王伦的尸骨上位，杨志当着这么多人的面说起王伦，实在不像正常人的思维。

那就互相伤害呗！晁盖很自然地想起了上梁山的往事，最值得回忆的当然是智取生辰纲了。杨制使，可还记得那个炎热的夏天，可还记得那几个贩枣子的客人，黄泥岗上的酒水好喝吗？打人不打脸，骂人不揭短。杨志差点儿因为丢了生辰纲自寻短见，晁盖就这么当笑话说了出来。

晁盖就是这样的脾性，他没有宋江的城府，也没有吴用的心机，既然你杨志不识抬举，我就当面顶回去。话说回来，还是因为杨志自讨没趣,新入伙的头领有十二个,别人都安安生生的,就他废话多。

杨志在梁山上的存在感很弱,这与他的实力严重不符。他有不逊五虎将的实力,立功机会和斩将记录却不如索超、徐宁、史进等人,甚至比不上地煞中的孙立。这不只因为杨志情商低,还因为他有着第二个性格缺陷:抗压能力差,情绪易失控。说直接点儿就是"无能狂怒"。

通往成功的道路上,坚定的意志品质至关重要,古人称之为坚韧不拔、百折不挠,现代社会则创作了一个新词语——逆商。逆商是人们面对挫折时的处理方式,也就是面对挫折、摆脱逆境的能力,这种能力,有时比情商和智商更重要。

《水浒传》中有很多相似的事件,用以表现人物之间的差别。举个例子:林冲、武松、卢俊义三人都被押送发配,官差都有害人之心,结果林冲为鲁智深所救,卢俊义为燕青所救,只有武松是自救,这就足以证明,武松的逆商比林、卢都强。那么,杨志的逆商怎么样呢?

不客气地说,杨志的情商已经很低了,而他的逆商更是没有下限,在面对挫折、遭受打击时,杨志的表现堪称水浒中最差,没有之一。

第一次遇到挫折就是丢失花石纲,这段经历是杨志亲口说的,王伦只是问了一句"青面汉,你却是谁?愿通姓名",杨志便说了一大堆:"洒家是三代将门之后,五侯杨令公之孙,姓杨名志,流落在此关西。年纪小时,曾应过武举,做到殿司制使官。道君因盖万岁山,差一般十个制使,去太湖边搬运花石纲赴京交纳。不想洒家时乖运蹇,押着那花石纲来到黄河里,遭风打翻了船，失陷了花石纲，不能回京赴任，逃去他处避难。"

杨志这段话也不是无的放矢，首先，他强调自己是杨家将后人，目的是要回自己的财物。杨家三代保家卫国威名远扬，在官民中的声望很高，曾任兵部尚书的欧阳修在《供备库副使杨君墓志铭》写道："父子皆为名将，其智勇号称无敌。"这里的父子指的就是老令公杨业和他的长子杨延昭。对此刻的杨志来说，先祖荣光是他唯一的倚仗："不想被你们夺了。可把来还洒家如何？"

然后，杨志说起自己的悲催经历时用了"时乖运蹇"一词，十个制使运花石纲，只有自己遭遇风浪，真是太倒霉了。然后，杨志就自然而然地认为，自己不能回京赴任，只能逃去他处避难。这就是弱者的思维方式，遇到挫折就埋怨，闯了祸就逃避责任。

看看在类似情形下朱仝是怎么做的，"乘后面僻静处开了枷，放了雷横，分付道：'贤弟自回！快去家里取了老母，星夜去别处逃难。这里我自替你吃官司。'料着雷横去得远了，却引众人来县里出首。"义释好友后认罪服法，这才叫敢作敢当。

杨志因天气原因丢了花石纲，怎么也犯不上死罪，老老实实复命，终能等到大赦的一天，而他却一走了之，结果被高俅骂得狗血淋头。

官复原职失败，这是杨志受到的第二个挫折，功亏一篑的杨志恨透了高俅，他没有反思自己，依旧怨天尤人发出感叹："指望把一身本事，边庭上一枪一刀，博个封妻荫子，也与祖宗争口气。不想又吃这一闪！高太尉，你忒毒害，恁地克剥！"梁山好汉中也有不少朝廷官吏，为了做官上下打点的只有杨志一个，他懂些人情世故，却又懂得不透彻。

第九人：杨志——负重的独狼 159

杨志有自己的理想，他并不想始终做一个跑腿的殿前制使，而是要和先祖一样上阵杀敌、驰骋疆场。论武艺，杨志和林冲、呼延灼、鲁智深都有过几十回合的大战，马上步下都有五虎将的水准。这样一身好武艺，却没有征战沙场、建功立业的机会，只能做一些押送工作，实在是大材小用。在被高俅赶出殿帅府之后，他连打杂跑腿的机会都没有了。更惨的是，在客店里又住几日，盘缠都使尽了。

人们常用"秦琼卖马"的典故形容英雄落魄。平心而论，"杨志卖刀"比"秦琼卖马"要惨得多。秦琼只是没有路费回家，杨志则是丢了工作、耗光家财，连唯一有价值的祖传宝刀都留不住了。对杨志来说，这柄宝刀是他最后的尊严，而尊严，也只是用来换碗饭吃，此情此景，他的失落、愤郁、怨恨都堆积到了顶点。

身怀绝技、手提宝刀、心情极差的杨志走在东京街头，就像一个裸露着引线的炸药包，这时，一个叫牛二的泼皮好死不死举着火把凑了过来。

遇到牛二是杨志的第三个挫折。身为将门之后，自幼练武考取武举，又在中央机构任职，杨志显然没有市井生活的经历，像牛二这种人他可能一辈子都没见过。

牛二是什么人，书中写得明白："只见两边的人都跑入河下巷内去躲。杨志看时，只见都乱撺，口里说道：'快躲了！大虫来也。'当下立住脚看时，只见远远地黑凛凛一大汉，吃得半醉，一步一撅撞将来。杨志看那人时，形貌生得粗丑。但见：面目依稀似鬼，身材仿佛如人。权枒怪树，变为肐膊形骸；臭秽枯桩，化作腌臜魍魉……"

对牛二这个人，作者极尽贬损之语，将一个丑陋、肮脏的无赖形象展露无遗，为接下来要发生的事做好了铺垫。这个癞蛤蟆一样不咬人硌硬人的角色出现，是对杨志的莫大考验。

牛二是京师有名的破落户泼皮，专在街上撒泼行凶撞闹，开封府也治他不下。那么，牛二靠的是什么呢？真正有本事、有气概的人当然不会做泼皮。和大多数泼皮一样，牛二所依仗的无非是两样东西：第一，欺软怕硬；第二，无底线地死缠烂打。

东京城是北宋都城，是卧虎藏龙之地，高官皇胄多居于此。能在东京地面上混出名堂并非一件容易的事。要想活得长久，最紧要的本领就是有眼色，认得出坐地虎、辨得清过江龙，一旦看走了眼，轻则丢脸，重则丢命。

牛二当然有这个本事，他只扫一眼就知道，卖刀的这个汉子，自己惹得起，因为杨志的一身行装暴露了他的身份——一个落拓军汉。"头戴一顶范阳毡笠，上撒着一把红缨，穿一领白段子征衫，系一条纵线绦，下面青白间道行缠，抓着裤子口，獐皮袜，带毛牛膀靴，挎口腰刀，提条朴刀。"

范阳笠诞生于五代十国时期，一般以皮革或者毛毡制成，半球状帽体，帽檐宽大。遮阳挡雨十分方便，因此在军队中很是流行。《水浒传》中戴过范阳笠的好汉有很多，其中以林冲头戴范阳笠，拿红缨枪挑酒葫芦的形象流传最广，因此范阳笠又被称为"林冲帽"。征衫，指的是远行客穿的衣衫，行缠则是绑腿布。宋江离家逃避官司时，也是类似的穿着："宋江戴着白范阳毡笠儿，上穿白段子衫，系一条梅红纵线绦，下面缠脚，衬着多耳麻鞋。"

这样一身装束站在街头，一看就不是本地人，加之陷入插标卖刀的窘迫境地，在牛二眼中，杨志就成了可欺之人。因此，牛二的举动十分无礼："抢到杨志面前，就手里把那口宝刀扯将出来。"牛二从一开始就没打好主意，他要强取豪夺这柄宝刀，而杨志迟钝到什么程度？他居然觉得牛二是诚心买刀的顾客！

牛二问价，杨志便答，牛二问为何这么贵，杨志便说出三样好处："第一件，砍铜剁铁，刀口不卷；第二件，吹毛得过；第三件，杀人刀上没血。"这里又看出杨志的口无遮拦，东京闹市街头，说出"杀人刀上没血"这样的话，也正是这句话被牛二抓住破绽，纠缠不休。

杨志依次演示了刀劈铜钱和吹毛断刃，然后，牛二就"怎地杀人刀上没血"一事与杨志充分交换了意见，双方未达成共识。牛二撒泼捣乱一番，说出了自己的真实想法——"我要你这口刀"。杨志直到此时才知道，原来这人不是来买刀的。

在此之前，杨志始终秉承"顾客就是上帝"的宗旨，要砍铜钱就砍铜钱，要割头发就割头发，本以为遇到个诚心顾客，没想到和一个杠精纠缠了半天，换作是谁都会火冒三丈。而在牛二看来，言听计从的杨志就是个软柿子，想怎么拿捏就怎么拿捏。

一个在积蓄怒火，另一个却得寸进尺。"我鳖鸟买你这口刀。""我要你这口刀！""你好男子，剁我一刀！"牛二的追魂三句，将杨志仅存的一点儿理智消磨殆尽，真正让事态失控的是牛二最后一句话："你说我打你，便打杀值甚么！"一面说，一面挥起右手，一拳打来。

市井中厮混的泼皮，十句话没有一句话是真的，喊着打杀也不过是口嗨恫吓。而杨志这样的人，永远不会像牛二一样喊打喊杀，他只要动了杀心，就直接下手。杨志和牛二，根本就不是一类人,杨志能忍受枢密院的刁难和高俅的驱逐,却无法忍受牛二的无赖行径,身为将门之后,这完全可以理解。这场杀人血案,固然有地位差别、沟通障碍产生的误会,但杨志性情愚直、逆商低下绝对是主因。

被人纠缠的好汉不只杨志一个,我们看看别人是如何应对的。鲁智深刚到大相国寺时,泼皮张三、李四带着三四十人来捣乱。"智深不等他占身,右脚早起,腾的把李四先踢下粪窖里去。张三恰待走,智深左脚早起,两个泼皮都踢在粪窖里挣侧。后头那二三十个破落户,惊得目瞪口呆,都待要走;病大虫薛永在揭阳镇卖艺,被穆春为难。那个使枪棒的教头从人背后赶将来,一只手揪住那大汉头巾,一只手提住腰胯,望那大汉肋骨上只一兜,踉跄一跤,颠翻在地。那大汉却待挣扎起来,又被这教头只一脚踢翻了;没面目焦挺路遇李逵挑衅,李逵便抢将入来,那汉子手起一拳,打个搭墩。李逵大怒,正待跳将起来,被那汉子肋罗里又只一脚,踢了一跤。"

鲁智深、薛永、焦挺都是行走江湖的老油条,面对威胁,他们几乎做出了同样的选择:先下手为强,让对手丧失还手能力。杨志没有制伏牛二的能力吗?当然不是,他完全可以暴揍牛二一顿,甚至将其断手断脚后一走了之,为什么要采取最极端的手段?只能说杨志的心理素质太差,一个小混混都能让他彻底破防,本来是一场实力悬殊的较量,由于他情绪失控,反而将自己搭了进去。

从卖刀事件可以看出,杨志的办事能力实在是差得一塌糊涂,更可怕的是,他对此毫无自知之明。失陷花石纲让杨志始终耿耿于怀,他将此归咎于时运不济,并一直想找机会证明自己。

于是，到了大名府后，他又接了押送生辰纲的任务。

令人始料未及的是，这次杨志非但没有成功正名，反而暴露了第三个致命的性格缺陷：急功近利，极度自我，也再度证明了他的平庸无能。这也直接导致杨志威信扫地、人心离散，将生辰纲送入他人怀抱。

1984年，作家路遥正在创作小说《平凡的世界》，他将全书的整体框架构思完毕，却因不知如何切入主题、引出人物关系而整整苦恼了一个冬天。一天半夜，路遥的脑袋里忽然冒出"老鼠药"三个字，他激动得浑身直打哆嗦，立刻打开台灯，在纸上郑重地写下"老鼠药"三个字，于是这本书中才有了王满银贩卖老鼠药被批斗的精彩情节。就这么一个灵感，引出了书中七十多个主要人物，完全可以说是"神展开"了。

论重要程度，"智取生辰纲"这出戏份绝不亚于《平凡的世界》中的"老鼠药"，精彩程度更是有过之而无不及。

从故事进展来看，杨志这个角色的意义重大。因杨志发配大名府引出梁中书，又因蔡京过寿引出生辰纲，才有刘唐、吴用、公孙胜等人闻风而至，引出七星聚义。而后杨志逃亡遇曹正、鲁智深，三人夺取二龙山落草，晁盖等人得宋江传讯而投奔梁山，火并王伦后奠定了梁山基业。一个生辰纲，改变了多少好汉命运！一直担纲主角的杨志只是为晁盖、吴用做了引子，而晁、吴又为更重要的宋江打了前哨。这一整段文字，笔锋下虚实相间，对人物取舍果决，"智取生辰纲"之妙味，丝毫不逊"风雪山神庙""醉打蒋门神"等诸篇雄文。

"智取生辰纲"之妙

"生辰纲"之源头，始于梁中书提拔杨志，这就难免让读者产生疑问：发配到大名府的犯人成百上千，为何梁中书偏偏看重杨志，难道这就是主角效应吗？

《水浒传》虽是虚构作品，但其中的人情、人心、人性写得都极现实，并不存在为主角大开方便之门的嫌疑。梁中书看重杨志，因为他是真的想提拔杨志做自己的心腹。

首先，梁中书早就认得杨志，至少有过几面之缘；其次，杨志是戴罪之身，现在拉他一把属于雪中送炭，更容易获得杨志的感激与忠诚；再次，大名府一众武将与梁中书并非一心，上次的生辰纲就是这群人弄丢的，他迫切需要提拔一个有本事的心腹；最后也是最重要的一点，杨志是名将之后。但凡祖上有过荣光的武将，他们最大的梦想就是光宗耀祖，这类人热衷功业，用着最放心。

梁中书能混成蔡京的女婿，可以说此人绝非等闲之辈，他对杨志的态度体现了一定的政治智慧：杨志是配军，直接提拔不合规矩，因此当厅就开了枷，留在厅前听用。这么做一是等待时机，二是更深入地了解杨志。而杨志早晚殷勤，听候使唤，梁中书才见他勤谨，有心要抬举他。抬举也需有个名目，"（梁中书）只恐众人不伏，因此传下号令，教军政司告示大小诸将人员，来日都要出东郭门教场中去演武试艺"。

这是梁中书专门为杨志搭台唱戏，而且是一场杀鸡儆猴的大戏，副牌军周谨就是那只鸡。演武之前，梁中书就对杨志说"我有心要抬举你做个军中副牌"，演武刚一开始，梁中书就传下令来,叫唤副牌军周谨向前听令。也不知周谨怎么得罪了顶头上司,总之梁中书就是看他不爽。

其实梁中书针对的并不是周谨,而是借一个副牌军敲打兵马都监李成和正牌军索超等人。杨志比枪胜了周谨,梁中书立刻要赶走周谨,"量你这般武艺,如何南征北讨,怎生做的正请受的副牌?教杨志替此人职役"。李成则为周谨说情,"再教周谨与杨志比箭如何?"杨志再胜周谨,梁中书则片刻不等,"叫军政司便呈文案来,教杨志截替了周谨职役"。这时周谨的师父索超站出来解释:"周谨患病未痊,精神不在,因此误输与杨志。小将不才,愿与杨志比试武艺。"

再看梁中书和李成的反应:

梁中书教甲仗库随行官吏,取应用军器给与,就叫:"牵我的战马,借与杨志骑。小心在意,休觑得等闲。"

李成分付索超道:"你却难比别人,周谨是你徒弟,先自输了。你若有些疏失,吃他把大名府军官都看得轻了。我有一匹惯曾上阵的战马并一副披挂,都借与你。小心在意,休教折了锐气!"

梁中书是大名府一把手,上马管军,下马管民,却也难免落入宋朝文武不和的窠臼。武将们拉帮结派,并非为了与文官抗衡,而只是为了保住属于武人的利益,因为他们立再大功劳都无法取代文官的位置。杨志是有本事的武将,如果他在军中立威,再加上梁中书心腹的身份,对李成等人将是巨大的威胁。

杨志和索超打成平手,梁中书顺水推舟,叫军政司将两个都升做管军提辖使,便叫贴了文案,从今日便参了他两个。牌军无论正副,都是低级军官,梁中书随口就可任命,而管军提辖使是要向朝廷上报、在兵部备案的，这个跨度着实不小。杨志梦寐以求的"吃皇粮"待遇终于又可以实现了！

梁中书家端午节家宴上，生辰纲第一次被提起，蔡夫人道："相公这功名富贵从何而来？"梁中书道："人非草木，岂不知泰山之恩，提携之力？感激不尽！"蔡夫人道："丈夫既知我父亲之恩德，如何忘了他生辰？"梁中书道："下官如何不记得！泰山是六月十五日生辰，已使人将十万贯收买金珠宝贝……只是一件，在此踌躇：上年收买了许多玩器并金珠宝贝，使人送去，不到半路，尽被贼人劫了……今年教谁人去好？"

蔡夫人与梁中书的对话，暴露了几个重要信息：第一，梁家弱婿骄妻，蔡夫人比梁中书说话硬气，因为梁世杰是蔡京提拔上来的；第二，蔡京的生辰是六月十五，十万贯生辰纲已经准备好；第三，去年的生辰纲被人劫了，而今年押送生辰纲的人选还没找到。

这就是名著，信息密集程度恐怖如斯，有了上述内容，还可以推演出更多信息：蔡太师的生辰是不会变的，去年六月十五，今年也一定是；去年有贼人拦路抢劫，今年会不会有？从梁中书的语气看，八成是有的。这就是北宋末年的荒诞景象，贺礼都无法保证安全送到，蔡太师的生辰仍要大操大办，朝廷权力最大的官员贪腐至此，不亡国才怪。

此时镜头从大名府转到山东郓城县，先出场的是两位都头朱仝与雷横，紧接着刘唐、晁盖、吴用、阮氏三雄、公孙胜等人悉数登场。刘唐与公孙胜带着生辰纲的消息先后来到东溪村，可见关注生辰纲的人很多，很有可能不只晁盖这一伙人。晁盖这伙人能最终胜出，可见他们的综合实力还是相当强的。

晁盖道："吴先生，我等还是软取，却是硬取？"吴用笑道："我已安排定了圈套，只看他来的光景。力则力取，智则智取。我有一条计策，不知中你们意否？如此如此。"在晁盖和吴用的一问一答中，生辰纲还未启程，似乎已有了归处。梁中书为岳父蔡京送礼贺寿，当然不容有失；七星聚义要做大事，对生辰纲志在必得。一场大戏就这样缓缓拉开了序幕。

《水浒传》中共有五次提到"不义之财"，全都是用来形容生辰纲。刘唐、晁盖、吴用、三阮、公孙胜等七人的看法出奇一致，这是来自游民、小吏、底层读书人、底层穷人、出家人的共同认知：大名府留守司搜集十担金银送给他的岳父、当朝太师，这种上层阶级的交易尽是民脂民膏，而晁盖等七人则是平民百姓中的觉醒者！他们的觉醒为这次事件奠定了正义的基调，拦路抢劫的实质是官民矛盾，违法行为成了平民反抗官员贪腐的斗争。

"智取生辰纲"一节采用典型的双线叙事，杨志押送生辰纲是明线，晁盖等七人与白胜则是暗线。故事从梁中书将差事交给杨志开始，可实际上推荐杨志的并不是梁中书，而是不冠夫姓的蔡夫人。

梁中书道："上年费了十万贯收买金珠宝贝，送上东京去。只因用人不着，半路被贼人劫将去了，至今无获。今年帐前眼见得又没个了事的人送去，在此踌躇未决。"蔡夫人指着阶下道："你常说这个人十分了得，何不着他委纸领状送去走一遭，不致失误。"梁中书看阶下那人时，却是青面兽杨志。梁中书道："你若与我送得生辰纲去，我自有抬举你处。"杨志叉手向前禀道："恩相差遣，不敢不依！"

提拔杨志就是为了生辰纲，那为何不直接任命？这就是梁中书的老道之处。他虽然对旧人去年丢失生辰纲不满，却还要与之共事，不好亲口委任新人，便借着蔡夫人之口说出，毕竟押送生辰纲算是蔡家的内部事务，属于私事。

可想而知，当英雄失路的杨志接下押送"生辰纲"这份重任，他心中该是何等欣喜、何等珍惜。这不仅是为了自己，也是为了回报梁中书的知遇之恩。因为太过重视，杨志在第一时间就提出意见，也正是从反对梁中书开始，杨志亲手埋下了失败的祸根。

梁中书对如何押送生辰纲一定深思熟虑过，去年的生辰纲就被劫了去，今年再被劫走，实在说不过去，因此他准备了一套成熟的方案："着落大名府差十辆太平车子，帐前拨十个厢禁军监押着车。每辆上各插一把黄旗，上写着'献贺太师生辰纲'。每辆车子再使个军健跟着。三日内便要起身去。"

乍看上去，这种押送方式太过冒险，世人都知"财不外露"，如此大张旗鼓简直是欺绿林无人。但仔细想想，梁中书为官多年，怎么会是笨人，他这是典型的"狐假虎威"。从大名府到东京（今河北省邯郸市大名县到河南省开封市）有四百余里路，沿途盗贼强人不绝，若从大名府派兵押送，少说也要几百人，一路人吃马嚼下来，消耗巨大。因此，梁中书干脆将押送之物明示，这就是给太师的贺寿礼物！如此一来，沿途州府得知，必定派兵护送，倘若这份大礼在自己辖地出了差错，谁担当得起？太师只轻飘飘一句"限时捉拿案犯"，落到任一个知府知州头上都是一座大山。

可惜杨志没领会梁中书的意图，这就是他性格中极度自我的体现：不懂得乘时乘势、借用外力，只相信自身的力量。杨

第九人：杨志——负重的独狼 169

志道:"非是小人推托,其实去不得!乞钧旨别差英雄精细的人去。"

梁中书好不容易寻到合适的人选,哪能随便换人,道:"我有心要抬举你,这献生辰纲的札子内另修一封书在中间,太师跟前重重保你,受道敕命回来。如何倒生支调,推辞不去?"

听梁中书如此承诺,杨志恨不得把这条命交了出去,于是运用毕生所学出了一个馊主意:"若依小人说时,并不要车子,把礼物都装做十馀条担子,只做客人的打扮行货。也点十个壮健的厢禁军,却装做脚夫挑着。只消一个人和小人去,却打扮做客人,悄悄连夜送上东京交付。恁地时方好。"

梁中书应承了下来,却又横生枝节:"夫人也有一担礼物,另送与府中宝眷,也要你领。怕你不知头路,特地再教奶公谢都管并两个虞候,和你一同去。""奶公谢都管"是什么人?梁中书妻子的奶妈的丈夫,这是蔡太师府上陪嫁过来的家奴,妥妥的自己人,相比之下杨志反倒成了外人,这是明摆着的不信任。

胳膊拧不过大腿,杨志只能答应下来,即使梁中书道:"这个也容易,我叫他三个都听你提调便了。"聪明人都知道,这种承诺毫无意义,但杨志相信:"若是如此禀过,小人情愿便委领状。倘有疏失,甘当重罪!"

杨志反对大张旗鼓押送,改为便服潜行,这种方式固然隐蔽,却也掩藏了生辰纲的行迹。"掩藏"十万贯生辰纲,这举动让梁中书起了疑心,才派出老都管监视,他以为这样万无一失,却忘记了最简单的道理:一山不容二虎,一军不容二主。表面上杨志说了算,但老都管背靠蔡家,是杨志绝对惹不起的人物。

一个踌躇满志的脱罪配军,一个自恃身份的相府奴仆,矛盾基础已经建立起来，而作者还嫌冲突激烈程度不够，又加入了一个大杀器：炎热的天气。看那军人担仗起程，杨志和谢都管、两个虞候监押着，一行共是十五人，此时正是五月半天气，虽是晴明得好，只是酷热难行。除此之外，还有另一条无形的鞭子：时限。生辰纲是贺寿所用，只可早不可迟，因此今日杨志这一行人，要取六月十五日生辰，只得在路途上行。

有了天气与时限的约束，这场押送就像绑上了一个定时炸弹，让杨志心如火焚。他的前途都在生辰纲上，当然不容有失。可惜尽心竭力的只有杨志一人，对老都管、虞候和挑担的厢禁军来说，这只是一场苦差事而已。

杨志若是聪明人，早就应该认识到这点，甜言蜜语也好，空头支票也罢，无论如何也要将所有人捆绑成利益共同体，才能增加押送成功的几率。很遗憾，杨志缺的就是这个本事，他固然小心了、谨慎了，却因急功近利搞垮了人心，怎能到得了东京？

对待挑担的厢禁军，杨志粗暴狠戾，完全不把下属当人。一站站都是山路。杨志却要辰牌起身，申时便歇。那十一个厢禁军，担子又重，无有一个稍轻。天气热了，行不得，见着林子便要去歇息。杨志赶着催促要行，如若停住，轻则痛骂，重则藤条便打，逼赶要行。

对待品级比自己低的两个虞候，杨志言辞无礼，没有半点儿沟通技巧。"两个虞候虽只背些包裹行李，也气喘了行不上。杨志也嗔道：'你两个好不晓事。这干系须是俺的！你们不替洒家打这夫子，却在背后也慢慢地挨，这路上不是耍处。'"那虞候道："不是我两个要慢走，其实热了行不动，因此落后。前日只是趁早凉走，如今怎地正热里要行？正是好歹不均匀。"杨志道：

第九人：杨志——负重的独狼　171

"你这般说话,却似放屁。前日行的须是好地面,如今正是尴尬去处,若不日里赶过去,谁敢五更半夜走?"

于是,虞候和厢禁军都来找老都管告状,老都管对虞候道:"且奈他一奈!"又对厢禁军道:"你们不要怨怅,巴到东京时,我自赏你。"这些劝慰、拉拢的话语,其实都该由杨志说出来才对。

杨志就这样站在了所有人的对面,刚出发时他还是梁中书亲口应承的主事人,行程未半,老都管已经取代了他的位置,悲催的是杨志并不自知,依旧我行我素:"一路上赶打着,不许投凉处歇。那十一个厢禁军口里喃喃讷讷地怨怅,两个虞候在老都管面前絮絮聒聒地搬口。老都管听了,也不着意,心内自恼他。似此行了十四五日,那十四个人,没一个不怨怅杨志。"

怨气逐渐积蓄,已成溃堤之势,一行人也来到了杨志的宿命之地——黄泥冈。"约行了二十余里路程。那军人们思量要去柳阴树下歇凉,被杨志拿着藤条打将来,喝道:'快走!教你早歇。'"这已是文中第六次提到"藤条",杨志从一开始就没有别的手段,只会用藤条殴打,简单粗暴地将矛盾激化到了顶点,此时,作者又火上浇油似的加了一段天气描写:"众军人看那天时,四下里无半点云彩。其时那热不可当。但见:热气蒸人,嚣尘扑面。万里乾坤如甑,一轮火伞当天。四野无云,风突突波翻海沸;千山灼焰,必剥剥石烈灰……"

天气炎热难耐,行路人疲累不堪,人心分崩离析……如此天时地利人和尽失的态势下,杨志驱赶着押运队伍踏上了黄泥冈,在这里,老都管终于忍无可忍,和杨志唱起了对台戏。

老都管基本是个局外人,他虽然奉梁中书命监视杨志,但生辰纲并不干系他的身家性命。十万贯生辰纲，听上去是天大的事，能结结实实将杨志压死，但对老都管来说，首先他不是第一责任人，其次他是蔡京家人，十万贯生辰纲也不过是蔡太师众多生辰礼物中的一件而已，即使丢了，也不影响他继续做奶公。老都管之所以开口约束杨志，有两个原因：第一，杨志的行为太过跋扈，连他也看不过去；第二，不只厢禁军难捱，老都管同样又累又热，他也想歇一歇。

"那十四人都去松阴树下睡倒了。杨志说道：'苦也！这里是甚么去处，你们却在这里歇凉！起来，快走！'众军汉道：'你便剁做我七八段，其实去不得了。'杨志拿起藤条，劈头劈脑打去。打得这个起来，那个睡倒，杨志无可奈何。"

到了这时，场面已经完全失控，杨志的刻薄寡恩让厢禁军彻底心冷，而协助押送生辰纲的老都管这时做了什么？他没有帮助收拾局面，反而夹枪带棒地讥讽、羞辱杨志，杨志一个武人，自然不如他牙尖嘴利，几句话交锋下来，仅余的一点儿威信也荡然无存了。

杨志一直催促众人赶路，老都管看不过去，出言相劝："权且教他们众人歇一歇，略过日中行如何？"

之前的杨志对老都管还是客气的，他知道这是蔡夫人的奶公，不是自己能惹得起的，但此刻他心焦难耐，看谁都是猪队友，便道："你也没分晓了，如何使得！"这等于指着鼻子骂"你也糊涂"，就是这句话激怒了老都管。

待杨志再拿起藤条打人时，老都管直接放出大招，喝道："杨提辖且住！你听我说。我在东京太师府里做奶公时，门下官军见了无千无万，都向着我喏喏连声。不是我口浅，量你是个遭死的军人,相公可怜,抬举你做个提辖,比得草芥子大小的官职,值得恁地逞能。休说我是相公家都管,便是村庄一个老的,也合依我劝一劝。只顾把他们打,是何看待!"这几句话简直诛心。先借太师府的名头狐假虎威,抬高自己身价,再指出杨志罪囚身份,贬损他身份低微,又倚老卖老占据道德高地,争取其他人的支持。

这番话让杨志十分窝火,却打不得骂不得,只能以大局为重,暗指老都管不懂江湖险恶:"都管,你须是城市里人,生长在相府里,哪里知道途路上千难万难。"

老都管见杨志服软,态度上更加不屑,道:"四川、两广也曾去来,不曾见你这般卖弄。"

杨志道:"如今须不比太平时节。"这句话又被老都管抓住破绽,反驳道:"你说这话该剜口割舌,今日天下怎地不太平?"如此上纲上线,非宰相家奴没有这等功夫,这一顶大帽子扣下来,杨志再无话可说。

这时,劫取生辰纲的团队粉墨登场,他们扮成卖枣子的客商,又让白日鼠白胜扮作卖酒汉子,准备上演一出早已设计好的"藏药于瓢"的戏码。这出戏设计巧妙,但要想成功,有一个重要前提:押送生辰纲这一众人必须要主动买酒,否则这段故事就不算"智取",而是"强夺"。

晁盖八人的成功,要归功于他们的齐心协力;杨志失败,皆因人心离散。如果杨志擅长拉拢人心,让厢禁军唯命是从,晁盖想取生辰纲也要费一番力气。但从拿起藤条的那一刻,杨志就已经失去了人心,将主导权拱手让给了老都管,这也是杨志无法约束厢禁军的根本原因。

天气炎热，军汉们见了酒水，正如沙漠中遇到甘泉，想要买酒却被杨志阻拦。军汉们转而求老都管——他们早看清了，只有老都管能制住杨志。

"老爷爷，与我们说一声。那卖枣子的客人买他一桶吃了，我们胡乱也买他这桶吃，润一润喉也好。其实热渴了，没奈何，这里冈子上又没讨水吃处。老爷方便！"老都管见众军所说，自心里也要吃得些，竟来对杨志说。若无老都管在，杨志便是说一不二的地位，以他对待生辰纲的慎重程度，军汉们是吃不上酒的，别说吃酒，恐怕连黄泥冈上都不得停留，就被杨志赶了下去。追溯前因，梁中书画蛇添足的一个安排，葬送了这批生辰纲。

"老都管自先吃了一瓢，两个虞候各吃一瓢。众军汉一发上，那桶酒登时吃尽了。杨志见众人吃了无事，自本不吃，一者天气甚热，二乃口渴难熬，拿起来，只吃了一半。"一行十五人都吃了下药的酒水，生辰纲也彻底换了主人。

回溯整个过程，不难发现杨志犯了很多错误，那么，生辰纲到底有没有可能平安送到东京？或者说杨志怎么才能成功呢？其实并不难，只要杨志不逞强、不揽责任，依照梁中书的安排行事即可。遇到强人，兵来将挡就是，真打不过被抢走了，也不是他的过错。一个带着官方背景的护送任务让杨志搞得跟做贼似的，殊不知，再隐蔽也是我在明处敌在暗处，再谨慎也抵不住有心算无心。

再说回智取过程，吴用的计策究竟妙在何处呢？"原来挑上冈子时，两桶都是好酒。七个人先吃了一桶。刘唐揭起桶盖，又兜了半瓢吃，故意要他们看着，只是教人死心塌地。次后，吴

第九人：杨志——负重的独狼　175

用去松林里取出药来，抖在瓢里，只做赶来饶他酒吃，把瓢去兜时，药已搅在酒里，假意兜半瓢吃，那白胜劈手夺来，倾在桶里。这个便是计策。那计较都是吴用主张。这个唤作'智取生辰纲'。"

原文说得已经足够清楚，"智取"之精华都在一兜、一夺之中。这里需要解释两个细节：第一个细节，椰瓢。

《水浒传》成书时间在元末明初，许多生活细节都是明朝所有，椰瓢就是其中之一。北宋时已有椰瓢，但并未大规模流行，直到明朝才盛行开来。明朝万历年间礼部尚书于慎行曾有记录，跟随皇帝出行的大臣都会被赏赐三样东西：绣春刀、椰瓢和茄袋（荷包）。在民间，许多酒肆没有酒旗酒幌，直接在门外挂一个椰瓢，足以证明椰瓢与酒水关系之紧密。在明代，椰瓢是上得朝堂，下得江湖的实用型生活用品，已经得到官方和民间的广泛认可。

那么黄泥冈上的椰瓢是怎么出现的呢？"两个客人去车子前取出两个椰瓢来，一个捧出一大捧枣子来。七个人立在桶边，开了桶盖，轮替换着舀那酒吃。"原来是晁盖等七人自带的，这就解释了他们为何扮作贩枣客商，而非其他货品。

枣子浑圆散落，不方便拿取，用椰瓢盛枣子是卖枣人惯常之事，因此他们取出椰瓢才不让人生疑。

第二个细节，欲擒故纵。

先前众军汉要买酒吃，杨志道："你这村鸟理会的甚么！到来只顾吃嘴，全不晓得路途上的勾当艰难。多少好汉，被蒙汗药麻翻了。"那挑酒的汉子看着杨志冷笑道："你这客官好不晓事，早是我不卖与你吃，却说出这般没气力的话来。"

后面杨志见晁盖等人都喝了酒，寻思道："俺在远远处望，这厮们都买他的酒吃了，那桶里当面也见吃了半瓢，想是好的。"于是不再阻拦买酒，（众军汉）凑了五贯足钱来买酒吃。那卖酒的汉子道："不卖了，不卖了！"便道："这酒有蒙汗药在里头。"

白胜两次拒绝，彻底解除了杨志的警惕性，最后也端起椰瓢喝了半瓢酒。

通过这两个细节，足以看出吴用等人做足了准备功夫，甚至做过许多次排练预演，以应对押送人员的不同反应。正因他们将细节做到极致，才有后面水到渠成的成功。

黯然离场

丢了生辰纲，杨志首先想的不是报官，也不是想办法将生辰纲夺回来，而是"教俺如何回去见得梁中书"，他的第一反应是愧对梁中书的知遇之恩。然后扯破了领状（旧时向官府领取钱物时出具的字据），心道："如今闪得俺有家难奔，有国难投，待走哪里去？不如就这冈子上寻个死处！"撩衣破步，望黄泥冈下便跳。

印象之中，梁山好汉大多是钢筋铁骨的硬汉，遇着挫折便寻死的实在少见。杨志的做法绝非好汉行径，他心理素质差，但他心里也是真的苦。押送生辰纲是他唯一翻身的机会，杨志加倍小心谨慎，最后却落得如此结果，更要命的是，他得罪了高俅、梁中书、蔡京三个重量级人物，再也无法踏入仕途。对一个将门之后、历代忠良的人来说，和杀了他也没什么分别。

好在杨志悬崖勒马，忽然间就想通了："不如日后等他拿得着时，却再理会。"这句话意味着杨志的破罐子破摔，等你捉住我再说，最坏又能怎样？曾经的杨制使、杨提辖，从今往后不要体面，只要活着！

然后，杨志就走到了路旁一家酒店，吃了一顿霸王餐。店主讨要饭钱时，杨志道："待俺回来还你，权赊咱一赊。"说了便走。

平心而论，杨志也曾是厚道人。他在东京没盘缠时，就老老实实去卖刀，并无丝毫邪念；与周谨比试射箭时，曾有"他和我又没冤仇，洒家只射他不致命处便了"的仁心；王伦、梁中书待他有恩，他都念念不忘。但"岁寒知松柏，事难见君子"，林冲逃离草料场后抢人酒喝，武松孔家庄夺人肉食，史进流落江湖拦路劫道……都是一般的走投无路。

天无绝人之路，酒店主人是林冲的徒弟曹正，作为情节的"纽扣"，曹正将杨志、鲁智深和二龙山系在了一起。他提供信息、出谋划策，圆满客串了一次军师的角色。没办法，杨志和鲁智深虽不是笨人，却都属"无谋"之人，只能让曹正上了。

夺取二龙山后，杨志就和鲁智深一样退出台前，只是江湖上偶有名声传播。再次登场已是三年之后，做了三年的山大王，杨志已完全接受了自己的匪首身份，因此当桃花山求援时，杨志如此道："俺们各守山寨，保护山头，本不去救应的是。洒家一者怕坏了江湖上豪杰，二者恐那厮得了桃花山便小觑了洒家这里。"

接下来到了三山打青州的重要关口，杨志一席话，改变了二龙山的命运。鲁智深便要聚集三山人马，前去攻打。杨志便道：

"若要打青州，须用大队军马方可打得！俺知梁山泊宋公明大名……孔亮兄弟，你可亲身星夜去梁山泊，请下宋公明来并力攻城，此为上计。"

杨志和宋江并无瓜葛，为何要向梁山泊求助？因为杨志很清楚，三山实力太弱，又无攻城器械，根本打不下青州城；另外，杨志落草为寇本就是不得已而为之，一旦有机会，他当然想博取功名恢复祖上荣光，但鲁智深和武松对朝廷敌意太重，二龙山永远不可能走上招安的道路，只能将希望寄托在梁山。

杨志难得做出了一次正确选择，随着晁盖的地位渐渐被宋江取代，梁山泊的政治主张越来越倾向于归附朝廷。可惜的是，即使梁山全伙招安，也不意味着杨志就能达成心愿。他随着梁山大军征辽、征田虎、征王庆，立下许多功劳，却在征讨方腊前病倒在丹徒县。

梁山八骠骑第三位，位列第十七位座次的好汉，天暗星杨志，他的最终命运只有两句话。第一句是生病时，"除杨志患病不能征进"；第二句是梁山大军班师还朝时，"丹徒县又申将文书来，报说杨志已死"，就这么二十余字，将杨志的命运交代得干干净净。

杨志"天暗星"称号之悲剧性，不在"暗而无光"，而在每每光明之门开启时，总有一只命运的大手将这扇门关死，拒杨志于门外。官复原职时，枢密院大小关节尽数打通，却倒在最后一道门槛（高俅）前；蒙梁中书青眼有加，送了生辰纲就能飞黄腾达，结果饮恨黄泥冈；梁山招安后，终于凭真刀真枪博取功勋，却在征讨方腊时一病不起，连回朝封赏都无机会。杨志不是没有希望，可恶的命运却总在他心头火最炽时泼一盆冷水，世上最残忍的事莫过如此。

作者明写杨志，实际上，杨志是宋代大多数不得志武将的缩影。

宋代崇文抑武，武将地位很低，他们虽胸有壮志，奈何手上无权，只能任人摆布。宋朝的武将地位究竟有多低？从两个人身上就可以看出，一个是狄青，另一个是岳飞。

狄青功勋卓著，以武将身份任枢密使，是开国元勋曹彬之后的第二人。由于他出身低微（配军），地位又高，因此深受文官忌恨，连欧阳修、文彦博这样素有清名的大臣也加入排挤狄青的行列。欧阳修曾经连上两份弹劾奏章，甚至将流星、洪灾这种自然现象也归咎于狄青。宋仁宗对宰相文彦博说：狄青是忠臣。文彦博立刻反驳道：我朝太祖也曾是后周的忠臣。原话是"太祖岂非周世宗忠臣？但得军心，所以有陈桥之变"。狄青得知自己将被罢免，找文彦博讨要说法，文彦博又口出一句名言："无他，朝廷疑尔。"什么事都没有，说白了，就是我们文官不待见你。

相比之下，岳飞的经历更让人义愤填膺，驱逐外敌的国家柱石被一句"莫须有"冤死，只有宋朝才会出现这样的荒唐事。

因为崇文抑武，才有"满朝朱紫贵，全是读书人"的奇景出现，宋太祖赵匡胤的"杯酒释兵权"是这种现象的开始，一代代继任者则将这一风气"发扬光大"，导致朝廷上没有一个武官能说得上话。高层如此，中低层也是一样，这就导致真正有本事的武将没有用武之地，只能空呼"指望把一身本事，边庭上一枪一刀，博个封妻荫子"。

《水浒传》中郁郁不得志的武将多得是，王进、鲁智深、杨志、林冲这样的能人命运多舛，索超、秦明、花荣、关胜也因身份低微不得重用。他们身怀绝技而明珠蒙尘,又没有玲珑心思投机钻营,在北宋官场混浊的大染缸中,武将的生存环境可想而知。

和其他人相比,杨志算是堕落得最彻底、最卑微的一个。从立志恢复祖上荣光到"今日蒙恩相抬举,如拨云见日一般。杨志若得寸进,当效衔环背鞍之报",杨志很轻易地屈从于现实,从朝廷官员变成了贪官的家奴。由此可见,杨志的原则性不是很强,他的道德底线也不高,官位和前途才是最紧要的。倘若杨老令公泉下得知后辈如此不堪,恐怕心里不会好受。

这也是一个针对末世的隐喻:在徽宗年间,连杨门子弟这样的忠良之后也守不住节操了,这江山已经烂到根儿了。

第十人：
吴用——冷酷的智囊

《水浒传》一书中，施老先生写到兴起时，常常信手写一首赞词，或点缀仁行义举，或描写人物外貌，或渲染战斗场面。许多人物都"获此殊荣"，但是，像吴用这样的出场赞词实属凤毛麟角。

曾有一首《临江仙》，赞吴用的好处："万卷经书曾读过，平生机巧心灵。六韬三略究来精。胸中藏战将，腹内隐雄兵。谋略敢欺诸葛亮，陈平岂敌才能。略施小计鬼神惊。名称吴学究，人号智多星。"这首《临江仙》未免太过夸张，拿一个草莽谋士和名垂千古的诸葛亮、陈平相比，足见施耐庵对吴用的偏爱。

吴用是梁山泊第一正牌军师，比起专攻法术、闲云野鹤一般的公孙胜和少有智谋、战绩可怜的神机军师朱武，吴用从始至终都是梁山最倚重的智囊，无论是山寨的建设发展，还是征战时的排兵布阵、政治路线的制定，吴用都是主心骨，其实际作用甚至大于天魁星宋江。

要读懂水浒，先要读懂宋江；要读懂梁山，必须先读懂吴用。

乱世之心、鼎革之才

梁山大业之奠基、蓬勃，居功至伟者何人？是草创山寨的王伦，是中途夺泊的晁盖，还是广纳英才、使之声名远播的宋江？都不是。智多星吴用对梁山所做的贡献，比这三个人加起来还大。吴用，始终以辅佐者的身份站在晁盖和宋江身边，而实际上，在许多关键时刻，他才是梁山真正的掌舵人。

吴用的出场方式颇具戏剧性，由于和托塔天王晁盖同住东溪村，刘唐与雷横在他门前厮杀，引出吴用来劝架。

刘唐追雷横，单纯只是为了十两银子吗？他久慕晁盖大名，特地从东潞洲（今山西长治）跑到山东来，要寻好帮手劫取生辰纲。刘唐道："闻知哥哥大名，是个真男子，武艺过人……倘蒙哥哥不弃时，献此一套富贵，不知哥哥心内如何？"

晁盖的反应如何呢？晁盖道："壮哉！且再计较。你既来这里，想你吃了些艰辛，且去客房里将息少歇。暂且待我从长商议，来日说话。"晁盖的意思大概就是：了不起！再说吧！其实这个反应十分正常，一个陌生人跑到你家邀请你抢银行，但凡心智正常的人都不会答应。

但刘唐不这么想，晁大哥这是看不起我啊！且说刘唐在房里寻思道："……我不如拿了条棒赶上去，齐打翻了那厮们，却夺回那银子，送还晁盖，他必然敬我。此计大妙！"刘唐有自己的办法：干翻雷横，一来解气，二来让晁盖刮目相看。

实际上，晁盖的犹豫与此无关，他本来就是个没主意的人，早就想请吴用帮着拿主意。"却待正要来请先生到敝庄商议句话……请尊步同到敝庄，有句话计较计较。"看来二人关系很不

第十人：吴用——冷酷的智囊　183

错,这样的大事也不避讳。坦诚介绍生辰纲项目之后,晁盖又提到昨夜的一个怪梦:"他来的意,正应我一梦。我昨夜梦见北斗七星,直坠在我屋脊上。斗柄上另有一颗小星,化道白光去了。我想星照本家,安得不利?"

和聪明人说话一点儿都不累,吴用立刻心领神会,如果晁盖不想蹚这浑水,根本没必要提起七星聚会的怪梦,看来他是对生辰纲有意了。于是,吴用随机应变,道:"须得七八个好汉方可,多也无用。"晁盖道:"莫非要应梦之星数?"吴用便道:"兄长这一梦不凡,也非同小可。莫非北地上再有扶助的人来?"说这句话时,阮氏三雄已经被吴用列入计划之中。到石碣村说服了阮氏三雄后,蓟州的公孙胜也风风火火赶来,参与到这场江湖盛会之中。

先前说过,"不义之财"一词是伴着生辰纲出现的,自刘唐说出这句话之后,其余人也依次披露心迹。

刘唐:"小弟想此是一套不义之财,取而何碍……倘蒙哥哥不弃时,献此一套富贵。"

晁盖:"此等不义之财,取之何碍!他(刘唐)来的意,正应我一梦。"

吴用:"取此一套富贵、不义之财,大家图个一世快活。"

三阮:"若是有识我们的,水里水里去,火里火里去!若能够受用得一日,便死了开眉展眼。""这腔热血,只要卖与识货的!"

公孙胜:"此一套富贵,不可错过!古人有云:当取不取,过后莫悔。"

刘唐和三阮是游民阶层,饥一顿饱一顿,为金银财帛铤而走险还能说得过去。而晁盖本是东溪村保正，家财丰厚；吴用是东溪村教授（教书先生），有文化有谋略，他想赚钱不要太容易；公孙胜更是能呼风唤雨，驾雾腾云，这三人劫取生辰纲的动机又是什么呢？

唯一的原因就是，这三人都有一颗不安分的心，他们要做大事！什么是大事？劫了生辰纲，既能让贪官梁世杰和蔡京不爽，又能得一笔横财，何乐而不为？但三人做大事的心态又有不同，晁盖是典型的受到封建迷信思想影响，因七星聚会的梦而浮想联翩；公孙胜则类似于武功大成、奉师命下山历练的少侠，有热闹就凑，一颗心蠢蠢欲动；只有吴用思虑深远，见到刘唐那一刻起就知道机会来了，因此从定计到实施，从官府缉捕到投奔梁山泊，他都成竹在胸。这件事根本就是他一手主导的。

晁盖是天生首领相，祖上是本县本乡富户，平生仗义疏财，专爱结识天下好汉。但有人来投奔他的，不论好歹，便留在庄上住。从这段文字可以看出，晁盖是一个"大人"，大手大脚，同时心也大，给人的感觉就是怎么都行。在东溪村做保正也行，烧了庄园上梁山也行，至于未来怎样，他从不费心思去想。晁盖岁月静好，必定有人替他负重前行，这个人就是吴用。吴用和晁盖是什么关系？不是普通街坊，也不是寻常朋友，毫不夸张地说，吴用就是晁盖的依靠！初见刘唐时的一段心理活动便可佐证：吴用寻思道："晁盖我都是自幼结交，但有些事，便和我相议计较……"

有了这个前提，吴用才敢大胆做主，提出"宅上空有许多庄客，一个也用不得……须得七八个好汉方可，多也无用"的怪异要求。从后面的进程来看，用庄客和用三阮并没什么区别，都

第十人：吴用——冷酷的智囊　185

是扮作贩枣客商,又无须什么演技和台词,之所以这么做,就是为了将三阮纳入团队中,继而为进军梁山泊做准备。三阮与吴用交厚,算是自己人,而且他们天生具备造反气质,用吴用的话说就是"义胆包身,武艺出众,敢赴汤蹈火,同死同生,义气最重"。

人员齐整后,晁盖又向吴用请教,晁盖道:"吴先生,我等还是软取,却是硬取?"吴用笑道:"我已安排定了圈套,只看他来的光景。力则力取,智则智取。我有一条计策,不知中你们意否?如此如此。"智谋是吴用的底气,有了这个依仗,无论是走上黄泥冈还是走上梁山,不管对手是杨志还是王伦,他都无惧。

那么,吴用到底要做什么,他的人生目标在何方呢?吴用这人城府深、谋虑远,一辈子也难得说几句掏心窝的话,劫取生辰纲之前,吴用与阮氏三雄说过一句话:大家图个一世快活!宋江饮毒酒身亡后,吴用来到宋江坟前回顾前尘:"吴用是一村中学究,始随晁盖,后遇仁兄,救护一命,坐享荣华,到今数十馀载,皆赖兄长之德。"

人之将死,其言也善。吴用的理想就是荣华富贵、一世快活,他的追求就是如此现实,并且可以为了目标放弃很多东西,这使得他的底线比大多数人都低。尽管作者在出场诗中拿吴用和诸葛亮、陈平相比,但在人品和魅力方面,吴用都欠缺太多。

真正的智者是心怀天下、怜悯苍生的,他们施展智谋是为了结束乱世、国泰民安,而吴用从来没有这样的宏愿。他不仅大义有亏,私德上也有欠缺。

吴用想施展才华获得尊敬,却只将抱负局限于"满驮金贝归山寨,懊恨中书老相公";他为山寨发展贡献虽多,却无情地抛弃旧友,背离好汉们最崇尚的"义";他想获取功名官位,却无忠君爱国之心,辽国招降便动归降之心……

没有任何人唆使吴用落草,更没有贪官欺压、家破人亡的外因,吴用的造反念头却比任何一个梁山好汉自然而炽烈,这并非他天生反骨,而是他太过聪明而勘破世情。旁人都是走投无路才铤而走险,吴用早知道自己躲不过这一遭,于是悠哉游哉地踏上了这条路。

设计取了生辰纲之后,白胜遭擒后供出晁盖,这才有宋江通风报信,晁盖又没了主意,问吴用道:"我们事在危急,却是怎地解救?"吴学究道:"兄长,不须商议。三十六计,走为上计。"晁盖道:"却才宋押司也教我们走为上计,却是走哪里去好?"吴用道:"我已寻思在肚里了。如今我们收拾五七担挑了,一齐都走,奔石碣村三阮家里去。"晁盖道:"三阮是个打鱼人家,如何安得我等许多人?"吴用道:"兄长,你好不精细。石碣村那里,一步步近去,便是梁山泊。如今山寨里好生兴旺,官军捕盗,不敢正眼儿看他。若是赶得紧,我们一发入了伙!"

从这段对话可以看出,吴用早就对未来的发展成竹在胸,但他不说,只等晁盖来问,这就是二人之间的相处之道。晁盖有两个特征:一是遇事容易慌乱,二是没主意、也不多想。吴用说投奔梁山,他就以为真的是去投奔,面见王伦时姿态很低:"甘心与头领帐下做一小卒,不弃幸甚!"此时的他绝对想不到,几天之后,自己将取代眼前这个王头领,成为梁山泊的新主人。

后面的事大家也都清楚,林冲火并王伦,晁盖做了山寨之主,吴用位居次席,梁山泊高层改头换面,山寨气象也焕然一

第十人:吴用——冷酷的智囊

新，走上了更适宜的发展道路。说到这里，有必要谈一谈梁山泊的前两个首领掌事的阶段：王伦阶段与晁盖阶段。

《水浒传》中的个人英雄主义十分动人，打虎武松、救人鲁达、觉醒林冲、护主燕青的故事传诵不绝、百听不厌。实际上，这本书不仅赞扬出类拔萃的个体，同时也着重表达好汉们凝聚的群体意识。

腐朽黑暗的社会环境滋生出特定的道义与信仰，水泊梁山因此而成为无根游民向往的世外桃源，官吏盗匪、僧道医卜、地主游商、渔人猎户，都能在这里平等相待、彼此接纳、各显所长。一杆义旗成了凝聚人心的纽带与桥梁，让百余名出身、地位不同的亡命之徒实现"八方共域，异姓一家"，这绝非易事。

当然，这种开放包容并非与生俱来，梁山经历了多次首领更替、人事变迁和扩张进化，过程中充斥着刀光剑影，更多的则是对人性的考量。

第一阶段是梁山草创时期，"白衣秀士"王伦虽是第一任首领，却并没有开拓精神，他闭关自守求苟安，重私义而轻大义，结局很是悲惨。

"梁山"一词最早出自柴进之口，为了给林冲找一个安身之处，他介绍道："是山东济州管下一个水乡，地名梁山泊。方圆八百馀里……为头的唤做白衣秀士王伦……聚集着七八百小喽啰，打家劫舍。"

王伦的绰号"白衣秀士"是有来历的，历史上有一个真实的王伦，他的外号叫作"黄衣秀士"。"黄""白"一字之差，却有天壤之别。

《宋史》记载，沂州（今临沂东南）王伦造反，"打劫沂、密、海、扬、泗、楚等州，邀呼官吏，公取器甲，横行淮海，如履无人……其王伦仍衣黄衫。"封建社会时期，"黄"是皇家用色，普通人是不允许随意使用的。而这个王伦只穿黄色衣服，铁了心和朝廷作对。不过，他的造反事业没持续多久就被镇压下去了。

　　"白衣秀士"王伦同样啸聚山林，也是一个造反者，但他却不敢"衣黄衫"，只敢穿最普通的白衣，可见他与"黄衣秀士"的胸襟胆魄相差甚远。事实也是如此，"白衣秀士"最终死因就是两个字——心狭。

　　经历过风雪山神庙之事的林冲就像一条丧家之犬，正是市恩的绝佳对象，谁能收留他，谁就是他的恩人。有了豹子头的加入，梁山必定实力大增，以正常人的思维看，林冲到哪里都是人才，柴进和朱贵都这么想，可惜王伦是个例外。

　　面对柴进推荐的人选，王伦的第一个念头居然是"倘若被他识破我们手段，他须占强，我们如何迎敌"！柴大官人把饼都喂到嘴里，王伦居然给吐了出来！为什么王伦会有这样奇葩的想法？他是在防备林冲还是柴进？其实，王伦并没有刻意防备谁，因为他对整个世界都在时刻防备着。

　　林冲上山时，作者是这样描写的："濠边鹿角，俱将骸骨攒成；寨内碗瓢，尽使骷髅做就。剥下人皮蒙战鼓，截来头发做缰绳。阻挡官军，有无限断头港陌；遮拦盗贼，是许多绝径林峦……关前摆着刀枪剑戟，弓弩戈矛，四边都是擂木炮石。"乍看上去这哪是梁山泊，分明是走到了妖魔洞穴！

　　如此戒备森严的防守姿态，代表的就是领导层的心态，王伦

第十人：吴用——冷酷的智囊

的生存法则就一个字——苟。王伦觉得梁山很适合防守而且很有自知之明：我又没十分本事，杜迁、宋万武艺也只平常……

王伦苟得很舒服，并且想一直苟下去，因此，他不愿意接收武艺高强的林冲。"争奈小寨粮食缺少，屋宇不整，人力寡薄，恐日后误了足下。""我这里是个小去处，如何安着得你。休怪，休怪！"王伦说得够直接了，山寨就这么大，不盖房子不招新人，再见！

老大不明事理，小弟还是知道好歹的，朱贵、杜迁、宋万纷纷站出来反对："山寨中粮食虽少，近村远镇，可以去借。山场水泊，木植广有，便要盖千间房屋却也无妨。""哥哥若不收留，柴大官人知道时见怪，显的我们忘恩背义。"

没粮食可以借，没房子可以盖，还有，柴大官人的面子一定要给！王伦一共就三个小弟，没有一个人支持他。

梁山首领就这样被孤立了，冲突的本质并非是否给柴大官人面子，而是关系到梁山的发展路线。保守还是开放？这是一个问题。王大寨主绝对想不到，不久的将来，这会演变成一个致命的问题。

王伦是游民江湖中的一个异类，他没有被"逼上梁山"的不解仇恨，也没有打劫生辰纲被官府通缉，本是"不及第的秀才，因鸟气来这里落草"，他与主流社会没有不可调和的矛盾。更直接地说，王伦根本不属于江湖。

书中有一段描写十分传神，晁盖上山后说起劫生辰纲、杀官兵等事，王伦听罢，骇然了半晌，心内踌躇，做声不得。这哪里是群雄首领，分明是一只误入草莽的小白兔！他本质上就是一个酸腐儒生，见识胆魄都上不得台面，又匹夫怀璧、心胸狭隘、忘恩负义、不识时务……王伦死得真是一点儿都不冤。

同样的问题也困扰着二龙山宝珠寺的邓龙：最近总有一个胖和尚要入伙，不同意就打人，太欺负人了！

王伦和邓龙到死都不明白，我只是不招人了，他们怎么就动刀子砍人呢？下手也太黑了吧！其实这与黑白无关，为了生存，游民群体只能滚雪球似的壮大，凡是这条路上的人，要么跟着一起滚，要么就被碾碎。

火并王伦与夺取二龙山有着惊人的相似性，作者用两座山头易主来阐明一个道理：游民江湖之中永远不能独善其身。

像王伦和邓龙这样拒人于门外的首领，江湖人提起都要骂一句"不义之徒"。"义"是游民心中的伦理底线，"路见不平拔刀相助"是义，"有福同享有难同当"是义，"独霸山头喝酒吃肉""闭门谢客赶人下山"则是不义！

梁山初期的"义"局限在小群体之间，只能算是"私义"。许多山头都曾经是这种状态。少华山的朱武、陈达、杨春，桃花山的李忠、周通，清风山的燕顺、郑天寿、王英……他们亲如兄弟、互帮互助，只为在乱世中多一份生存的保障。和王伦不同的是，当游民聚合的潮流袭来时，他们都选择了顺应江湖大势。

朱武主动邀请史进，李忠、周通苦留鲁智深，燕顺等人敬宋江如父兄都是一样的道理。江湖不只是打打杀杀，更多的是人情世故，这道理简单得很，王伦和邓龙却不明白。

这是一段容易被忽略的时期，许多后来者甚至没听过王伦的名字，但谁都不能否认王伦对梁山的初创之功。正是在他的带领下，梁山上形成了一个自给自足、生存无忧的小团体，为下一阶段的蓬勃发展打下了良好的基础。

火并王伦之后，关于发展路线之争也有了结果，晁盖接手后，山寨领导层大换血，梁山也进入第二阶段——仗义阶段。

晁盖做事光明磊落，有侠气重情义，他一出场的人设就是"平生仗义疏财，专爱结识天下好汉"。做了首领之位后，便教取出打劫得的生辰纲金珠宝贝，并自家庄上过活的金银财帛，就当厅赏赐众小头目并众多小喽啰。对小头目和小喽啰来说，聚义厅正中交椅上坐的是谁并不重要，打工人不在乎谁当老板，只在乎每月薪水是否按时足额发放。晁盖上来就发了一大笔奖金，这是稳固地位的最佳手段。

然后，晁盖与吴用等众头领计议：整点仓廒，修理寨栅，打造军器、枪刀弓箭、衣甲头盔，准备迎敌官军；安排大小船只，教演人兵水手，上船厮杀，好做提备。

晁盖时期的梁山和王伦时期有很大不同。

首先，修理寨栅，打造军器、枪刀弓箭、衣甲头盔都是要钱的，以梁山山寨的面积和几百名人员来看，王伦很可能拿不出这笔钱，而刚刚夺得生辰纲的晁盖可以。

其次，王伦时期的梁山"不义"，吴用去寻三阮时，以"如今在一个大财主家做门馆，他要办筵席，用着十数尾重十四五斤的金色鲤鱼"为由头引出话题。阮小七答道："若是每常，要三五十尾也有，莫说十数个，再要多些，我弟兄们也包办得。如今便要重十斤的也难得。"为何前后有别，只因"在先这梁山泊是我弟兄们的衣饭碗，如今绝不敢去"，"如今泊子里新有一伙强人占了，不容打鱼"，"这几个贼男女聚集了五七百人，打家劫舍，抢掳来往客人。我们有一年多不去那里打鱼。如今泊子里把住了，绝了我们的衣饭。"从三阮的话语中得知，梁山仗着人多势众，将邻近的水泊尽数霸占，不许老百姓打鱼。古时靠山吃山靠水吃水，王伦的这种做法，等同于将贫苦百姓逼到了绝路，不是好汉所为。

相比之下，晁盖则仁义许多。晁盖本身就是个大度、善良的人，他的仁义第一次就体现在"智取生辰纲"一事上。押送队伍中计喝了药酒之后，只见这十五个人，头重脚轻，一个个面面厮觑，都软倒了。面对毫无还手能力的押送人员，赶尽杀绝才是最稳妥的做法，作为团队首领，晁盖没有这么做。三阮带人下山劫掠客商，晁盖提醒道："只可善取金帛财物，切不可伤害客商性命！"待小喽啰报喜回来，晁盖又问道："不曾杀人么？"小喽啰答道："……并不曾伤害他一个。"晁盖见说大喜："我等初到山寨，不可伤害于人。"江州劫法场时，李逵在街面上乱杀，众多好汉无一个开口，只有晁盖叫道："不干百姓事，休只管伤人！"

再次，王伦的梁山是打家劫舍、抢夺客商、谋财害命的草寇窝。林冲初到水泊外酒店时，朱贵说道："山寨里教小弟在此间开酒店为名，专一探听往来客商经过。但有财帛者，便去山寨里报知。但是孤单客人到此，无财帛的放他过去；有财帛的来到这里，轻则蒙汗药麻翻，重则登时结果，将精肉片为靶子，肥肉煎油点灯。"梁山的所作所为和十字坡的张青、孙二娘一般无二，实在令人耻笑。

晁盖时期的梁山则在击退济州府官兵之后，成为反抗朝廷的义军。当然，听到消息的晁盖仍是大惊失色，请军师吴用商议道："官军将至，如何迎敌？"吴用笑道："不须兄长挂心，吴某自有措置。自古道：水来土掩，兵到将迎。此乃兵家常事。"这一战大获全胜之后，梁山的凝聚力和号召力大大增强，在江湖上声望渐隆。

后来宋江推荐秦明去梁山入伙时说道:"自这南方有个去处,地名唤做梁山泊。方圆八百馀里,中间宛子城、蓼儿洼。晁天王聚集着三五千军马,把住着水泊,官兵捕盗,不敢正眼觑他……"

从政和五年六月到政和七年七月,仅仅两年时间,梁山泊的规模就膨胀近十倍,名声远扬,连青州清风山的燕顺都有所耳闻。宋江路过清风山时,燕顺道:"仁兄礼贤下士,结纳豪强,名闻寰海,谁不钦敬!梁山泊近来如此兴旺,四海皆闻,曾有人说道,尽出仁兄之赐。"

花荣、秦明、燕顺、吕方等九人上山时,梁山泊的气派已经和普通山寨拉开了档次。"(林冲)与船上把青旗只一招,芦苇里棹出一只小船,上有三个渔人,一个看船,两个上岸来说道:'你们众位将军都跟我来。'水面上见两只哨船,一只船上把白旗招动,铜锣响处,两只哨船一齐去了。一行众人看了,都惊呆了,说道:'端的此处,官军谁敢侵傍!我等山寨如何及得!'"

梁山的蓬勃发展固然与晁天王的名声有关,但其内质的改变,还是源于管理策略及发展方向制定,直到宋江上山后作者才明示,这一切都是吴用的功劳。李逵杀四虎之后,李云上山,此时的梁山已有六十一名好汉。吴用做了如下安排:

"还请朱贵仍复掌管山东酒店,替回石勇、侯健。可再设三处酒馆,专一探听吉凶事情,往来义士上山。如若朝廷调遣官兵捕盗,可以报知如何进兵,好做准备。

"西山地面广阔,可令童威、童猛弟兄两个带领十数个火伴那里开店。令李立带十数个火家,去山南边那里开店。令石勇也带十来个伴当,去北山那里开店。仍复都要设立水亭、号箭、接应船只,但有缓急军情,飞捷报来。

"山前设置三座大关,专令杜迁总行守把,但有一应委差,不许调遣,早晚不得擅离。

"又令陶宗旺把总监工,掘港汊,修水路,开河道,整理宛子城垣,筑彼山前大路。令萧让设置寨中寨外、山上山下、三关把隘许多行移关防文约、大小头领号数。烦令金大坚刊造雕刻一应兵符、印信、牌面等项。令侯健管造衣袍铠甲、五方旗号等件。令李云监造梁山泊一应房舍厅堂。令马麟监管修造大小战船。令宋万、白胜去金沙滩下寨。令王矮虎、郑天寿去鸭嘴滩下寨。令穆春、朱富管收山寨钱粮。吕方、郭盛于聚义厅两边耳房安歇。令宋清专管筵宴。"

从这一系列安排可以看出,吴用就是梁山的主心骨,他不只会赚人上山,还识才尊贤、知人善用。从外扩耳目的情报搜集、土木工程建设、军队防务及规章制度到后勤财务、衣食住行、首脑安保,吴用都安排得明明白白。吴用是绝顶聪明的人,他知道,梁山泊就是他这一生最大的事业,自己的身份地位也随着梁山的壮大水涨船高,因此他为梁山耗费的心力最多。

吴用的社交并不广泛,但仅有的几个朋友都被他哄上了山,颇有"是朋友就为我两肋插刀"的风范,如阮氏三雄、金大坚、萧让、戴宗。阮氏三雄是三个生力军,也是梁山元老,他们对巩固吴用在"劫纲团队"中的地位很有帮助,间接地抬高了梁山地位;金、萧、戴三人均绝技在身,是不可取代的技术人才。

一个村里的教书先生,究竟凭什么号令群雄,在这个一言不合挥刀就砍的凶险年代,光有心机算计和内政能力是不行的,吴用还有两个无往不胜的独门绝技：一是看人极准，善于拿捏人心；二是口才好，擅长游说他人。

目光如炬、审势相机

少年人都喜欢武松的快意恩仇、鲁智深的侠肝义胆，甚至李逵的暴力粗莽。武夫们胸襟磊落、悍勇无畏，有仇就报，有酒就喝，活得爽快自在。而像吴用、朱武这样工于心计、行事谨慎的谋士则人气欠缺，甚至惹来厌恶。然而，梁山之所以能从几百人的小山头变成数万人的大寨，能从蝇营狗苟的小势力变成劫掠州府、抗衡朝廷的武装力量，能从十数个头领变成三十六天罡七十二地煞，靠的可不只是武松的戒刀和李逵的板斧，而是依靠主谋者的世事洞明、人情练达。这个主谋者不是别人，正是智多星吴用。

吴用明白，行走江湖靠的不全是打打杀杀，更多的是乘时借势和应变无方，而这二者的前提都是识人。吴用似乎天生就有洞察人心的本领，经他双目扫视过的，基本都在他掌握之中。

吴用看透的第一个人便是晁盖。

晁、吴二人是发小，他们像是天生的搭档，一个家境殷实、爽快豪迈、讲义气、有名望，天生就是做大哥的模样；一个心思细腻、智谋过人、精于算计，最适合做副手。一个是东溪村保正，另一个是受人尊重的私塾先生，两个人都有着光鲜的身份，在东溪村乃至郓城县左近颇具声望。如果没有生辰纲这档子事，谁都看不出他们的山大王潜质。只有吴用知道，区区东溪村是困不住这两条潜龙的。

晁盖有一定的聚合、号召能力，却对未来没有规划，但是没有关系，有人已经为他规划好了。吴用和晁盖熟悉到什么程度，初见刘唐时，吴用寻思道："晁盖我都是自幼结交，但有些事，便和我相议计较。他的亲眷相识，我都知道，不曾见有这个外甥……"一张陌生面孔就能让吴用看出蹊跷。紧接着到了晁盖家，几番言语试探，确定晁盖有意于生辰纲，吴用立刻动身说服三阮。

一个天生的谋士，做事必须要借势而为，现在晁盖就是吴用的"势"。晁盖身上最有价值的东西就是气场，他名声好、有派头，是江湖人愿意追随的对象。正因如此，刘唐和公孙胜才会慕名而来。三阮到了晁盖家，见晁盖人物轩昂，语言洒落，三个说道："我们最爱结识好汉，原来只在此间。"他们和晁盖只是初见，就能给出这样的评价，这就是气场的作用。从亲密程度上来说，三阮和吴用的关系更好，吴用却不具备让三阮追随的魅力，而晁盖可以。在劫纲团队中，晁盖就像一面旗帜，引人关注、受人瞩目，而吴用则是常常被人忽略的旗手。

劫了生辰纲之后，晁盖等人在做什么？当白胜被捕供出晁盖，宋江去东溪村报信时："且说晁盖正和吴用、公孙胜、刘唐在后园葡萄树下吃酒。此时三阮已得了钱财，自回石碣村去了。"做了天大的案子，他们居然以为就此平安无事，难道整个劫纲过程都毫无破绽吗？当然不是，这次劫纲虽然成功，却有几个致命的漏洞：第一，七人做非法之事，大摇大摆结伴而行，并不分头行动在黄泥冈会合，十分容易暴露；第二，住店时被盘问，吴用答："我等姓李，从濠州来，贩枣子去东京卖。"开封本就是大

第十人：吴用——冷酷的智囊　197

枣产区，却从千里外的濠州贩枣过来，相当于运煤到山西卖，缺乏常识；第三，白胜是赌徒，邀请一个赌徒参与这等掉脑袋的大事，吴用的心也够大；第四，迷倒押送人员后没有赶尽杀绝，大大缩短了官府的反应时间，也就降低了缉捕难度……

有人说，以吴用的智商，他拿出的方案怎么可能漏洞百出？这一定是他刻意为之！比如邀白胜这个赌徒参与，就是让白胜成为最大的破绽，等官府追捕时，全伙奔向梁山的理由才足够充分；再比如劫了生辰纲后故意不逃，让众人与官府翻脸，大家才能死心塌地上梁山……其实这种可能性并不大，吴用也是凡人，初出茅庐的他考虑不周也属人之常情，即使他对梁山有意，也不可能算出中间的曲折过程。

和吴用相比，晁盖的表现更是一塌糊涂，从官军追捕到上梁山做首领，他丝毫没有展现出一个领袖的气质，一路都是被吴用拖着走。

宋江报信时，晁盖惊慌失措，问吴用道："我们事在危急，却是怎地解救？"吴学究道："兄长，不须商议。三十六计，走为上计。"晁盖道："却才宋押司也教我们走为上计，却是走哪里去好？"吴用道："我已寻思在肚里了。如今我们收拾五七担挑了，一齐都走，奔石碣村三阮家里去。"晁盖道："三阮是个打鱼人家，如何安得我等许多人？"吴用道："兄长，你好不精细。石碣村那里，一步步近去，便是梁山泊……"吴用说"走为上计"，晁盖不懂，说"奔三阮家里"，晁盖仍是不懂，在吴用看来，和晁盖说话太累了，只好说出最终目的。

然后，吴用和刘唐先行——"把这生辰纲打劫得的金珠宝贝做五六担装了……一行十数人，投石碣村来；晁盖和公孙胜收拾断后——有些不肯去的庄客,赍发他些钱物,从他去投别主;愿去的,都在庄上并叠财物,打拴行李。"依照时间推算,何涛赶到郓城县衙门时,"却值知县退了早衙",宋江与何涛喝了杯茶,然后"没半个时辰,早到晁盖庄上",此时大概率还未过午。宋江为了帮晁盖拖延时间,又对知县道:"日间去只怕走了消息,只可差人就夜去捉。"饶是如此,当朱仝、雷横当晚来到晁家庄时,晁盖居然还没收拾完!

"朱仝那时到庄后时,兀自晁盖收拾未了。庄客看见,来报与晁盖说道:'官军到了!事不宜迟。'晁盖叫庄客四下里只顾放火。他和公孙胜引了十数个去的庄客,呐着喊,挺起朴刀,从后门杀将出来,大喝道:'当吾者死,避我者生!'"明知官府就要来拿人,任何一个正常人都会早点儿逃走,晁盖却等到了天黑,直到官差来了才有动作。这一整个下午晁盖在做什么?他又在想什么呢?书中虽没有明确解释,但猜也猜得出来,此时的晁盖与史进放火烧史家庄时的心情是一模一样的:好端端的怎么就成逃犯了?好端端的怎么就要抛弃家业了?人生大起大落,实在太刺激了!

到了梁山,王伦只是请众人喝了顿酒,晁盖就觉得万事大吉,心中欢喜,对吴用等六人说道:"我们造下这等迷天大罪,哪里去安身!不是这王头领如此错爱,我等皆已失所,此恩不可忘报!"此时的吴用已被晁盖的天真打败了,只是冷笑:"兄长性直,只是一勇。你道王伦肯收留我们?"待林冲拜访之后,吴用智珠在握,立刻预判出结果,道:"兄长放心!此一会倒有分做山寨之主。"

晁盖能做梁山之主,纯粹是吴用推上去的,并非他具备了做首领的本事，实在是找不到更合适的人了。按理来说，林冲才是梁山易主的最大功臣，但林冲为避篡位之嫌，绝对不敢坐头把交椅。王伦在时，林冲排位第四，晁盖上位，林冲还是第四，这并非巧合，而是必需之理。林冲坐不得，杜迁、宋万之流连想都不敢想，这位子就只能由生辰纲一系来坐，而晁盖是这群人明面上的老大，首领当然非他莫属。

晁盖也并非一无是处，他始终秉承"义气为先"的理念，对兄弟没有半点儿私心。在梁山劫掠所获，见者有份。第一次抢夺客商的财货，"（晁盖）便叫掌库的小头目，每样取一半收贮在库，听候支用。这一半分作两份：厅上十一位头领，均分一份；山上山下众人，均分一份。"梁山事业渐渐步入正轨，安稳下来的晁盖立刻想起了宋江、朱仝两个救命恩人，同时筹划营救白胜。如果让晁盖做少华山、清风山、白虎山的首领，他是绝对能胜任的，可惜这里是梁山，是拥有八百里水泊地利、能与朝廷大军分庭抗礼的梁山。

吴用深知梁山的潜力所在，同时他也是最了解晁盖的人，随着梁山规模的扩大，只知"义气为先"的晁盖必定力不从心，这就需要一个更合适的人取代晁盖，于是，宋江出现了。

吴用看透的第二个人就是宋江。

宋江与吴用的第一次相见是在晁盖家中，匆匆报信，连句客套话都没说。二人真正开始了解是宋江发配时路过梁山泊，在梁山脚下，吴用、花荣与宋江有过一番交谈，正是这次相遇，吴用明白了宋江志向所在。

花荣便道："如何不与兄长开了枷？"宋江道："贤弟，是甚么话！此是国家法度，如何敢擅动！"吴学究笑道："我知兄长的意了。这个容易,只不留兄长在山寨便了……"宋江听了道:"只有先生便知道宋江的意。"

宋、吴二人好像在打哑谜,就连与宋江亲若兄弟的花荣此刻都似成了外人,吴用究竟知道了什么呢?其实这并不神秘,一句"此是国家法度,如何敢擅动"让吴用明白:宋江想做一个遵纪守法的大宋好公民。在完全有能力逃脱刑罚的前提下,宋江仍然选择服刑,这需要强大的自制力,更需要坚定的信念支撑。或许就是从此刻开始,吴用看到了宋江身上的闪光点,于是,他将自己的好友、江州押牢节级戴宗介绍给宋江以照应一二。

很快就发生了"宋江吟反诗"一事,无计可施的戴宗到梁山求援,"晁盖听罢大惊,便要去请众头领,点了人马,下山去打江州,救取宋三郎上山。吴用谏道:'哥哥不可造次。江州离此间路远,军马去时,诚恐因而惹祸,打草惊蛇,倒送宋公明性命。'"乍看上去,晁盖才是担忧宋江安危的那个,但他的主意实在拿不出手。从梁山到江州,也就是从现在的山东济宁到江西九江,一千六百里的路程,一个草寇敢带着大队人马招摇过市,纯粹是寻死。

吴用是真想救宋江的,虽然他让金大坚做的蔡京印信出了问题,但立刻设法弥补。众多好汉得了将令,各各拴束行头,连夜下山,望江州来。值得一提的是,这次江州劫法场由晁盖带队。

毋庸置疑,自江州劫法场、宋江上了梁山后,晁盖的威望就遭受了极大的挑战,首领地位也有名无实。这有三个原因:宋江太过能干,吴用弃旧迎新,晁盖自己无能。前两者貌似是主因,但问题的根本还在晁盖自己身上,正因他的无能才衬托出宋江的本事,也将老朋友吴用推得越来越远。在此之前,晁盖丢人也只丢在自家，自花荣、燕顺、黄信等九人上山后，生辰纲系已不再是梁山的主导力量，梁山首领的成分也变得复杂起来。晁盖没有意识到危险的到来，他心中只有一个念头：宋江救过我，我也一定要救他。但心有余而力不足，江州劫法场的糟糕表现让他威风扫地，直白点儿说，他还不如不来。

为了解救宋江，梁山一共派出十七名首领和百余名喽啰。他们日夜兼程，十天赶了一千六百里路，终于在行刑之前来到了法场。然而，当监斩官喝道："斩讫报来！"两势下刀棒刽子便去开枷，行刑之人执定法刀在手。这时的梁山好汉在做什么？"只见那伙客人在车子上听得斩讫，数内一个客人，便向怀中取出一面小锣儿，立在车子上，当当地敲得两三声，四下里一齐动手。"

刽子手已经执刀在手，梁山好汉们却还在外围敲锣，倘若刽子手不被锣声干扰，直接手起刀落，这群人浩浩荡荡不远千里而来，岂不是救了个寂寞？十七个骨干扮成客商、使枪棒的、挑担的、丐者，加上百余名喽啰，已经将法场四面围了起来，却偏偏忘了最关键的事——解救宋江！带着花荣是做什么的，一手神箭绝技此时不用更待何时？

亏得还有个李逵，从半空中跳将下来。手起斧落，早砍翻了两个行刑的刽子手。"只见东边那伙弄蛇的丐者，身边都掣出尖刀，看着土兵便杀。西边那伙使枪棒的，大发喊声，只顾乱杀将来，一派杀倒土兵狱卒。南边那伙挑担的脚夫，轮起扁担，横七竖八，都打翻了土兵和那看的人。北边那伙客人，都跳下车来，推过车子，拦住了人。两个客商钻将入来，一个背了宋江，一个背了戴宗。"

看清楚了吗？在李逵杀死两名刽子手、解除威胁之后，梁山好汉们仍在外围忙活呢。解决了周围土兵狱卒，这才到了宋江身边，这效率真是让人捉急。

终于救到了宋江，第二个问题立刻暴露出来：晁盖根本没考虑逃跑路线的事！整个营救计划出自吴用之手，恐怕连他也没想到，晁盖的安排竟如此不靠谱。这可是劫法场，稍有不慎就会掉脑袋，晁天王居然不探地形、不留接应、不想退路！这种临机决断，难道还能让千里之外的吴用来想吗？

众人跟着莽李逵一通瞎跑，约莫离城沿江上也走了五七里路，前面望见尽是滔滔一派大江，却无旱路。晁盖看见，只叫得苦。此时花荣也发现不对劲了。便质问晁盖道："哥哥，你教众人只顾跟着李大哥走，如今来到这里，前面又是大江拦截住，断头路了，却又没一只船接应。倘或城中官军赶杀出来，却怎生迎敌，将何接济？"花荣是将门出身，多少懂些行伍战阵，他实在无法忍受晁盖一塌糊涂的指挥方式，因此丝毫不给面子。结果还是阮小七想出了主意："远望隔江那里有数只船在岸边。我弟兄三个赴水过去，夺那几只船过来载众人，如何？"晁盖道："此计是最上着！"

这时，张顺、李俊、穆弘等人到来，众人杀退官兵后来到了穆家庄，宋江对黄文炳恨之入骨，便要立刻报仇。宋江起身与众人道："……只恨黄文炳那厮，无中生有，要害我们。这冤仇如何不报？怎地启请众位好汉，再做个天大人情，去打了无为军，杀得黄文炳那厮！也与宋江消了这口无穷之恨。那时回去如何？"

要知道，张顺、穆弘、李俊等人是要劫牢救宋江的，原文道："张顺见了宋江，喜从天降。众人便拜道：'自从哥哥吃官司，兄弟坐立不安……今日我们正要杀入江州，要劫牢救哥哥……'"此时正是英雄聚义、群情激昂之时，宋江趁着众好汉心中血气正旺时提出复仇请求，时机抓得很准。但偏偏有人不愿意，这个人就是晁盖："贤弟众人在此。我们众人偷营劫寨，只可使一遍，如何再行得？似此奸贼，已有提备。不若且回山寨去聚起大队人马，一发和学究、公孙二先生，并林冲、秦明都来报仇，也未为晚矣。"

晁盖似乎忘了，先前要调动大队人马救宋江已被吴用反驳过一次，现在又说了一遍。而宋江也根本没给他留面子，道："若是回山去了，再不能够得来。一者山遥路远，二乃江州必然申开明文，几时得来，不要痴想……"宋江说出这番话之后，花荣和薛永最先响应，攻打无为军一事如火如荼地开始筹备。从这以后，再没有人征求过晁盖的意见，晁盖也再没说过一句话。

晁盖的心思很单纯，他来江州是真的想救宋江，阻止复仇也并无私心，因为手头这点儿力量想攻打无为军实在是异想天开。但是，此时谁都拦不住宋江，因为这次复仇实在太重要了。第一，宋江是真的恨，这口气一定要出；第二，宋江失去官面身份，正式踏入江湖，他要让所有人看到自己的"狠辣"，杀鸡骇猴，黄文炳就是最合适的鸡；第三，借此时机将揭阳镇三霸拖下水，扩大自己在梁山上的心腹势力。

攻打无为军固然有众好汉的助力，但整个计划都是宋江一手制订，他果决多谋、快意恩仇的表现也令众好汉折服。再看晁盖的表现，二者真有天壤之别。行走江湖的人都有慕强心理，跟着强者混就有好处、就能保命，这是颠扑不破的道理，从这一刻开始，宋江已经彻底压过了晁盖。

宋江虽有机谋，却从无谋害晁盖的意图，一则他与晁盖彼此相救，有恩有义；二则对兄弟使手段是江湖大忌，一旦泄露便是灭顶之灾；三则宋江只凭个人本事便可完胜晁盖，没必要节外生枝。大伙都是刀尖上舔血的人物，几场仗打下来，几次决断落地，自然懂得该追随谁。

而吴用和普通好汉不同，别人因慕强而追随，他考虑的则更多。一个合格的领袖，要心有沟壑、胸怀大志，还要与自己这个军师理念相合。晁盖是大家公认的梁山首领，至少名义上如此，在没有犯大错之前，吴用没有理由背离他。然而，在度过了一阵平稳期后，晁盖真就犯了一个不可原谅的错误，这也使得吴用彻底放弃了晁盖，转认宋江为真正的梁山首领。

事情源于杨雄、石秀投上梁山，杨雄、石秀把本身武艺、投托入伙先说了，众人大喜，让位而坐。本来皆大欢喜，可当杨雄说起同行的时迁在祝家庄偷鸡时，晁盖立刻翻脸，大怒，喝叫："孩儿们！将这两个与我斩讫报来！"

晁盖的理由是：这厮两个把梁山泊好汉的名目去偷鸡吃，因此连累我等受辱。这理由说出来，不知有多少好汉强忍着笑，现在山寨上坐着的哪个是好人？开黑店取人肉的朱贵，贪恋美色、劫掠良家的王矮虎，杀人如麻的李逵，浔阳江上请人吃"板刀面""馄饨"的张横……敢情这些都不算什么，只有偷鸡不能忍？晁盖要斩杨雄、石秀和王伦为难林冲如出一辙，王伦是怎么死的？根本原因是妒贤嫉能、打压新人，晁盖太健忘了，这么快就忘了王伦因何而亡。

在吴用看来，晁盖又开始犯蠢了，之所以加个"又"字，因为这不是晁盖第一次排斥新人了。早在花荣、秦明等九位好汉上山时，就发生过一件十分微妙的事情。"后说吕方、郭盛两个比试戟法，花荣一箭射断绒绦，分开画戟。晁盖听罢，意思不信，口里含糊应道：'直如此射得亲切，改日却看比箭。'花荣哪里受过这样的气，酒宴罢了，讨了弓箭，便对晁盖道：'恰才兄长见说花荣射断绒绦，众头领似有不信之意。远远的有一行雁来，花荣未敢夸口，小弟这枝箭，要射雁行内第三只雁的头上。射不中时，众头领休笑！'当下花荣一箭，果然正中雁行内第三只，直坠落山坡下。"

江湖人讲究"人捧人捧出高人，人踩人遍地仇人"，晁盖和花荣等九位好汉只是初见，就提出这样的质疑来，实在有些无礼，而这种无礼就是他内心的写照。很明显，晁盖并不十分欢迎这么多人投奔梁山，他是义气的，这义气却仅限于让自家兄弟"论秤分金银，异样穿绸锦"，远没有达到"八方共域，异姓一家"的境界。无论是从胸襟还是从能力衡量，晁盖都无法驾驭更大规模的梁山，正因如此，晁盖的潜意识是抗拒梁山做大的，这与吴用的治山理念背道而驰。

当晁盖说出"斩讫报来"四字时，吴用就知道一切都结束了，谁也救不了这个发小。连王伦都知道婉拒林冲，还送一盘银子做路费，晁盖的做法太让人寒心了。江湖游民大都过着朝不保夕的日子，谁投奔谁都是常情，晁盖简直是在践踏江湖规则。

宋江是何等人物，他当然不会放过这样拉拢人心、树立威信的机会，立刻劝说道："……我也每每听得有人说，祝家庄那厮要和俺山寨敌对……小可不才，亲领一支军马，启请几位贤弟们下山去打祝家庄。若不洗荡得那个村坊，誓不还山！一是与山寨报仇，不折了锐气；二乃免此小辈被他耻辱；三则得许多粮食，以供山寨之用；四者就请李应上山入伙。"宋江就是有水平，这番话有理有节，句句都是为了山寨着想。

第一个投赞成票的就是吴用，吴学究道："兄长之言最好。岂可山寨自斩手足之人？"戴宗便道："宁可斩了小弟，不可绝了贤路！"众头领力劝，晁盖方才免了二人。不容得晁盖不免二人罪过，随着吴用悄无声息地将其抛弃，此时的他已然成了孤家寡人。

吴用看宋江最准，这是他一生中最重要的选择，而宋江不仅成了梁山领袖，也是吴用的知己兄弟。九天玄女赐下三卷天书时，特意叮嘱宋江："此三卷之书，可以善观熟视。只可与天机星同观，其他皆不可见。"若以天罡地煞一说而论，天魁星、天机星早已绑定，在九天玄女处都挂了号；若以脾性人格论，二人都是能谋善断、志向宏伟的人物，天生意气相投。

吴用看透的第三个人是朝廷衮衮诸公，或者说，他早看透了宋江以及自己的命运。

自古大王不白头，没有一个贼寇匪首能寿终正寝，从宋江掌权开始，梁山泊就一步步地走向招安。

大多数人读《水浒传》，都觉得前半部分很爽，梁山好汉一个个意气风发出场，可谓八仙过海各显神通。后半部分呢，很憋屈。第一，好汉们的戏份儿减少了，像武松、鲁智深、史进这样的爽快人连台词都没几句。第二，梁山被招安，帮着朝廷镇压其他起义军，还死了那么多人，实在难以接受。读到这儿，就开始骂宋江、吴用了，对不对？

这可真是冤枉他们了。水泊梁山被朝廷招安，是好汉们唯一的也是损失最小的一条路。除此之外，都是死路！

首先，梁山不具备可持续发展的能力。水泊梁山八百里，去了水面也没多大，只能算弹丸之地，却养着几万人。靠什么养？指望好汉们种地是不可能的，只能去抢。于是，梁山先抢了祝家庄，打青州、高唐州、大名府，又侵吞了扑天雕李应、小旋风柴进、大名府卢俊义的家产。但是，梁山是坐吃山空，再多的钱也不够花。周围的州府都抢干净了，去远处抢风险可就大了。面对早晚都会来的朝廷大军，梁山该怎么办？打仗就是钱粮之争，区区梁山能耗得过一个国家吗？只有被招安，才能活下去。

其次，招安符合一百零八将大部分人的利益。宋江是倡导招安的第一人，他做梁山首领后，用各种办法招降将领和公门中人，并且这些人排名都靠前，就是为了让招安派在梁山占据主导地位。比如关胜、秦明、呼延灼、董平、索超、朱仝、雷横等，只有做过官的人才知道做官的好处，如果不是走投无路，谁愿意当土匪？等到一百零八将凑齐时，就算投票决定是否招安，肯定也是多数压倒少数。

最后，招安能减少梁山的损失。有人说了，征讨方腊死了那么多人，损失哪里减少了？换个角度想，如果不接受招安，梁山就和方腊势力一样，坐等被征讨，那就是全军覆没的结局！所以说，被招安是注定的，梁山根本没有其他选择。这是起义军的不幸，也算是不幸中的幸运了。梁山一百零八将，听起来响当当，归根结底，不过是一群小人物在挣扎而已。

在这个前提下，吴用屡次献计与朝廷讨价还价，只是为梁山兄弟争取更好的筹码。因此，当朝廷第一次派陈宗善招安时，吴用就道出了招安这件事的本质："论吴某的意，这番必然招安不成。纵使招安，也看得俺们如草芥。等这厮引将大军来，到教他着些毒手，杀得他人亡马倒，梦里也怕，那时方受招安，才有些气度。"

阮小七用漏船接钦差、喝了御酒换成村酒，李逵扯了招安诏书、拳打陈太尉李虞候，他两个当然没有这样的主意，而梁山上能指使这二人做事的，除了宋江就只有吴用了。

破坏了第一次招安，朝廷派兵攻打梁山，吃尽苦头，只得再次招安。高俅听了一名老吏的主意，在诏书上暗设陷阱："诏书上最要紧是中间一行，道是：'除宋江、卢俊义等大小人众所犯过恶，并与赦免。'这一句是囫囵话。如今开读时，却分作两句读，将'除宋江'另做一句，'卢俊义大小人众所犯过恶，并与赦免'另做一句。赚他漏到城里，捉下为头宋江一个，把来杀了，却将他手下众人，尽数拆散，分调开去。"

识破陷阱的仍是吴用："军师吴用正听读到'除宋江'三字，便目视花荣道：'将军听得么？'却才读罢诏书，花荣大叫：'既不赦我哥哥，我等投降则甚！'搭上箭，拽满弓，望着那个开诏使臣道：'看花荣神箭！'一箭射中面门。"

有了这两次阻挠，朝廷终于正视梁山势力，第三次招安便诚意十足，吴用也算为梁山好汉博得了官面上的尊重。

但吴用终归与宋江不同，他招安也是为了官位富贵，只图实惠不论其他，更不像宋江那般对朝廷忠心耿耿。梁山大军征辽时，辽国曾派欧阳侍郎以官爵相诱，想招安梁山好汉。吴用明知宋江不会答应，也敢谏言道："蔡京、童贯、高俅、杨戬四个奸臣专权，主上听信。设使日后纵有功成，必无升赏。我等三番招安，兄长为尊，止得个先锋虚职，若论我小子愚意，从其大辽，岂不胜如梁山水寨！只是负了兄长忠义之心。"

征辽之后果然是没有封赏的。而宋江的忠义无人能及，立刻道:"军师差矣。若从大辽,此事切不可题。纵使宋朝负我,我忠心不负宋朝,久后纵无功赏,也得青史上留名。若背正顺逆,天不容恕!"

凭吴用的智慧,早就看出招安会惨淡收场,但面对宋江的头铁,他实在很无奈。从辽国回京后,首领们对朝廷十分不满,李俊、张顺、阮氏兄弟等水军头领甚至提出了"就这里杀将起来,把东京劫掠一空,再回梁山泊去"的建议。吴用道:"宋公明兄长断然不肯,你众人枉费了力。箭头不发,努折箭杆。自古蛇无头而不行,我如何敢自主张?"

实际上,从三打祝家庄开始,吴用就和花荣、李逵一样,成了宋江的附庸,他的人生价值都寄托在宋江身上,这也是吴、花、李三人为宋江殉葬的究极原因。

足智多谋、机巧心灵

天罡称号为天机星,绰号智多星,表字学究(意指学究天人),道号加亮(比诸葛亮还亮)。诸多名头加于一人之身,说他是《水浒传》中第一智囊,诚不为过。但这人偏偏名为吴用,与"无用"谐音,如此一来,再多名头都是枉费。

古人是很喜欢玩谐音梗的,从"年年有余"到过年吃饺子(音同宋代钱币交子),从鹿(禄)、蝙蝠(福)到荔枝、柿子(利市)、猫与蝴蝶(耄耋)图画,谐音梗早已融入生活之中。对文人来说,谐音梗更是暗藏讥讽、藏匿真意的好手段,如《红楼梦》一书,就将谐音用得出神入化。耳熟能详的葫芦(糊涂）僧乱判葫芦（糊涂）案，甄士隐（真事隐）、贾雨村（假语存），两位军机大臣詹光（沾光）、单聘仁（善骗人）……简直数不胜数。《水浒传》中最大的谐音梗就是吴用，但是，此"无用"可不是说吴用这人无能，而是指在北宋末年的大环境下，纵你有诸葛之智也是白搭。

常有人误解吴用徒有虚名，用计阴狠毒辣、只会赚人上山，不配《水浒传》中第一谋士之名。如果抛开偏见仔细分析，不难发现，论能力之全面、用计之多，成功率之高，没有人能和吴用相提并论。

以现代价值观来看，吴用绝对不是好人，甚至千刀万剐也不为过。如赚友人萧让、金大坚上山的无情，赚李应、卢俊义上山并夺取家财的冷酷，再如赚朱仝上山害死四岁孩童的残忍……吴用虽是读书人，却丝毫不受道德约束。为了达成目标，他会使用最直接有效的手段，即使这手段人神共愤，他也完全不在乎。作为一个虚构人物，他的做法在残酷的水浒世界中更显真实。

道德上的瑕疵并不妨碍吴用做一个神机妙算之人，他善读人心、能言善辩、知人善用，而这些都不是他最擅长的。吴用最强的一面其实是战前制定战术，称得上算无遗策，而他最常使用的计谋只有两种：伏兵与内应。

吴用初出茅庐的第一战就使用了伏兵战术，这是生辰纲系刚在梁山站稳脚跟，济州府团练使黄安就带着一千余人攻打梁山泊。"三阮驾小船引着官兵进入泊子，后面船只只顾赶，赶不过三二里水港，黄安背后一只小船，飞也似地划来报道：'且不要赶！我们那一条杀入去的船只，都被他杀下水里去后，把船都夺了去了。'黄安却待把船摆开迎敌时，只听得芦苇丛中炮响。黄安

第十人：吴用——冷酷的智囊　211

看时,四下里都是红旗摆满,慌了手脚。后面赶来的船上叫道:'黄安,留下了首级回去!'"

攻打高唐州时,在公孙胜的帮助下,梁山军队大胜高廉,吴用做出了判断:"若是今日攻击得紧,那厮今夜必来偷营劫寨。今晚可收军一处,直至夜深,分去四面埋伏。这里虚扎寨栅,夜间教众将只听霹雳响,看寨中火起,一齐进兵。"当夜高廉果然来劫寨,在吴用的安排下,高廉只带得八九骑入城,其余尽被林冲和人连马生擒活捉了去。

三山打青州时,面对武艺高强的呼延灼,吴用放弃了克敌,而采用诱敌之策,他用宋江和自己做诱饵,利用呼延灼立功心切的心理,设伏擒之。"(呼延灼)只听的军校来报道:'城北门外土坡上有三骑私自在那里看城。中间一个穿红袍骑白马的;两边两个,只认得右边的是小李广花荣,左边那个道装打扮。'呼延灼道:'那个穿红的眼见是宋江了,道装的必是军师吴用。你们且休惊动了他,便点一百军马,跟我捉这三个。'呼延灼拍马上坡,三个勒转马头,慢地走去。呼延灼奋力赶到前面几株枯树边厢,宋江、吴用、花荣三个齐齐地勒住马。呼延灼方才赶到枯树边,只听得呐声喊,呼延灼正踏着陷坑,人马都跌将下坑去了。"

一打大名府时,吴用闻听蔡京使出围魏救赵计策,请大刀关胜攻打梁山泊,戴宗道:"寨中头领主张不定,请兄长、军师早早收兵回来,且解山寨之难。"吴用道:"虽然如此,不可急还。今夜晚间,先教步军前行,留下两支军马,就飞虎峪两边埋伏。城中知道我等退军,必然追赶。若不如此,我兵先乱。"传令便差小李广花荣,引五百军兵去飞虎峪左边埋伏;豹子头林冲,引五百军兵去飞虎峪右边埋伏。当宋江撤兵时，梁中书果然命李成、闻达各带一支军马追赶，结果可想而知，这二人被梁山伏兵杀得大败。

二打大名府时，"当晚彤云四合，纷纷雪下，吴用已有计了。暗差步军去北京城外，靠山边河路狭处，掘成陷坑，上用土盖……次日，索超见了宋江，便点三百军马，就时追出城来。宋江军马四散奔波而走……索超紧追不舍，连人带马跌入陷坑之中。"

攻打曾头市时，吴用再设伏兵之计，道："他若今晚来劫我寨，我等退伏两边，却教鲁智深、武松引步军杀入他东寨，朱仝、雷横引步军杀入他西寨，却令杨志、史进引马军截杀北寨。此名番犬伏窝之计，百发百中！"何谓"番犬伏窝"？传说番邦有一种狩猎犬，性情狡黠、捕猎有方，常趁野兽离窝时潜伏窝中，待野兽回窝时，突然暴起扑咬，成功率极高。在这种斩草除根的计策下，曾头市首脑被一网打尽。

攻打东昌府时，张清一手飞石让梁山好汉吃尽了苦头，于是吴用以粮草为诱饵，先送粮车，再送粮船。张清贪功，被林冲引铁骑军兵，将张清连人和马都赶下水去了。"河内却是李俊、张横、张顺、三阮、两童八个水军头领，一字儿摆在那里。张清便有三头六臂，也怎生挣扎得脱，被阮氏三雄捉住，绳缠索绑，送入寨中。"

童贯征讨梁山时，吴用设下十面埋伏计，这一段情节极其紧凑，好汉们依次登场，如走马灯般精彩纷呈，且人人都有赞语：

先是芦苇中一个轰天雷炮飞起，火烟撩乱：鼓声震动森罗殿，炮力掀翻泰华宫。剑队暗藏插翅虎，枪林飞出美髯公；

然后东边山后鼓声响处，又早飞出一队人马来：二队精兵皆勇猛，两员上将最英豪。秦明手舞狼牙棍，关胜斜横偃月刀。

然后刺斜里又飞出一彪人马来：两股鞭飞风雨响，一条枪到鬼神愁。左边大将呼延灼，右手英雄豹子头……后面又有鲁智深、武松、杨志、史进、卢俊义等人依次登场，终获全胜。

这一战是梁山泊扬威之战，书中交代："原来今次用此十面埋伏之计，都是吴用机谋布置，杀得童贯胆寒心碎，梦里也怕，大军三停折了二停。蔡京出征时带了八路军马，分别是睢州兵马都监段鹏举、郑州兵马都监陈翥、陈州兵马都监吴秉彝、唐州兵马都监韩天麟、许州兵马都监李明、邓州兵马都监王义、洳州兵马都监马万里、嵩州兵马都监周信，又有御前飞龙大将酆美、御前飞虎大将毕胜做中军。"

此战结束后，八路兵马都监皆被阵斩，无一生还，飞龙大将酆美被卢俊义生擒，只有童贯和飞虎大将毕胜逃了出去。为何下手如此之狠，只因吴用之前说过："到教他着些毒手，杀得他人亡马倒，梦里也怕，那时方受招安，才有些气度。"吴用说这话时闻者众多，如果有人能回想起来，大概会有脊背生寒之感吧。

除了上述战斗外，吴用还会将伏兵战术与其他战术组合使用，效果也是奇佳，这里不再赘述。毋庸置疑的是，诸如埋伏、诱敌、陷阱之类的战术已经根植于吴用的骨髓之中，因地因时因势，信手拈来。

吴用另一个经常使用的战术是内应，换种说法就叫"中心开花"，这个古老的兵家计谋在吴用手上大放光彩，他是真的喜欢这个战术，穿花纳锦般花样无穷，从三打祝家庄开始，到清溪洞中擒方腊，吴用使用里应外合战术竟多达二十余次。

三打祝家庄是梁山发展大路上的重要节点，以时迁偷鸡为导火索，将梁山义军与地主武装之间的矛盾揭露开来。梁山与祝家庄的主线之外，又有李家庄、扈家庄与祝家庄之间的矛盾纠葛，前两次攻打的失利，解珍、解宝被毛太公陷害，孙立、孙新大劫牢的故事，时间拉长、空间拓展，让整个故事更加丰满复杂。

其中最能体现智谋的片段当属孙立主动请缨做内应，吴用顺水推舟做了两件事：第一件事，吴用对孙立等人道："既然众位好汉肯作成山寨，且休上山，便烦请往祝家庄行此一事，成全这段功劳如何？"第二件事，吴用对戴宗道："贤弟可与我回山寨去取铁面孔目裴宣、圣手书生萧让、通臂猿侯健、玉臂匠金大坚。可教此四人带了如此行头，连夜下山来。"

按理说，孙立等人投奔梁山，最先拜会的应该是山寨首领晁盖，晁盖点头接纳，才算正式入伙。而吴用直接忽略了这个关键环节，直接让孙立去祝家庄。这个举动，代表着吴用正式投向宋江，从此忽略晁盖；要裴宣、萧让等四人又有何用？答案在攻陷祝家庄后才揭晓，这四人扮作本州知府、孔目、虞候，将李应一家诳上了山。在得知内应计策后便开始处理善后事宜，可见吴用对这一计策的信心。

打青州时，先用伏兵之计擒了呼延灼，待呼延灼归降后，吴用道："只除教呼延灼将军赚开城门，唾手可得。更兼绝了呼延指挥念头。"有人问，难道就不怕呼延灼反悔吗？别急，吴用派了秦明、花荣、孙立、燕顺、吕方、郭盛、解珍、解宝、欧鹏、王英十名头领跟随，但凡呼延灼不傻，他就不敢妄动。

攻打华州营救史进、鲁智深时，本来华州城池厚壮，形势坚牢，无计可施。但吴用是何等人，一个消息立刻让他计上心来。

小喽啰报:"如今朝廷差个殿司太尉,将领御赐金铃吊挂来西岳降香,从黄河入渭河而来。"吴用听了便道:"哥哥休忧,计在这里了。"梁山好汉夺了宿太尉的仪从衣裳,扮作奉旨降香的钦差,将华州太守骗入西岳庙,杀人放火救人,一气呵成。

征辽时攻取霸州一战,欧阳侍郎前来劝降,吴用将计就计,宋江诈降先入霸州城,又哄骗欧阳侍郎道:"可烦侍郎差人报与把关的军汉,怕有军师吴用来时,分付便可放他进关来。"欧阳侍郎听了,差人去与益津关、文安县二处把关军将说知:"但有一个秀才模样的人,姓吴名用,便可放他过来。"待吴用过关时,武松、鲁智深与众多梁山好汉闯进来夺了关口,如此,后面卢俊义率领大军才能长驱直入霸州城。攻打霸州城时,"林冲、花荣占住吊桥,回身再战,诈败佯输,诱引卢俊义抢入城中。背后三军,齐声呐喊。城中宋江等诸将,一齐兵变,接应入城。"

征讨田虎时攻打盖州,吴用派石秀、时迁穿了敌军衣裳混入城内,占了城北草料场,放了一把火,立时烈焰冲天。守将钮文忠率兵来救火,吴用趁机架起云梯飞楼攻城(先前效果不佳)。"守城军士见城中起火,本是困顿惊恐,又见解珍、解宝十分凶猛,都乱窜滚下城去。解珍、解宝夺了城门放下吊桥,盖州城就此告破。"

征讨王庆时攻打山南,吴用命李俊、二张、三阮、二童这八个好汉乘着粮船从山南城下襄水经过,守城的段二被军粮所诱,夺了粮船开进城来。粮船内藏得却是李逵、鲁智深、武松、杨雄、石秀、解珍、解宝、凌振等二十个头领并千余步兵。凌振在城内放起了轰天子母炮,鲁智深、武松等人打开城门放下吊桥,梁山大军杀入,夺取了山南城。

征讨方腊时，攻打润州，穆弘与李俊扮作为方腊送粮的陈益、陈泰兄弟，混入润州城。守城的吕枢密虽警觉生疑，却为时已晚；攻打防备森严的苏州城，李俊太湖小结义结识费保，夺了"承造衣甲"的方腊官船，步兵混入苏州城，一举攻下；攻打杭州，死伤好汉众多，最后还是扮作送粮的平民混入城中，依靠凌振的火炮才终于取胜；攻打清溪洞，柴进、燕青早早做了内应，赢得方腊信任，并在关键时刻反戈一击，与燕青合力杀死敌军大将方杰，攻陷清溪洞。

总结吴用的谋略特点：作战风格以稳重为主，若有良机能减轻己方损耗，也敢于冒险。设伏与里应外合是吴用最常使用的计策，他临场应变极强，常常从不起眼的情报中觅得破绽，果断做出决定。吴用近乎全才，除了内政后勤、战阵用计，他连阴阳法术、医卜星相也都有所涉猎，而这样的人物，由于身份的原因，最终被朝廷逼迫得走投无路。他看穿了结局，自己却没能避免，实在悲哀。

《水浒传》中存在双重矛盾：一是贪官污吏和平民百姓的阶级矛盾，二是朝廷与外敌、草寇之间的生存矛盾。梁山好汉在处理阶级矛盾时是爽快的、正义的、受欢迎的；当他们成为统治阶级的打手，变相巩固了昏君和贪官污吏的地位时，他们就变成被利用的、委屈的、不被理解的。

早在上梁山之前，吴用说服三阮时的对话已道明了一切，三阮口中曾说"这腔热血，只要卖与识货的"。这同样是吴用的心里话。宋江是识货的，可他投奔的朝廷不是，因此，吴用的悲剧与智谋无关，他是亡于"义"。

明人钟惺在其《水浒传》序中写道："嘻！世无李逵、吴用，令哈赤猖獗辽东！每诵秋风，思猛士，为之狂呼叫绝。安得张、韩、岳、刘五六辈，扫清辽、蜀妖氛，薃灭此而后朝食也。"李逵、吴用，一武一文，一猛将一谋士，这是抵御外敌、稳定社稷必不可少的两种人。明末缺李逵、吴用，宋末又何尝不是？

　　崇文抑武的宋朝，迫切需要草莽英雄的尚武精神，迫切需要有猛将谋臣站出来挽救时局危难，而昏聩的君主与大臣们，将一心为国、身怀绝技的梁山英雄都拒之门外，却为虎狼般的金人打开了开封城门。北宋的掌权者导演了一出不忍卒读的耻辱悲剧，梁山好汉的命运只能算末世狂潮中的一抹湍流，被不可阻挡的历史巨轮裹挟向前，身不由己。

第十一人：
君昏臣奸，官狼吏虎——万恶之源

　　《水浒传》一书不仅展现人性光鲜璀璨的一面，对腐朽黑暗的社会环境下滋生出的怪诞乱象、明暗规则也丝毫不加遮掩。

　　《水浒传》中的"恶"比"善"更真实，更直白，也更普遍。"恶"是水浒之源，正是这无处不在的"恶"，逼迫着百余名出身、地位不同的亡命之徒实现"八方共域，异姓一家"，也让水泊梁山成为无根游民向往的世外桃源。"恶"从何处来？一句"乱自上作"便道出了本质，自宋徽宗以降，当朝掌权者几无一人为国为民。

朽木为官，禽兽食禄

　　道君皇帝赵佶是宋朝政治腐败、浮夸伪饰的罪魁祸首。天下盗贼四起，边境烽火连天，赵佶却沉醉于太平盛世的幻梦之中，做出了一件件祸国殃民、自毁江山的勾当。从书画、赏古的角度看，赵佶称得上艺术家，但这个艺术家做了皇帝，却象征着灾难的降临，因为他是一个标准的昏君。

第一昏：挥霍无度。政和七年，为祈求繁衍皇嗣，在一名道士的建议下，宋徽宗打算在汴京东北建造万岁山，又名"艮岳"。艮，在八卦中代表山，在方位中代表东北，故名。艮岳占地七百五十亩，一石一木都远自千里而来，宋代张淏在《艮岳记》中写道："大率灵璧太湖诸石，二浙奇竹异花，登莱文石，湖湘文竹，四川佳果异木之属，皆越海度江，凿城郭而至。"臭名昭著的"花石纲"就是艮岳的基础材料。这个劳民伤财、毁国家根基的大工程耗时六年才完工，却仅仅存在了四年，就因金人入侵而毁掉。

第二昏：用人不当。就《水浒传》而言，赵佶基本是不理朝政的，他本就是闲散王爷出身，诗词歌赋、蹴鞠马术、书法绘画、医道茶道……凡是与治国无关的都擅长甚至精通，唯独不干正事。他对奸相蔡京言听计从，根本不辨是非。比如谏议大夫赵鼎建议招安梁山好汉，蔡京听了大怒，喝叱道："汝为谏议大夫，反灭朝廷纲纪，猖獗小人，罪合赐死！"天子曰："如此，目下便令出朝，无宣不得入朝！"当日革了赵鼎官爵，罢为庶人。当朝谁敢再奏？诸如此类被奸臣左右、蒙蔽的例子不在少数，赵佶不是笨人，只是不将心思放在国事上，才任由奸臣颠倒黑白、胡作非为。

第三昏：荒淫无道。赵佶还好色。好色的皇帝有很多，但像赵佶这样连三宫六院众多嫔妃都满足不了，还要到妓院去找新鲜感的，实在太少了。宋江、柴进等人到东京看灯时，就走到了赵佶两个相好的住处。（宋江）问茶博士道："前面角妓是谁家？"茶博士道："这是东京上厅行首，唤做李师师。间壁便是赵元奴家。"宋江道："莫不是和今上打得热的？"茶博士道："不可高声！耳目觉近。"一个不够，还要两个才行。

第四昏：虚荣自误。柴进偷入宫城时曾遇到一个王班直，套话时得知："今上天子庆贺元宵，我们左右内外，共有二十四班，通类有五千七八百人，每人皆赐衣袄一领，翠叶金花一枝，上有小小金牌一个，凿着'与民同乐'四字……"只是一个元宵节便摆出几千人的排场，这还仅是宫内，这一夜东京城要耗费多少财富可想而知。赵佶夜会李师师时说："寡人今日幸上清宫方回，教太子在宣德楼赐万民御酒，令御弟在千步廊买市……"赐万民御酒和买市，都是撒钱的行为，赵佶出了名的爱面子，在他看来，目光所及处都是歌舞升平、繁华盛景，大宋好着呢！却不知汴梁城之所以繁荣，是因为这里吸了整个大宋的血。

华州营救史进、鲁智深时，恰遇上宿太尉奉诏到西岳华山降香。原文道：三只官船到来。船上插着一面黄旗，上写"钦奉圣旨西岳降香太尉宿元景"。从东京到华山，路途八百余里，只为了烧一炷香。或许是求盗匪销声匿迹，或许是求黄河不再泛滥，不管所为何事，这举动都和洪信到龙虎山求请张天师相似。身为一国之君，遇事不施人力，只知求神寻仙，何其荒谬！

赵佶自己不成体统，他信任的几个身居要职的官员当然也好不到哪儿去。历史上有北宋六贼，《水浒传》中则是四贼：蔡京、童贯、高俅、杨戬。他们代表着水浒世界中的奸恶权臣，虽是四人，本质上却是一体。《水浒传》中并没有对奸臣之恶大费笔墨，仅从文字中不经意透露的信息也看得出，这四人都不是省油的灯。

太师蔡京是奸党的核心人物，他总揽朝政，第九个儿子蔡德章在江州做知府，女婿梁世杰是大名府留守司，其他几个儿子虽未出场，但一定也是位高权重。真正的史实中，蔡京只有八个儿子，并没有第九子，也没有一个叫梁世杰的女婿。他的六个儿子、五个孙子都是学士，长子蔡攸还做过宰相，比《水浒传》中更夸张。蔡京在朝中门生遍地，堪称一手遮天。宋朝的相权其实是被削弱很多的：大事决策权在皇帝，军事主导权在枢密院，财政权分给户部、盐铁、度支三司，人事权在吏部、考课院和三班院。谏官也非宰相下属，而归谏院管理。但由于赵佶沉湎声色、耽于玩乐、怠于政务，祖宗设置的诸多障碍都没有阻挡住蔡京成为北宋危害最大的权相。

丢了生辰纲后，太师府立刻派人到济州，来人对济州府尹道："小人是太师府里心腹人。今奉太师钧旨，特差来这里要这一干人……若十日不获得这件公事时，怕不先来请相公去沙门岛走一遭。"蔡京没有人事决定权和司法审判权，却敢扬言要将一个府尹送到北宋最臭名昭著的流放之地，更可怕的是，从上到下都觉得这么做理所应当。

朝廷第一次招安梁山，蔡京从中作梗，对陈太尉道："我叫这个干人跟随你去。他多省得法度，怕你见不到处，就与你提拨。"陈太尉道："深感恩相厚意。"蔡京派出的二人无礼蛮横，惹得梁山好汉不快，致使第一次招安以失败告终。

辽国入侵宋朝时，兵分四路而入，劫掳山东、山西，抢掠河南、河北。各处州县，申达表文，奏请朝廷求救……所有枢密童贯同太师蔡京、太尉高俅、杨戬，商议纳下表章不奏。

恐吓府尹是为私利，阻挠梁山招安是为私愤，隐瞒奏章可就是纯粹的误国了。不过这并不稀奇，就连辽国的欧阳侍郎都知道四贼的品性："……如今宋朝童子皇帝，被蔡京、童贯、高俅、杨戬四个贼臣弄权，嫉贤妒能，闭塞贤路，非亲不进，非财不用……"正因其了解并对四贼施行贿赂，才使得宋朝休兵罢战。蔡京、童贯、高俅、杨戬并省院大小官僚，都是好利之徒。"却说大辽丞相褚坚并众人，先寻门路，见了太师蔡京等四个大臣，次后省院各官处，都有贿赂。"

和蔡京相比，童贯的戏份更少，这个只会阿谀谄佞、投机钻营的"媪相"，临战不力，只能靠蔡京庇护欺上瞒下。第一次招安梁山失败，自以为能征善战的童贯主动请缨："鼠窃狗盗之徒，何足虑哉！区区不才，亲引一支军马，克时定日，扫清水泊而回！"结果一战损了十个兵马都监，灰溜溜逃了回来。童贯拜了太师，泪如雨下。蔡京道："且休烦恼。我备知你折了军马之事。"童贯再拜道："望乞太师遮盖，救命则个！"如此卑微的姿态，与蔡家家奴也没什么分别。

高俅，靠媚上之术从一个泼皮做到太尉，他和好汉们的纠葛也最多。逼走王进，迫害林冲，打压杨志，叔伯兄弟高廉与柴进结仇……高俅也曾带兵攻打梁山，泼皮领军，更有一番别样气象："高太尉在京师俄延了二十余日，天子降敕，催促起军。高俅先发御营军马出城，又选教坊司歌儿舞女三十余人，随军消遣……饮罢饯行酒，攀鞍上马，登程望济州进发。于路上纵容军士，尽去村中纵横掳掠，黎民受害，非止一端。到了济州城后，这十路军马，各自都来下寨，近山砍伐木植，人家搬掳门窗，搭盖窝铺，十分害民。高太尉自在城中帅府内，定夺征进人马。无银两使用者，都充头哨出阵交锋；有银两者，留在中军，虚功滥报。似此奸弊，非止一端。"童贯虽打了败仗，至少"一行人马各随队伍,甚是严整",遇上毫无底线的高俅,官兵立刻变成了强盗。

杨戬,一个陪着皇帝寻花问柳的太监,做事心狠手辣,毒杀卢俊义、宋江就是从他开始。"当有殿帅府太尉高俅、杨戬,因见天子重礼厚赐宋江等这伙将校,心内好生不然。两个自来商议道:'这宋江、卢俊义皆是我等仇人,今日倒吃他做了有功大臣,受朝廷这等钦恩赏赐,却教他上马管军,下马管民。我等省院官僚,如何不惹人耻笑!自古道:恨小非君子,无毒不丈夫。'杨戬道:'我有一计,先对付了卢俊义,便是绝了宋江一只臂膊。这人十分英勇,若先对付了宋江,他若得知,必变了事,倒惹出一场不好。'"如此构陷忠臣的举动,不由得让人想起几十年后的秦姓人渣……

俗话说"上行下效",统治阶层的腐朽风气从朝堂蔓延到汴梁城,再顺着官道吹向一个个州府、一个个衙门、一座座牢城营……大宋的官场风气自然变得糜烂不堪了,在此以"施恩义夺快活林"一回为例,探一探北宋末年官场的本质。

快活林:吏吏相争只为利

如果为《水浒传》中的人物做一个人气排名,武松一定独占鳌头。大聚义前的七十回是梁山好汉的个人秀,武松自己就占了十回之多,因此也被人称为"武十回"。从"柴进庄园遇宋江"开始,紧接着便是"景阳冈打虎""武松杀嫂""狮子楼斗杀西门庆""十字坡遇张青""快活林醉打蒋门神""大闹飞云浦""血溅鸳鸯楼""夜走蜈蚣岭",好戏不断、精彩纷呈。在这十个章节中,对武松影响最大的、逼迫他走上落草之路的,当然是孟州这段经历。

于武松个人而言,"血溅鸳鸯楼"是他人生的重大转折,于全书而言,因快活林而生起的这场争端,是唯一一处将官吏矛盾展露无遗的戏份。我们都知道"官逼民反",官吏与平民之间的矛盾贯穿始终,那么,官与吏、吏与吏之间的关系又是怎样的呢?答案简单而直接——明争暗斗、唯利是图。

快活林之争是一场三对三比赛,优势方选手有孟州守御兵马都监张蒙方、孟州牢城营张团练、潞州摔跤高手蒋忠;劣势方选手有牢城营管营施恩之父、金眼彪施恩、囚徒武松。

说到牢城营,先要了解一下宋朝的监狱管理制度。

宋朝的犯人大抵被关押在两个地方,监狱和牢城营。宋朝监狱类似现在的看守所,里面关押的犯人大多没有定罪判决,需要带枷锁,无自由。判决之后,犯人如果罪不至死,就来到了大家比较熟悉的"刺配流放"环节,被押送到由军队代管的牢城营。

对统治阶级来说,这样做的好处很多,既能惩罚、教化罪犯,又有了免费劳役,甚至还可以补充兵员,成为变相的征兵制度,"贼配军"一词就是这么来的。

林冲、武松、宋江、朱仝刺配后都被押送到牢城营。林冲给了银子,又有柴大官人的面子,得了个看守天王堂的轻松活计;武松则凭自己的名气和本事被小管营施恩当成偶像,做了一名高级打手;宋江又有钱又有面子,每天在江州喝酒写诗,比在家还清闲;朱仝则靠着颜值博得沧州知府青睐,成了家庭保姆。

乍看上去,牢城营的待遇似乎也不错,但对普通人来说,牢城营简直比地狱还恐怖。除了流传甚广的一百"杀威棒",还有"土牢""盆吊""土布袋压杀"等要命的虐杀手段,没钱行贿就只能等死。

施恩之父在牢城营做头头,为人处世自然狠辣老道,但他的对手——张团练也不容小觑。实际上,宋朝并没有管营与团练这两个职位,按照职能理解,管营应该与监狱官员"节级"相仿,也就是和戴宗平级,团练则是当地乡兵组织的一把手。管营、团练都不是官员,而是吏,一个管囚犯,一个管民兵,手底下都是不缺打手的。

按理来说,施管营与张团练势均力敌,从"和气生财"的角度看,"搁置争议,共同开发"快活林是最佳选择,有钱大家赚,还能顺便交个朋友。但事情的发展与结局超出了所有人的预料。

施恩在初见武松时讲明了前因后果,这一通话有五百五十一个字,或许是《水浒传》最长的台词了。

"小弟自幼从江湖上师父学得些小枪棒在身,孟州一境起小弟一个诨名,叫做金眼彪。"这句话有点好笑,施恩道出江湖人的身份,当然是在武松这里寻求亲近感,但他实在不算是江湖人,能依仗的不过是牢城营中的囚徒罢了。施恩不知道的是,武松名声虽响,却也不算江湖人,人家本是都头。

"小弟此间东门外有一座市井,地名唤做快活林。但是山东、河北客商们,都来那里做买卖。有百十处大客店,三二十处赌坊、兑坊……月终也有三二百两银子寻觅,如此撰钱。"先道出快活林的归属权,再阐明商业价值。

"近来被这本营内张团练,新从东潞州来,带一个人到此。那厮姓蒋名忠……自夸大言道:'三年上泰岳争跤,不曾有对;普天之下，没我一般的了！'"蒋门神还真未必说过这话，但施恩一定要说，因为武松明显是吃软不吃硬的汉子，他要请武松揍蒋门神，就要先让武松讨厌对方。

"本待要起人去和他厮打，他却有张团练那一班儿正军。若是闹将起来，和营中先自折理……"就快活林这件事，施管营和张团练是不可能有正面冲突的，霸占商业地段是不法之事，闹大了对谁都不好。

"怎地得兄长与小弟出得这口无穷之怨气，死而瞑目！只恐兄长远路辛苦，气未完，力未足，因此且教将息半年三月，等贵体气完力足方请商议。"前面铺垫足了，施恩最后才说出真正目的，又隐晦点出"你身子弱，现在怕是不行"，可见施恩已经摸透了武松的脾性。

施恩说得虽多，却无一句废话，他本事不济，情商还是有的，凭借这番恳切的话语，最终成功请出武松出手。

由于武松比蒋门神强出太多，快活林毫无悬念回到了施管营手中，这时，重量级人物张蒙方登场了。作为一州兵马都监，张蒙方和镇三山黄信、双枪将董平是同级别的，他掌管本地屯驻、兵甲、训练、差役之事，属于级别高、有实权的干部。整个牢城营都在张蒙方管辖之内，施管营和张团练都是他的下属。

毫无疑问，张蒙方是站在张团练一边的，书中明言二人是结义兄弟，实际上，张蒙方就是张团练的后台。身为一州兵马都监，他不会沾染收保护费这种上不得台面的事，但孝敬分红还是要收的，张团练摆不平的事，就轮到张蒙方出马了。

同时，张蒙方和张团练的关系是隐秘的，直到武松被捕后，二人的关系才暴露出来。施管营也是在这时候看透了根由："眼见得是张团练替蒋门神报仇，买嘱张都监，却设出这条计策陷害武松。"

这种关系是见不得光的，虽然大宋官员捞钱不是稀奇事，但总会遭同行嫉恨，就像孟州知府所说："你倒赚了银两，教我与你害人！"武松之所以能逃脱死罪，施恩上下打点固然有一定作用，归根结底还是孟州知府这一句话。

张都监为张团练站台，这让施管营措手不及，很明显，他也被蒙在鼓里，如果他知道快活林有张都监的股份，一定不会采取这种硬刚的方式，但接下来发生的事就有些诡异了。

武松被发配前，施恩为他送行时说："半月之前，小弟正在快活林中店里，只见蒋门神那厮又领着一伙军汉到来厮打。小弟被他又痛打一顿，也要小弟央浼人陪话，却被他仍复夺了店面……"

凭施管营处事之老练，应该明白快活林已经不属于自己了，按理来说，应该马上撤出人手，等着蒋门神过来接收，施恩留在那里，似乎有等着挨揍的嫌疑。不错，施恩就是在等着挨揍！

由于张都监插手此事，施家父子不得不认尿，他们再没有机会入主快活林了，非但如此，还要让对方打一顿消气。作为下官，这个态度必须要有，才能避免今后被穿小鞋。同时，施管营也在用这种方式告诉张都监，武松入囚，我儿子被打，快活林让给你们，希望报复到此为止吧。这就是吏吏相争的本质，拳头不够大，后台不够硬，就只有输。

张都监害武松，连戏都懒得做全套，用三分力气就能毁你十分人生，这是权势地位带来的差距。但他犯了两个错误，因此导致结局惨烈。

张都监显然以为权位能解决一切：夺回快活林，施管营不敢反抗；栽赃发配并派人半道截杀，武松无力反抗。这种做事做绝、斩草除根的心态加上严重低估了武松的机警与战斗力，导致了自己走向万劫不复的结局。

但凡双方都能做事留一线，也不至于两败俱伤，但事情发展到了这般地步，已经从"官吏相争"演化到了"黑吃黑"的争斗，赢家亡命天涯，输家万劫不复。

大闹飞云浦、血溅鸳鸯楼两出杀戏固然痛快，却实在无法叫好。参与这场争斗的六个人中，没有哪一方是正义的，也没有一个是好人，包括武松。

武松的遭遇令人同情，他本想做一个干净人，做一个守法者，做一个秩序内的良民，却硬生生被浊世染成杀人魔头。但武松毕竟是强者，他是天罡星君转世，身怀绝技，有仇能报有恨能雪，对普通人来说，这世道的一点儿恶意都不逊于山崩地裂，足以令人家破人亡。因为在北宋末年，最让普通人惧怕的、最能体现官狼吏虎之恶的就是司法和牢狱。

君王再昏庸，高官再奸恶，都不是普通人能接触到的，林冲、杨志这样的为官者只是少数，梁山好汉中更多的是阮氏三雄、刘唐、白胜这样的游民，他们能接触到的恶，大多来自底层小吏。"阎王好见小鬼难缠"，《水浒传》中的小吏之恶，绝不亚于地狱中的小鬼。要想搞清楚北宋末年为何民怨沸腾、起义不断，必须要搞清楚一件事，那就是——司法。

《水浒传》中的司法与牢狱

《水浒传》中有一桩故事，入木三分地刻画出胥吏的贪婪以及胥吏与普通人之间的矛盾冲突。第十四回中，赤发鬼刘唐因生辰纲一事来寻晁盖，醉卧灵官殿时被巡视的都头雷横捉了，雷横押着刘唐便来到晁盖家里。雷横口中说的是"我们且押这厮去晁保正庄上，讨些点心吃了"，刚刚五更时分，晁盖还没起床，雷横这个举动其实是很失礼的，但他自有依仗。而且他的目的不是"讨点心"，而是"讨人情"。

到了晁盖家中，晁盖问道："敝村曾拿得个把小小贼么？"雷横把过程说了，夹了一句很重要的话"恐日后父母官问时，保正也好答应"。为什么说这句话重要？因为晁盖是东溪村保正，也是一个胥吏。村里出了贼人，当地保正是脱不开干系的，雷横这个人情是铁定要到了。果然晁盖听了，记在心，称谢道："多亏都头见报。"

后来晁盖发现刘唐是来找自己的，便谎称二人是舅甥关系，将刘唐救下，并给了雷横十两银子。这十两银子，一是感谢雷横告知此事，二是感谢雷横放了刘唐。用银钱换人情，这在胥吏之间十分普遍，雷横和晁盖两位当事人都没当回事，不想刘唐却看不顺眼，他追上雷横，想把这十两银子要回来。

晁盖花自己的钱，刘唐为什么不服不忿？这有三个原因，第一，刘唐记恨雷横；第二，刘唐不理解胥吏之间的人情往来；第三，刘唐太穷了，对他来说，十两银子是很多钱。

追上雷横后，刘唐称之为"诈害百姓的腌臜泼才"，"诈"的是晁盖，"害"的是他自己。要知道，刘唐并没做什么坏事，只是在无主的灵官殿上睡了一觉,就被抓起来平白吊了一夜,简直是天降灾祸。这就是胥吏滥用职权、鱼肉百姓的危害,刘唐作为一个游民,大概也不是第一次受这样的腌臜气了。

刘唐是好人吗?肯定不是!甚至可以说是一个恶人,他寻雷横麻烦,未尝没有展现本领同时拖晁盖下水之意,但他对雷横的恨也是实实在在的。连恶人都恨胥吏,普通百姓更不必多说。

雷横为什么抓刘唐?别忘了他是奉知县命令到此地巡视的,原文中知县道:"我自到任以来,闻知本府济州管下所属水乡梁山泊,贼盗聚众打劫,拒敌官军。亦恐各处乡村盗贼猖狂……"现在明白了吧,雷横带着几十个官差,当然不敢到梁山泊去捉贼盗,但他又不甘心白跑一趟,遇到一个外地穷汉,可不正是"诬民为盗"的好机会!

一个是贫无立锥之地的游民,另一个是到处捞油水的胥吏,以十两银子为引线,一件小事就这样上升为阶级矛盾。刘唐是人,晁盖、雷横也是人,虽然活在同一时代,但横亘在平民和官吏之间的鸿沟永远无法弥合,一直持续到大宋灭亡。

更有趣的是,这三人后来都上了梁山,彼此以兄弟相称。在大宋高层的不懈努力下,游民反了,胥吏也反了,敌人的敌人是朋友,即使我们曾有仇怨,此刻也能并肩作战。

"推临狱内,拥入牢门。抬头参青面使者,转面见赤发鬼王。黄须节级,麻绳准备吊绷揪;黑面押牢,木匣安排牢锁镣。杀威棒,狱卒断时腰痛;撒子角,囚人见了心惊。休言死去见阎王,只此便为真地狱。"乍看这段文字,写的仿佛是神话世界中九幽深处的阎罗殿,其实这只是《水浒传》中对东京死囚牢的描写。

第十一人:君昏臣奸,官狼吏虎——万恶之源　231

宋朝建立之前的唐末及五代时期，由于藩镇割据武人掌权，司法制度基本是"以暴制暴"，这种情况一直到宋朝才得到改善。宋朝初建时政权并不稳定，为了安定人心、社会长治久安，赵匡胤吸取了前朝的教训，在法律和政治制度上做出了变革与创新。

最著名的就是"鞫谳分司"制度，简单说就是将"审"与"判"二者分离，由不同官员分别执掌。鞫谳分司不但细化了司法审判方式，还对官员形成制衡，让御史台、刑部和大理寺"三司"在职权上相互进行制约。另外，由于宋朝经济繁荣，人家交往频繁，与民事及诉讼相关的律令非常丰富。借助于科技的发展，司法部门更加看重证据断案。正是这样良好的法治环境，培养出了法医学鼻祖宋慈这样的人物。法医学的创立减少了大量冤、假、错案。

统治者的初衷是好的，宋朝的司法制度渗透了儒家的仁爱思想，最大限度减少了官府对民众的压迫。但到了北宋末年，政治环境实在太过糜烂，朝廷重臣贪腐成风、沆瀣一气，中低层官吏失去了应有的监督，导致法治还原成了人治。这就出现了本文开头的那一幕：连东京城的监牢都与地狱一般，老百姓还能到哪里去寻找公正呢？

《水浒传》一书"为市井细民写心"，将山野江湖、歌楼茶坊、勾栏瓦肆都写得面面俱到，由于故事本身的矛盾性，官司诉讼自然不可缺席，大小案件达数十桩之多。在这些案件中，我们看到的是索贿行贿、权力寻租、栽赃陷害、屈打成招，唯有司法和正义缺席。

林冲被发配到沧州牢城营时，只因掏钱慢了，被差拨骂了个狗血淋头。那差拨不见他把钱出来，变了面皮，指着林冲骂道："……打不死、拷不杀的顽囚，你这把贼骨头好歹落在我手里。教你粉骨碎身，少间叫你便见功效。"林冲只骂得一佛出世，哪里敢抬头应答。

随后，林冲拿出十五两银子，差拨立刻换了笑脸："林教头，我也闻你的好名字，端的是个好男子，想是高太尉陷害你了。虽然目下暂时受苦，久后必然发迹。据你的大名，这表人物，必不是等闲之人，久后必做大官。"

差拨变脸迅速、演技高明，可见久居此位，早不知廉耻为何物，只知道银子最实在。有了银子，"顽囚"成了"林教头"，"贼骨头"成了"好男子"，还免去了一百记杀威棒。林冲情不自禁感叹，说出了一句至理名言："有钱可以通神，此语不差。"

林冲得了看守天王堂的好差事，又花二三两银子取了枷锁，管营、差拨得了贿赂，日久情熟，由他自在，亦不来拘管他。不夸张地说，就算林冲想逃走也不是难事，管营、差拨如此放纵犯人，可见他们对渎职这件事根本不在乎。

沧州牢城营如此，武松所在的孟州也差不多。差拨显然是认得武松的，因此才能说出："你是景阳冈打虎的好汉，阳谷县做都头，只道你晓事，如何这等不达时务？你敢来我这里，猫儿也不吃你打了！"在外面能打虎的人，在牢城营里猫都打不得！可见差拨对自己手中的权力是多么自信。

而在江州牢城营，宋江也有过同样的遭遇。宋江不缺钱，又懂得牢城营中的潜规则，全都用银子搞定了。差拨到单身房里，送了十两银子与他；管营处又自加倍送银两并人事；营里管事的人并使唤的军健人等，都送些银两与他们买茶吃。因此无一个不欢喜宋江。即便如此，宋江仍是遭到了节级戴宗的勒索。

先看牌头说的话："节级下在这里了，正在厅上大发作，骂道：'新到配军如何不送常例钱来与我！'"本来是敲诈犯人所得，在这里成了"常例钱"，潜规则成了明规则，要钱要得理直气壮。

再看戴宗对宋江说的话："你这矮黑杀才！倚仗谁的势要，不送常例钱来与我？"

"你这贼配军是我手里行货，轻咳嗽便是罪过！"

"你说不该死，我要结果你也不难，只似打杀一个苍蝇。"

在胥吏看来，牢城营犯人唯一的存在价值就是送钱，没钱的犯人根本不算人。沧州如此，孟州如此，江州如此，都是大宋州城，还有哪里可以幸免吗？

牢城营有天无日，司法的其他环节一样长夜难明，从案发起的捉拿、审理到定罪、发配，从始至终都是权钱主宰、人情交易，根本没有法律与正义的容身之处。

林冲带刀入白虎节堂，孙孔目笔锋一转，"手执利刃，故入节堂"便成了"不合腰悬利刃，误入节堂"，死罪也就改成了脊杖二十，刺配远恶军州。所谓"远恶军州"指的是远在恩州、梅州、雷州、琼州、昌化等地，大致都在今天的广东、海南，《宋史·刑法志》记载，广南东路为"春州瘴疠之地，配隶至者十死八九"。林冲没有去这些远恶军州，而是发配到沧州，当然是花钱疏通的作用。

武大一案中，西门庆买通仵作何九毁灭证据，本是万无一失的做法。原文道："那何九叔自来惧怕西门庆是个刁徒，把持官府的人，只得受了。"可想而知，如果没有武松的威名震慑，这就是死无对证的铁案，无论如何也翻不了天。而何九是第一次做这样的事吗？实在不好说。

武松携人证、物证状告西门庆时处处受阻，原来县吏都是与西门庆有首尾的，官人自不必得说，因此官吏通同计较道："这件事难以理问。"待到武松杀了西门庆，县官念武松是个义气烈汉，又想他上京去了这一遭，一心要周全他。西门庆已死，那边的好处再得不到，才有了迟到的正义感，翻手为云覆手为雨，都在当权者一念之间。

故意杀人案也改成了："武松因祭献亡兄武大，有嫂不容祭祀，因而相争。妇人将灵床推倒。救护亡兄神主，与嫂斗殴，一时杀死。次后西门庆因与本妇通奸，前来强护，因而斗殴。互相不伏，扭打至狮子桥边，以致斗杀身死。"

判的是："脊杖四十，刺配二千里外。"结果成了："上下公人都看觑他，止有五七下着肉；迭配孟州牢城。"孟州离阳谷县有多远？只有七百余里。

且不说公人轻打武松、发配地点由远变近是对是错，从此案来看，北宋末年执法者的权力真是大得没边儿了。判词随意修改，发配地点说变就变，能打死人的脊杖也能按摩疏松筋骨。但我们千万不要以为这是常态，刑罚能从严到宽，当然也能从宽到严，现实中，后者要比前者多得多。

后面这场官司，武松就没有之前的幸运了，在张都监家被栽赃，那知府喝令左右把武松一索捆翻。牢子节级将一束问事狱具放在面前。武松却待开口分说，知府喝道："这厮原是远流配军，如何不做贼！一定是一时见财起意。既是赃证明白，休听这厮胡说。只顾与我加力打这厮！"那牢子狱卒拿起批头竹片，雨点般地打下来。

武松被屈打成招后，知府道："这厮正是见财起意，不必说了。且取枷来钉了监下。"牢子将过长枷，把武松枷了，押下死囚牢里监禁了。牢子狱卒把武松押在大牢里，将他一双脚昼夜匣着，又把木杻钉住双手，哪里容他些松宽。原告是张都监，那就连审讯都省去，直接打服，区区偷盗罪也敢直接丢入死囚牢。

长枷是一种特殊的枷锁，由一长一短两块木板组成，犯人戴上后行动十分不便。匣床则是一件十分恐怖的刑具，明末的吕坤在《实政录》中记载过匣床：头上有揪头环，项间有夹项销，胸间有拦胸铁索，腹上有压腹梁；两手有双环铁钮，两胫有短索铁钉，两足闸于匣栏，仍有号天板一叶，钉长三寸，密如猬刺，利如狼牙；其板盖于囚身，去面不及二寸。直白地说就是将犯人严格限制住，丝毫动弹不得。

武松是如何逃脱死罪的呢？"有这当案叶孔目一力主张，知府处早晚说开就里。那知府方才知得张都监接受了蒋门神若干银子，通同张团练设计排陷武松，自心思想道：'你倒赚了银两，教我与你害人！'因此心都懒了，不来管看。"

叶孔目"说开就里"，成功挑拨知府和张都监的关系，知府得知张都监"接受了蒋门神若干银子"，觉得得到的好处不够，不愿意帮张都监了。这次翻案，真正起作用的不是叶孔目的正直，而是张都监和知府的分赃不均。在司法部门办事，法律解决不了任何问题，而要靠挑拨离间，这也是莫大的讽刺。

和林冲、武松相比，江湖大佬宋江就好上很多，即使犯了案，也有知县帮忙遮掩。

宋江杀死阎婆惜后，知县多次对他网开一面。阎婆报官时，知县却和宋江最好，有心要出脱他，只把唐牛儿来再三推问；张文远找到宋江的压身刀，知县吃他三回五次来禀，遮掩不住，只得差人去宋江下处捉拿；张文远又说出宋太公去处，知县情知阻挡不住，只得押纸公文，差三两个做公的，去宋家庄勾追宋太公并兄弟宋清。

此处这个张文远，便是宋江的后司贴书，他是和阎婆惜勾搭的小张三。后司贴书是小吏的助手，他之所以穷追不舍，当然不是为阎婆惜主张正义，而是对宋江又妒又恨，又担心宋江报复。

前往宋家村的不是别人，正是朱仝和雷横，二人都和宋江交好，当然要卖这个人情。放走宋江后回到县衙，知县如此结案：把唐牛儿问做成个故纵凶身在逃，脊杖二十，刺配五百里外。

宋江是实实在在犯了杀人罪，容不得抵赖，衙门有多次捉拿他的机会，却任由杀人犯逃脱法网。从知县到都头，全县上下只有一个怀私心的张文远为此事奔走，何其荒唐！说穿了，只是因为宋江平日豪爽，朋友众多，而阎婆惜只是一个外乡来的卖唱女子，无根基、无依仗。世上哪有那么多雪中送炭，见得最多还是火上浇油。

后来，宋江还是因此事摊了官司，只因宋太公说了一番话："近闻朝廷册立皇太子，已降下一道赦书，应有民间犯了大罪，尽减一等科断。"了解了国家政策的宋江对前来捉拿他的官差这样说道："我的罪犯又不该死，今已赦宥，必已减等。且请二位都头进敝庄少叙三杯，明日一同见官。"何等从容。

知县时文彬定下判词："为因不良，一时恃酒，争论斗殴，致被误杀身死。"都是减轻罪名的话术。这位时文彬不是普通官吏，而是《水浒传》中最难得一见的清官，作者特意为他写了一段赞词:"为官清正,作事廉明。每怀恻隐之心,常有仁慈之念。争田夺地,辨曲直而后施行;斗殴相争,分轻重方才决断。闲暇抚琴会客,也应分理民情。虽然县治宰臣官,果是一方民父母。"

如此清官,在"宋江杀惜"这起案件中的表现如何?从人情世故看,他做得无可挑剔,但论及清廉无私,还真是一言难尽。

官吏的可恨之处不止体现在对待犯人上,他们更擅长罗织罪名、将良人打落监牢,无论初衷是为名、为利、为仇,都让权力有了更大的发挥空间。

江州通判黄文炳,为了在蔡九知府面前表现,指望他"引荐出职,再欲做官",将宋江酒后诗文定为反诗,并将"耗国因家木,刀兵点水工"的童谣与宋江绑定。为何黄文炳要将宋江往死里整?在他看来,宋江就是功劳,就是前程。至于宋江是不是真的想造反,他根本不在乎。雷横捉醉卧灵官庙的刘唐是这个道理,官兵滥杀平民拿其首级领赏也是这个道理。

黄文炳无端害人,连他亲哥哥都看不下去:"又做这等短命促掐的事!于你无干,何故定要害他?"

相比宋江,登州的解珍、解宝更是冤屈,只因想从地主毛太公处讨回自己打死的老虎,便直接被打入了死囚牢。毛太公为什么有这么大本事?因为他有一个"好"女婿。"本州有个六案孔目,姓王名正,却是毛太公的女婿,已自先去知府面前禀说了。才把解珍、解宝押到厅前,不由分说,捆翻便打,定要他两个招做'混赖大虫,各执钢叉,因而抢掳财物'。"

这还不算完,毛太公和儿子毛仲义自回庄上商议道:"这两个男女却放他不得!不若一发结果了他,免致后患。"当时子父二人自来州里，分付孔目王正："与我一发斩草除根，萌芽不发。我这里自行与知府的打关节。"

为了一头死虎，毛家就敢草菅人命，所依仗的仍是做孔目的女婿。也就是说，两条人命这样的事，一个孔目罩得住。孔目连官都不是，只是一个刀笔吏，只因他身在司法体系内，就可以随意断人生死，可怕。

更惨的是卢俊义，大名府有名的员外善人，被妻子贾氏和管家李固卖得一干二净。正在自家吃饭，"只听得前门后门喊声齐起，二三百个做公的抢将入来。卢俊义惊得呆了，就被做公的绑了。一步一棍，直打到留守司来。"

"李固上下都使了钱。张孔目厅上禀说道：'这个顽皮赖骨，不打如何肯招！'梁中书道：'说的是。'喝叫一声：'打！'左右公人把卢俊义捆翻在地，不由分说，打的皮开肉绽，鲜血迸流，昏晕去了三四次。卢俊义打熬不过，仰天叹曰：'是我命中合当横死，我今屈招了罢！'张孔目当下取了招状，讨一面一百斤死囚枷钉了，押去大牢里监禁。府前府后，看的人都不忍见。"

死囚枷不是稀罕物事，宋江戴过，柴进也戴过，但他们戴的都是二十五斤重，一百斤的死囚枷是《水浒传》中独一份，只有卢俊义有这资格。这还不算完，进牢门还要吃三十杀威棒，发配路上还有开水泡脚等诸多劫难等着。

为何一个小小李固就能扳倒卢大员外？所为不过一个"利"字。李固贪图卢俊义家产，而只要卢俊义在监，就有数不清的金银流入整个司法体系，人人都能得益，没办法，卢家实在太有钱了。

刽子手蔡福说得明白："北京有名怎地一个卢员外，只值得这一百两金子？你若要我倒地他，不是我诈你，只把五百两金子与我！"这边收了李固五百两金子，转头又收了柴进一千两金子。

再看拿了钱的张孔目，昨日还喊打，今日又道："小吏看来，卢俊义虽有原告，却无实迹。虽是在梁山泊住了许多时，这个是扶同诖误，难问真犯。"案子怎么断，只看金子如何流动，古人说"众口铄金"，此处却是"金铄众口"。

牢城营和死囚牢已算得上龙潭虎穴，常人进去不死也要脱层皮，但司法系统还有一处更恐怖的地方，无论谁听了都要打几个哆嗦，这个地方就叫"沙门岛"。

生辰纲劫案之后，蔡京特意派心腹来到济州，命府尹速速破案。心腹说过这样一段话："若十日不获得这件公事时，怕不先来请相公去沙门岛走一遭，小人也难回太师府里去，性命亦不知如何。"府尹随即唤来三都缉捕使臣何涛，唤过文笔匠来，去何涛脸上刺下"迭配……州"字样，空着甚处州名。

济州府尹惊得魂不附体，先拿手下捕快开刀，无罪之人刺了个"预备发配"，可见"沙门岛"之恶名昭著。

沙门岛并非"远恶军州"，而是位于山东蓬莱附近的群岛——长岛之中，现在这里是著名的旅游景点，而在宋朝，却是人人唯恐避之不及的人间地狱。据《宋会要辑稿》记载，嘉祐三年，京东路转运使王举元向皇帝上书，发配到沙门岛的犯人"如计每年配到三百人，十年约有三千人，内除一分死亡，合有二千人见管，今只及一百八十，足见其弊。"

十年发配三千人，现在只剩一百八十，用九死一生来形容都嫌不够，简直是去一个死一个。死亡率如此之高，一是因为岛上粮食短缺，人少时勉强够吃，人多了就会有人饿死；二是沙门岛看守虐囚，没有更高级的官员监督，人性之恶尽数暴露出来，刑罚手段五花八门，犯人本来就营养不良，当然禁不住折腾。

卢俊义本来就是要发配到沙门岛的，途中被燕青救下。书中还有一名好汉被发配沙门岛，他就是中途被邓飞、孟康救下的铁面孔目裴宣。如果这二人顺利发配，梁山一百零八名好汉估计要换两个人了。

从《水浒传》中可以看出，北宋的司法体系已经完全崩坏，从递交诉状到审案断案、发配押送、羁押服刑，处处都充斥着金钱的气息，散发着权力的恶臭。一个失去公平公正的社会，即使没有外敌，也一定支撑不了太久。

梁山排座次，一场权力的游戏

有人的地方就有江湖，就有人情世故，就有派系纷争。

拜把子的不都是情同手足的兄弟，同样一个头磕在地上，有的像桃园三结义，情谊感天动地；有的却是瓦岗一炷香，分崩离析甚至反目成仇。梁山好汉的关系则错综复杂，一两句话是讲不清楚的。

一百零八名好汉中，有同生死共患难的刎颈之交，如武松与施恩、鲁智深与林冲、宋江与花荣；也有淡而无味的泛泛之交，此类无须举例，大多数好汉之间都是如此；还有不共戴天的仇人，比如秦明与宋江、扈三娘与李逵、朱仝与李逵等。如此复杂的人际关系，虽然都是"哥哥""弟弟"相称，又怎能在心里一视同仁？

梁山一共有过六次排座次。

第一次，借柴进之口说出："如今有三个好汉在那里扎寨。为头的唤作白衣秀士王伦，第二个唤作摸着天杜迁，第三个唤作云里金刚宋万。"此时山上只有王伦、杜迁、宋万、朱贵四个人，朱贵甚至还没被列入头领，人少心齐，其乐融融。

第二次，林冲上山，经历了柴进荐书，投名状，打劫杨志几番波折，王伦自此方才肯教林冲坐第四位，朱贵坐第五位。山寨多了一个禁军教头，实力壮大，却有暗流涌动。

第三次，劫取生辰纲七人组上山，火并王伦后梁山易主。外来户晁盖居首，智囊吴用、法师公孙胜分居第二、三位，手刃王伦的林冲依旧居第四位。接下来是刘唐、三阮、杜迁、宋万、朱贵。此次排座次由林冲主导，本着谦和无争、声望与能力并重的原则，基本上皆大欢喜。生辰纲派成了最大赢家，原本无傍无依的林冲博得个好人缘，参与过水泊梁山初创的几人从此一蹶不振，保有性命的三名开创派（杜迁、宋万、朱贵）从此无缘权力中枢。

第四次，花荣、秦明等九位好汉上山，花荣施展神射绝技，为自己赢得了第五把交椅，下面是秦明、刘唐、黄信、三阮、燕顺等人。此次排座次，意味着宋江势力在梁山上占据一席之地，完全可以和梁山原有势力（元老派）分庭抗礼。虽然宋江本人没有上山，但聪明人已经能感受得到，及时雨的影响力正在向梁山渗透。

第五次，在江州智取无为军后，宋江上了梁山。晁盖感念宋江恩情，便推举宋江为山寨之主，坐第一把交椅。宋江再三推辞，仍推晁盖坐了第一位，宋江坐了第二位，吴学究坐了第三位，公孙胜坐了第四位。排完了前四把交椅，此次排座次到此为止，没法继续了，宋江带来的人实在太多了：

江州的戴宗、李逵，揭阳镇的李俊、李立、穆弘、穆春、张横、张顺、童威、童猛、薛永、侯健，黄门山收服的欧鹏、蒋敬、马麟、陶宗旺,加上早先上山的花荣、秦明、黄信、燕顺、郑天寿、王矮虎、石勇、吕方、郭盛、萧让、金大坚。

此时的梁山上,晁、宋两个派系泾渭分明,且实力悬殊,若排座次,恐有强宾压主之嫌。

宋江提议:"休分功劳高下,梁山泊一行旧头领,去左边主位上坐。新到头领,去右边客位上坐。待日后出力多寡,那时另行定夺。"他也意识到了实力的不均衡,故此做个缓冲,大家面上都好看。另外许多好汉都是初次相见,还没有展露本领的机会,的确难分高下,还不如暂时搁置。

有一个细节不可忽视,戴宗、萧让、金大坚都是吴用的故交,理应和他亲近,此刻却都坐了右边客位。很明显,这三人审时度势,将赌注押在了宋江身上,从后续进展来看,他们赌赢了。

此次排座次充分体现了宋江的智慧,既然座次高低都看"出力多寡",今后山寨有事,还怕大伙儿不奋勇争先?事实证明,这招的确管用,打祝家庄,打高唐州,打青州,闹华山……众好汉紧紧团结在宋头领麾下,踊跃向前立功劳,宋头领的威望自然与日俱增。

宋江尝到了模糊处理的甜头,在晁天王中箭身亡后,仍然没有给好汉们具体排位。待到卢俊义活捉史文恭后,宋江依照晁盖遗愿推立卢俊义为梁山之主,卢俊义当然不敢接下这重担,于是,由谁坐头把交椅的问题再次搁置。直到打下东平、东昌二府,梁山已经壮大到了极限,队伍也得到了应有的锻炼,宋江知道,排座次的时机成熟了。

第六次,真正的权力游戏开始了。

经历了一次又一次的拉拢、俘获和赚人上山，融合了一座座山头，接纳了一群群降将，一百零八名好汉终于聚集在杏黄旗下。

人多了，队伍就不好带了，必须划分等级，明确秩序，搞好平衡，保证兄弟们有斗志，无怨言，才能打造出一支志同道合、和衷共济、无坚不摧的队伍。为了这个目标，梁山智囊团及领导层——其实就是宋江、吴用、公孙胜三人——冥思苦想、殚精竭虑，终于从陈胜、吴广起义和高祖斩蛇的故事中得到启示。答案很简单：想要团结一群没文化的人，只需搞神秘主义！于是，在法师公孙胜主持的祈祷仪式上，天上掉下一块大石头！天降陨石并不稀奇，稀奇的是，这块石头上居然刻满了字（玉臂匠金大坚的功劳），更稀奇的是，写的是一百零八名好汉的名字，连星号、绰号、座次都是现成的！

宋头领展现了他出色的演技，很是惊奇道："今者上天显应，合当聚义……天罡、地煞星辰，都已分定次序。众头领各守其位，各休争执，不可逆了天言！"众人皆道："天地之意，物理数定，谁敢违拗！"

就这样，排定座次最大的障碍解决了！相信在这一刻大多数人都是蒙的，待他们醒过神时木已成舟，谁还好意思计较座次高低。

梁山各头领因抱团取暖相聚，大家都是为了生存，因此，派系之间没有钩心斗角、相互倾轧的腌臜行为，更没有抢班夺权的现象。所谓派系，也就是谁和谁是旧相识，一起痛快喝酒、敞开聊天而已。

问题在于，领导不这么看。

宋头领坐在头把交椅上向下张望，发现每个人头上都顶着明晃晃的标签：这两个形影不离，那两个暗通款曲，某对某有恩情，某对某言听计从……

做领导的总要多想一些，那么宋江到底在担心什么呢？从上梁山那一刻起，宋江所做的一切都是为了招安，他担心的当然是招安受阻，因此，在招安之前，他要消除一切不安定因素。

此时，宋江在梁山的地位已经稳如磐石，别人根本没机会威胁到他，这源于他对"义名"的充分利用和长久以来的经营。渐渐地，水泊梁山形成了一支规模最大、人员最多、忠诚度最高的派系——宋江派。

宋江派是梁山最大的派系，人员来路最杂，实力最为雄厚。狭义上来说，派系构成包括宋江的弟弟铁扇子宋清；亲如兄弟的小迷弟花荣、生死之交戴宗、死心塌地跟着他的李逵、志同道合的吴用；好友朱仝、雷横；徒弟孔明、孔亮。这些人是宋江派的核心力量，他们的身家前程都系于宋江一身，可谓忠贞不二。

广义上来说，派系构成还包括花荣的妹夫秦明、秦明的徒弟黄信；吴用推荐的萧让、金大坚；戴宗招募的锦豹子杨林，饮马川三人组裴宣、邓飞、孟康；李逵招募的鲍旭、汤隆、焦挺、朱富；朱富的师父李云；宋江本人招募的清风山三人组燕顺、郑天寿、王矮虎、王矮虎妻子扈三娘；黄门山四人组欧鹏、蒋敬、马麟、陶宗旺；对影山的吕方、郭盛；曾头市的郁保四、闲散人员石勇。这些人大多为宋江的名气与魅力所感染，也属赤诚相见、肝胆相照。

宋江派共有成员三十五人，他们之中，有人占据了较高的座次，有人占据了显要的职位，牢牢掌控着梁山大权。

天魁星宋江排位第一，天机星吴用排位第三，天猛星秦明排位第七，天英星花荣排位第九，天满星朱仝排位第十二，天速星戴宗排位第二十，天杀星李逵排位第二十二，天退星雷横排位第二十五。宋江派在天罡星宿占了八个位置，前十中就有四人，比例高得惊人。

在职能安排上，宋江这个总头领和机密军师吴用自不必说，都是能一句话决定梁山命运的人。在最重要的骑兵阵营中，秦明，五虎将之一；花荣，八骠骑之首；朱仝，八骠骑第六；黄信，小彪骑之首；欧鹏、邓飞、燕顺、马麟、杨林都身列小彪骑，与病尉迟孙立、丑郡马宣赞、井木犴郝思文、百胜将韩滔等人并列，无论从排座次之前的功绩还是南征北讨的表现来看，欧鹏等人都表现平平，何德何能高居此位？

另有守护中军马军骁将二员：小温侯吕方、赛仁贵郭盛。守护中军步军骁将二员：毛头星孔明、独火星孔亮。

这里又让人费解了，吕方、郭盛武艺不俗，担任守护中军的要任还说得过去，孔明、孔亮算哪根葱呢？读了原文这段话，或许就有了答案："顶上正面大厅一所，东西各设两房。正厅供养晁天王灵位；东边房内，宋江、吴用、吕方、郭盛；西边房内，卢俊义、公孙胜、孔明、孔亮。"

看清楚了，吕方、郭盛是宋江、吴用的贴身侍卫，时刻保护领导人身安全；孔明、孔亮也是同样，但他们保护的是卢俊义和公孙胜。有趣之处就在于此，一个是水浒世界的武力巅峰，另一个是法术无敌的半仙之体，居然需要人保护？这到底是保护还是监视？

这还不算完，宋江派中还有掌管梁山所有情报的戴宗，掌管行文走檄、调兵遣将的萧让，掌管定功赏罚的裴宣，掌管考算钱粮支出纳入的蒋敬，掌管监造战船的孟康，掌管打造兵符印信的金大坚……什么叫大权独揽，这就是了。

基本上，宋江派占据了梁山大多数重要位置，唯独对步军和水军做不到如臂使指，因为，这是另两个派系的地盘。

三山派。三山指的是二龙山、少华山、桃花山。二龙山首领是鲁智深、杨志和武松，又有张青、孙二娘、施恩、曹正四位首领；少华山以史进为首，朱武、陈达、杨春与史进虽有些貌合神离，但已贴上了少华山的标签，无法另投他处；桃花山的李忠、周通与鲁智深算是不打不相识，李忠又是史进的师父，因此这三山关系十分紧密。

三山派是宋江最忌惮的一个派系，原因有三。首先，三山派是绝对的实力派。鲁智深、杨志、武松、史进都武艺高强，在人才济济的梁山泊也不容小觑。其次，鲁智深侠气干云，杨志是将门之后，武松名满天下，他们的影响力都很大。最后，也是最重要的一点，鲁智深、武松和史进都坚决反对招安。

因此，在排座次时，三山派受到了一定程度的打压。天孤星鲁智深排位第十三，天伤星武松排位第十四，天暗星杨志排位第十七，天微星史进排位第二十三。最有力的佐证就是朱仝，论功劳，鲁智深携三山众人投奔梁山，极大地壮大了梁山实力；朱仝孤身一人前来，寸功皆无。论本事，鲁智深、武松、杨志哪个比他弱了？偏偏朱仝就能排在第十二位，力压鲁、武、杨三人。唯一能解释的，就是朱仝曾救过晁盖和宋江两任梁山头领，又和现任头领宋江是老乡、朋友兼同事，但说破大天这也属私谊，怎能作为排座次的依据？

总而言之，第十三位是宋江能给鲁智深的最低排位了，因为第十五位就是双枪将董平，以侠名著称的鲁智深若排在人渣董平后面，怕是抬腿就下山了。

鲁智深与武松是排名前二的步军头领，这是绝对实力换来的职位，任谁也抢不走。在日后征战过程中，二人也是战功赫赫，不弱于任何一人。

揭阳镇派。这是一伙地方上的黑恶势力。催命判官李立，开黑店谋财害命；混江龙李俊，扬子江上艄公，带着童威、童猛两个贩私盐的小弟；船火儿张横，浔阳江上渡人劫财；浪里白条张顺，鱼牙主人，垄断浔阳江渔业资源；没遮拦穆弘，与其弟穆春是揭阳镇一霸。

揭阳镇势力本来相对松散，因宋江的到来而因缘聚合，又笼络了病大虫薛永、通臂猿侯健、活闪婆王定六几位好汉，一同上了梁山。虽然受了宋江感召，这股势力仍然保持独立，他们轻而易举取代了梁山元老三阮兄弟，成为梁山水军的主导力量。

混江龙李俊，揭阳镇派首领，这是一个传奇人物。

李俊并不是江州人，而是庐州的外来户，以外来户的身份在江州立足，并能力压张横、张顺、穆弘和穆春，成为当地扛把子，着实不易。但这只是个开始，很快，李俊又以外来户的身份来到梁山，强龙压倒了地头蛇，成为水军扛把子。更神奇的还在后面，征讨方腊时，李俊偶遇榆柳庄的费保，听其一席话生出急流勇退的念头，征方腊结束后，李俊诈病留在了苏州。

原文道:"李俊三人竟来寻见费保四个,不负前约。七人都在榆柳庄上商议定了,尽将家私打造船只,从太仓港乘驾出海,自投化外国去了。后来为暹罗国(泰国古称)之主。童威、费保等都做了化外官职,自取其乐,另霸海滨。"

从一个艄公混到一国之主,混江龙李俊的人生经历堪称精彩至极,难怪他的星号是天寿星,着实有大富大贵之象。

揭阳镇派的实力虽弱于三山派,但李俊反对招安的决心并不亚于鲁智深、武松等人。高俅征讨梁山时,其实招安大势已定,对梁山来说,反围剿就是讨价还价的过程。尤其宋江,打心眼儿里不愿与朝廷结仇,捉到朝廷将领都是善待,而李俊就敢和宋江对着干。

原文道:"李俊捉得刘梦龙(水军统制官),张横捉得牛邦喜(校尉),欲待解上山寨,惟恐宋江又放了。两个好汉自商量,把这二人就路边结果了性命,割下首级送上山来。"

征辽结束后,水军头领特地来请军师吴用商议事务:"朝廷失信,奸臣弄权,闭塞贤路。俺哥哥破了大辽,止得个皇城使做,又未曾升赏我等众人。如今倒出榜文来,禁约我等不许入城。我想那伙奸臣,渐渐的待要拆散我们弟兄,各调开去。今请军师自做个主张;和哥哥商量,断然不肯。就这里杀将起来,把东京劫掠一空,再回梁山泊去,只是落草倒好。"

以李俊为首的整个水军对朝廷既不满又不信任,他们个个胆大包天,建议劫掠东京重新落草,这样的构想怕是鲁、武二人都没有过。或许正因为有这样的野心支撑,李俊才能成为暹罗国王。

揭阳镇派也不是铁板一块,穆家兄弟就是例外,他们不属水军序列，与宋江走得更近。攻打无为军时，穆家庄充当了前线指挥部；杀死黄文炳后，穆弘带了穆太公并家小人等，将应有家财金玉，装载车上。此时正是梁山规模逐渐壮大的时刻，人吃马嚼花费巨大，穆弘的家财如同一场及时雨，滋润了干涸的梁山内库。

造反者不事生产，金银就是第一生产力，因此，和穆弘一样带资入组的好汉排位都很高。

比如大名府财主、玉麒麟卢俊义排位第二。书中所写的搬家场面："再说卢俊义奔到家中，不见了李固和那婆娘，且叫众人把应有家私金银财宝，都搬来装在车子上，往梁山泊给散。"

前朝皇胄天贵星柴进排位第十，书中所写的搬家场面："先把两家老小并夺转许多家财，共有二十馀辆车子，叫李逵、雷横先护送上梁山泊去。"

天富星扑天雕李应排位第十一，书中所写的搬家场面："将家里一应箱笼、牛羊、马匹、驴骡等项，都拿了去，又把庄院放起火来都烧了。"

相比之下，李俊、张横、张顺等人只带了一张嘴，仍能排入前三十，绝对算是有真本领的好汉。没能更进一步，那也是无奈，毕竟有一拨特殊群体，他们的排名是绝对不能低的。

朝廷降将派。这是宋江最重视的一个群体，想要成功招安，必须抬高降将地位，因为他很明白，吃过官家饭的人，绝对不愿意失去这个金饭碗。梁山上的降将，绝大多数都是招安的拥护者。

降将数量众多，却关系松散，没有抱成团，这正是宋江喜闻乐见的，因此在排座次时相当优待。

天勇星大刀关胜排位第五，天猛星霹雳火秦明排位第七，天威星双鞭呼延灼排位第八，天立星双枪将董平排位第十五，天捷星没羽箭张清排位第十六，天祐星金枪手徐宁排位第十八，天空星急先锋索超排位第十九。天罡星占据七席，几乎与宋江派平起平坐。而如镇三山黄信、丑郡马宣赞、井木犴郝思文、百胜将韩滔、天目将彭玘、圣水将单廷圭、神火将魏定国等降将在地煞星中排位也都居于前列。

降将虽武艺不俗，但他们大多上山较晚，除了秦明、黄信等少数几人，降将对山寨的贡献几乎为零，却能获得如此高的座次，可见宋江的心有多偏。比如大刀关胜，武艺未必胜过林冲，功劳更是远远不如这位梁山元老，却能高居第五把交椅，难道因为姓关，就一定力压绰号"小张飞"的林冲？

宋江高抬一众降将的座次，主要目的还是希望反对招安的声音小些、轻些。至少排位前十二的好汉无一人反对，这就够了。

以上四个派系，是梁山最主要的力量，此外还有登州派、生辰纲派、卢俊义派、元老派，另有些好汉独来独往，不属任何派系，暂且称之为独行派。

登州派是血缘关系最亲近的一支队伍，包括病尉迟孙立、小尉迟孙新、母大虫顾大嫂、铁叫子乐和、两头蛇解珍、双尾蝎解宝、出林龙邹渊、独角龙邹润。表面上看，登州派的首领是孙立，他武艺高强，官职最高（登州兵马提辖），但在搭救解珍、解宝时，孙立并不足够主动，整个劫狱过程都是在顾大嫂的推动下才成功。攻打祝家庄时，孙立又犯了一个江湖大忌——出卖兄弟栾廷玉。这在倡导义气的梁山泊属于劣迹。打下祝家庄后，宋江也嗟叹道："只可惜杀了栾廷玉那个好汉。"在他看来，孙立总该劝降这位师兄才对。

在排座次时，登州派排位最高的并不是孙立，而是解珍、解宝，二人分居第三十四、三十五位，而孙立则沦为地煞排第三十九位，以他的武艺功劳，本不致如此。

生辰纲派是近乎消亡的一个派系。早先的主要成员有：晁盖、吴用、公孙胜、刘唐、三阮、白胜。晁盖在时，便有人心离散的迹象，最主要的原因还是智囊加主心骨吴用看中了宋江这支潜力股，便毅然放弃了原有团队。而公孙胜向来如闲云野鹤，对他而言梁山只是俗世修行，兴亡胜败，消遣而已。

吴用的离开，让生辰纲派这支元老队伍活力尽失，刘唐、三阮只能尽忠职守，再无话语权。好在他们资格够老，才能进入天罡队伍。而白胜本事低微，功劳又小，连结局也是草草病死。

卢俊义派，这是一支略显牵强的派系，主要成员有卢俊义、燕青、杨雄、石秀、时迁、蔡福、蔡庆。卢俊义与燕青是主仆，也是这一派系的核心，石秀因劫法场与卢俊义有了过命交情，二人同坐大牢又加深了感情。而杨雄、石秀、时迁曾是"偷鸡三人组"，同在祝家庄闯祸，也算患难与共。蔡福、蔡庆则是拿了柴进的金子，从回护卢俊义到为梁山好汉引路，不得已上了梁山。

这是一支有本事、无野心的队伍。卢俊义是《水浒传》中武力第一人，立功无数，上山就坐上第二把交椅，无人敢质疑。燕青、杨雄、石秀也都精明强干：燕青在促成梁山招安方面居功至伟，杨雄、石秀则在攻打祝家庄、大名府救人时表现突出。因此排位都在天罡之数，虽是三十名开外，好歹也是天罡。

最委屈的当数时迁，他的座次排在第一百零七位，仅比偷马的段景住高。实际上，若按功劳大小排名，给时迁一个天罡星号都不为过。我们看看他的丰功伟绩：为打败呼延灼的连环马，前往徐宁家盗宝甲，成功；为救卢俊义攻打大名府，潜入城中火烧翠云楼，成功；攻打曾头市探听敌情，成功；三败高俅时，潜入济州火烧船厂，成功；攻打蓟州城时火烧宝严寺，成功；征讨方腊时探路昱岭关，成功……

为什么梁山高层对时迁的功劳视而不见？答案只有一个：时迁出身不好，他是个偷儿！在推崇杀人放火的梁山，小偷小摸最为人不齿。虽然他屡立奇功，多次扭转战局，却仍然无法改变人们心中的成见。

元老派，这也是式微的一派。作为梁山泊的开创者，经历两次易主，他们已渐渐被人遗忘，杜迁、宋万、朱贵三人的出场机会越来越少，只能算是"工具人"了。唯有豹子头林冲凭借着超群的武艺杀出威名，赢得第六把交椅。

独行派，这是很特殊的一派。其中好汉有的无依无靠，有的离群索居，有的位置尴尬。总之，他们没朋友。

入云龙公孙胜、混世魔王樊瑞，这是两位修仙人士，他们整天摆弄法术，估计和好汉们没什么共同话题，性格孤僻些倒是情有可原；天贵星小旋风柴进、天富星扑天雕李应，曾经的两个大财主，现在家产被梁山充公，只能帮人家代管钱粮，他们的心情如何可想而知；神医安道全，本来就是被胁迫才上的梁山，心气肯定不顺，再加上医术高明，除了治病还能洗文身，梁山上被发配的好汉不在少数，他真是有的忙；紫髯伯皇甫端，最后一个上梁山的好汉，本来就和大家都不熟，再说人家是兽医，和畜生打交道的时间比和人都多，独行也属正常。

这几支派系对宋江毫无威胁，在这场权力的游戏中，宋头领没有对手。

激发个人成长

多年以来，千千万万有经验的读者，都会定期查看熊猫君家的最新书目，挑选满足自己成长需求的新书。

读客图书以"激发个人成长"为使命，在以下三个方面为您精选优质图书：

1．精神成长

熊猫君家精彩绝伦的小说文库和人文类图书，帮助你成为永远充满梦想、勇气和爱的人！

2．知识结构成长

熊猫君家的历史类、社科类图书，帮助你了解从宇宙诞生、文明演变直至今日世界之形成的方方面面。

3．工作技能成长

熊猫君家的经管类、家教类图书，指引你更好地工作、更有效率地生活，减少人生中的烦恼。

每一本读客图书都轻松好读，精彩绝伦，充满无穷阅读乐趣！

认准读客熊猫

读客所有图书,在书脊、腰封、封底和前后勒口都有"**读客熊猫**"标志。

两步帮你快速找到读客图书

1. 找读客熊猫

2. 找黑白格子